我的文学原乡

汪浙成

编

远去的声音

浙江文艺出版社
Zhejiang Literature & Art Publishing House

图书在版编目（CIP）数据

远去的声音 / 汪浙成编. -- 杭州 ：浙江文艺出版
社，2024. 10. --（我的文学原乡）. -- ISBN 978-7
-5339-7755-9

Ⅰ. I206.7-53

中国国家版本馆 CIP 数据核字第 2024MW5884 号

统　　筹　虞文军　王宜清
策　　划　申屠家杰
责任编辑　余文军
责任校对　陈　玲
责任印制　吴春娟
营销编辑　汪心怡
装帧设计　浙信文化

我的文学原乡——远去的声音

汪浙成　编

出版发行　浙江文艺出版社
地　　址　杭州市环城北路 177 号
邮　　编　310003
电　　话　0571-85176953（总编办）
　　　　　0571-85152727（市场部）
制　　版　杭州浙信文化传播有限公司
印　　刷　浙江海虹彩色印务有限公司
开　　本　880 毫米 ×1230 毫米　1/32
字　　数　225 千
印　　张　10
插　　页　1
版　　次　2024 年 10 月第 1 版
印　　次　2024 年 10 月第 1 次印刷
书　　号　ISBN 978-7-5339-7755-9
定　　价　78.00 元

他们的爱情和艺术的花朵

——

谢冕   张炜

重读汪浙成、温小钰四十年前的中篇小说《土壤》，不仅是精神解放的重温，而且是艺术的享受。文后注明：1979 年 4 月一稿，1979 年 8 月二稿，1980 年 8 月三稿，年轻读者可能一目扫过，作为老同学，却激起心路历程惊心动魄的震撼。这是我们这个民族奋起的关头。当年我们，空间距离遥远，但却分享着同样的历史转折的狂欢：从思想枯窘、精神贫困的樊笼中走出来，迎着文学新潮长驱直入的长风，呼吸着纷至沓来的艺术馨香。每一天都有令人鼓舞的信息，每一天都过得精彩，每一个生命都分外有质量。

在许多冻僵的嘴唇还在嗫嚅欲语的年代，他们属于最早恢复自我、引吭高歌的尖兵。郁积多年的才华，从《土壤》中喷薄而出。为他们名震文坛而惊喜。天各一方，未曾相约，却心心相印，我们在为"朦胧诗"，为人的价值和尊严而抗争，遥遥相对，息息相通。谁曾想到，多年的经历，竟充满了历史的内涵，在时代转折的潮头遥相呼应，普希金轻描淡写的"亲切的怀恋"不足以形容。

《土壤》把我们青春的记忆带回二十世纪五十年代，大学毕业前夕，正是壮志和豪情齐飞、友谊共爱情比翼之时。特殊的时代风浪，把三位主人公的情感一起打出了常轨，对于正直坚强的辛启明来说，不过是班级总结上的一个小小的分歧，"几句直言，酿成了终身大祸"，非理性的野蛮逻辑以神圣的名义，使友谊、爱情都发生扭曲、畸变。《土壤》笔力由此深邃起来，沉浸于热恋中的女主人公黎珍眼看理想和恋人一齐遭到践踏，天真地深思："原来在这些平日同坐一张课桌、一起在红旗下成长起来的青年同学之间，不仅有友谊与学习，散步与聊天，球赛与跳舞，劳动与幻想，而且还有一些别的、隐蔽的、强烈的带着某种血腥味的东西！"作者带着我们一齐作历史的反思：心灵在分化，在畸变。生活是如此严峻，即使是平日还算正派的魏大雄，出于小小的私心，在特殊形势下，友谊的善意也淡化，私心也恶化，甚至丑化。魏大雄以正义的名义把朋友制造成敌人，辛启明深知这样神圣的逻辑的悖谬，却仍然不得不背负精神的十字架，纯洁的黎珍不得不牺牲爱情。作者的批判深邃之处还在于，即使在运动结束平反昭雪以后，怀着政治投机心理的魏大雄行政上仍然不改其飞黄腾达之势。

这一笔的意义非同凡响，真理标准大辩论开辟了历史的新时期，实践已经雄辩地证明了"反右倾"的荒谬，神圣的处分不过是对真理严酷的摧残。《土壤》的杰出之处在于，没有停留在当年风行一时的对"伤痕"的抚慰上，而是把小说带上了历史的制高点：坚持真理的主人公并未载誉而归，而是再次面临命运的严酷考验，让他在改造自然土壤、变沙漠为良田的关键节点上仍像二十年前那样坚持"直言"，坚持实事求是，反对弄虚作假！作者就这样步步深入地揭示实事求是思想的重大意义。这四个金光闪闪的大字警示我们，无论是革命战争时期还是社会主义建设时期，都不可忘记实事求是。即便是今天实现民族伟大复兴的新时代新征程，对我们仍然有着思想启迪。正是从这个意义上，《土壤》思想锋芒所触及的问题仍未过时，仍有其现实意义，甚至读来有墨迹未干之感！

《土壤》不可能仅凭深邃的思想而获得广泛称赞，如此严峻的主题之所以没有陷于政治概念的图解，得力于其情节结构，回肠荡气的三角爱情交织着友谊的错综分化。历史是严酷的，但是，贯穿首尾的却是爱情的纯洁和崇高。即使黎珍有了第二次爱情，她对辛启明的爱仍深藏于灵魂深处。同样，不管命运多么乖舛、处境多么卑微，辛启明对于已经是他人之妇的黎珍的爱仍然不变。色彩斑斓的记忆充满了悲剧的诗意，在分离了二十年后，辛启明看到黎珍，即使苦涩，仍然涌起忠诚的柔情："二十年来，虽然我们彼此音讯不通，连个下落都不知道，但在精神上，她却一刻也不曾离开过，一直藏在我心底……我仿佛又看见了二十年前那个夜晚，在校园小路上等待着我的那个姑娘，心里顿时涌起一股柔情。有什么办法呢？我始终觉得一个人一辈子真正的恋爱只有一次。尽管我这爱情的小花是苍白的，苦涩的，不可能有什么结果，但我还是忠诚于它。因此，在我看来，对别的女子有任何非分的想法和过于接近的行动，都是对心中这纯洁爱情的一种玷污和亵渎……"这一切，至少在当时，读者并不感到夸张，因为这是二十世纪五十年代特有的浪漫主义。历史的烙印，使得这种多少带着古典色彩的浪漫带着理想的诗意的光彩。

这种诗意还表现在形式上。《土壤》并不取常见的第三人称叙述，而是分别以三个角色的自白组成。这种青春纯情的直接抒发，往往凝聚为格言："奔腾的铁水会有凝固的时候，活跃的火山终于会冷却，可我心中这一点爱情的岩浆，却依然这样的灼热，奔腾得这样持久、执着。"这种绝对化的爱情，以一种极端的姿态昭示着心灵辩证法的胜利，这在当时可以说是情感解放的前沿。差不多同时，张洁的《爱是不能忘记的》轰动全国，《土壤》的时代特点与之不同，更着重于形而下的现实主义精神，爱情与家国情怀、人生理念紧密相连。

本来，我们对中文系出身的老同学，把小说主人公定位于农学院学生颇为意外。细读之后才理解了"土壤"的命名，不但有精神植根的意义，而且有为情节提供科学的专业基础。小说中写到辛启明和黎珍的重逢，旧梦重温，恰恰是二十年前严峻主题的延续。农场表面上成就轰轰烈烈，实际上却深藏着生态的严重危机，个人命运的抉择又一次摆在了他们面前。魏大雄作为领导，弄虚作假、欺上瞒下，完全不顾土壤退化留下的后患。辛启明面临更为严峻的选择。和二十年前一样，是保全自身的安全，还是对国家人民负责，义不容辞地揭露危机，又一次面对组织的压力和群众的误解，他坦然面对陷于孤立的噩运。《土壤》并没有把辛启明写成高大全的英雄，他也曾有刹那的动摇，但是，在令人恐怖的土壤沙漠化后果面前，他克服了动摇，他感到自己对这片土壤的责任："一个念头像闪电一般照亮我的思想：改造自然的土壤固然重要，但改造社会的土壤更加重要。"为了避免谎言造成土壤的荒漠化，他决定留下来。而黎珍也一样决定不回北京。政治浪漫主义和道德浪漫主义在这里自然统一，绝对的爱情也水乳交融合流。

当年的评论家，对这两个人物形象给予了高度的赞扬，但是，从艺术上来说，对魏大雄的形象给予更高的评价是有道理的。作者对于这个负面形象，并未简单化，特意安排场面，展示了他的正面气质，可惜的是，作者对之浅尝辄止。其实，造成这种现象的原因是小说的呈现方式。

作者在艺术上有创新的追求，没有以传统的第三人称对情节作正面展开，更不屑于追随后现代的种种时髦花样。小说的构思是：三个人物均取第一人称的心灵独白，这使《土壤》的风格充满了诗情画意，似乎可以称之为抒情小说。但是，小说情节逻辑的暗示性与直接抒情告白存在着矛盾。恩格斯说过，小说的倾向性愈隐蔽愈好，这样的经典论述，想来作者并不陌生。于是，作者颇具匠心地在辛启明与黎珍曲折的爱情之间设置了三条副线：第一条，政治上的对手魏大雄对黎珍的爱情，这与黎珍的政治理想主义不相容，不可能引起黎珍情感的波动，作者让她为另一个对象所吸引，让他们结合并且有了孩子。从艺术上来说，作者既不想让这条副线造成人物情感的波折，更不想让辛启明与黎珍之间的爱情产生障碍，遂让此人于"文革"中遭难死亡。第二条副线：黎珍的儿子小军在魏大雄影响下，和辛启明发生暴力冲突，作者也不想让黎珍陷入亲情与爱情之间的窘境，造成黎珍对辛启明情感的错位，作者似乎不忍心让二人遭受更大的痛苦。第三条副线：朴素的农村姑娘玉玲对辛启明产生了纯洁的爱情，辛启明坚决拒绝，即使引起短暂的误会，玉玲也飘然退出。从艺术上来说，三条副线均未导致黎珍和辛启明情感错位导向更为复杂、曲折、严酷的境地，如果允许我们猜想，浪漫的爱情的绝对化、诗化，和小说的人物性格的复杂是不是先天就存在着矛盾？第一人称的直接抒发，把小说浪漫诗情发挥到极致，内心独白不在同一空间，是不是不利于展开惊心动魄的戏剧性冲突？也许值得考虑。

四十年前的作品《土壤》，不免带着改革开放早期的局限，同时，不可忽略的是，艺术和思想之门已经打开，广阔的空间，正在等待作者长驱直入。在稍后面世的《苦夏》中，我们看到了人物的立体感，而在温小珏英年早逝之后，汪浙成独立完成的《女儿，爸爸要救你》更是将以情动人的美学原则发挥到极致。女儿身患被认为是绝症的白血病，年过古稀的汪浙成舍命相救，从死神手中夺回女儿生命。亲情感天动地，步步动魄惊心，曲折有过于《土壤》，其成就也许超越了《土壤》，甚至可以说是文学艺术之梦的总结之笔。

目　录　CONTENTS

第一辑

《土壤》首刊于《收获》（1980 年第 6 期）

《土壤》手稿

"再见吧！"

"再见！"

没有多余的话，他们加紧大踏步奔于系列。小芳喷出两股粗烟，颤动了一阵，开来了。提起的生土被风吹养，都剥剥声。

"你看，她很熟悉风。"草的绿。

"由她去吧，暂时，还有他生养如发展的土地。"

他们里脚下，他们铺去里妥拢，他仍然是亲搂的土地上。眼前是一望无垠，常有人伤亲心科院面耕收良的土地。黑色的草碎，身睛叶叶被柳收收，东一堆些垫有产生丰硕的丰莫的。图为生活重新开始了！

(22×20＝440)

......你後个也了

四化的展望，学生计划的远总精神，青春的初彼水远去的爱情，都随着的年人自由......

30×20＝400

第几则

"哦……难道……你把爸爸忘了吗……"

我难过得闭上了眼睛。（儿子的问题像一把尖刀扎在我心上。）

我摇摇头：

"没有忘，也永远这不会忘。……如果你爸爸地下有灵，他一定会理解，会同意。"

"他不同意！"小军挣脱了我的手。"我十岁以后，你就离开了我，我成了没爹的孩子。好不容易我才回到你身边，妈妈，我还没有好好跟你一起生活过，我又想跟你回北京，我们住在一起，就我们俩了人。"

他的话，每一个字都像一柄大锤打在我心坎上，眼泪忍不住流了下来。

"我们赶快离开这里，妈妈，"儿子搂抱着我："你要我，就别理他了！"

说完，小军便发痴似的冲出门去。

蓦然一惊，在我眼前轮流出现他们两个身影。一个是我唯一的，失而复得的儿子；另一个是把我深深牵念的受尽折磨並奋斗不已的人。我又清晰地听见了大学校园里，我们熟悉的脚步声。……啊！生活折磨我，也磨炼我，因果

349

荒地，怎样抱肥？怎样精彩，怎样拆卸？我可真是从来不曾想过。）又听见儿子又说下去：

　　"你们走过的那条路，你们没有资格责怪，也走不通。（你们只好讲安抚，英雄主义。）过去我又靠着拳头打天下，那去着了，坎左我明白，难脱脱我的事帮性，我就得顺着推，不能得罪她。（好之，我听说了，今天早上空谈字上，你挑了馒头的刺儿。好之，我对你到慧地，要不，你可就坑了你！把许真的今编得连止定也围不成了。"多迫，馒头所不系妹的，她不

　　看过多严重？就用答我误了几个女孩孩的问题，他今那么嫩？

　　"你以为她景够的那么书是不委？她也会都干得出来，而且也可以做得很巧妙，很合现，我们省这些合理味付，也四合干呀去报复可物十倍！"

　　我沉默了。二十年，晓明从一个爱尽喜欢的人，变成了一个全人敬重的人，而馒大雄呢，从一个叫人可怕的人，变成了使人害怕的人！后省亲的人走向变呢，尽多么大！而我呢？我呢

（右侧栏）
从我懂事时候起，先之辩论了我，作纸逼去干拉劳动，我成了教之向儿和那时，有谁佐念过我们？！后来长大了，我们风如化，好不是大平理好呢些众说把我决意这，子孙一等子的今，好不容易有了这个机会，从我们回到北京，回到你由了过门跟，由作者的师师，我乃以乃适，这毕竟是我心所行了，谁连作不行适正为他儿子一起即好，这也是我们两个人，我们还风如给他一起判论过呢！"

儿子的话，勇气等于新家一两大锤打在我心汉上。

　　"好之上和你一样，谁不开你！"
　　"那我求么作还再挑馒头的刺儿任凭我们的时平于歌于还了。"

过取了件再说，这些事情之杰在席朱丰值，…我们的工作也及在取历历的主事版

姓　名　汪浙成　温小钰

作品名称　土壤

发表时间　一九八〇年

发表处　《收获》

　　为繁荣社会主义文学事业，中国作家协会委托《文艺报》社举办"文艺报中篇小说奖"（1977—1980）。经评奖委员会评定，汪浙成温小钰同志的《土壤》获贰等奖。

评奖委员会主任委员

一九八一年五月

《土壤》获第一届全国优秀中篇小说奖证书

经评选委员会评定温小钰汪浙成同志的作品《苦夏》荣获中国作家协会第二届（一九八一——一九八二）全国优秀中篇小说奖

中国作家协会评选委员会

《苦夏》获第二届全国优秀中篇小说奖证书

在理想的边缘，凝视现实的深渊
——重读《土壤》

王　侃

一

　　汪浙成和温小钰出生二十世纪三十年代，五十年代求学于北京大学。对于他们这一代知识分子来说，高尚的理想主义、浓郁的家国情怀以及强烈的社会参与意识，可谓是一种普遍的人格标签。在文学观念上，他们是十九世纪欧洲批判现实主义的传承者，是文学"有用"的信仰者。面对新世纪文学边缘化的现实，或许只有他们这一辈作家在谈起文学时，仍然会不卑不亢地表达出那一份赤子般的热忱与信念，表现出"为天地立心，为生民立命"的士大夫气质和"俯首甘为孺子牛"的奉献精神。在今天这个"无名"时代，各种思想与价值都能野蛮生长，唯独理想主义的声音却沉寂了下去，变成了人们"羞于"谈起的话题，我们很难再像以前一样，"从容地向光荣者说到光荣"。

　　今天，当谈及"为何写作"这样的话题时，世面上流行的是余华在说"人的嘴巴是世界上最没有风景的地方"时自嘲的笑容，是莫言那句"为了一天三顿都能够吃上美味的饺子"时的世俗愿景，毋庸置疑，余华等人对文学的态度是严肃且虔诚的，但是在公共场合，他们却都不约而同地选择用幽默和自嘲将自己的严肃包裹起来，他们竭力将自己缩小，世俗仿佛成了理想和热爱的遮羞布，这便是如今这个反讽时代大部分人谈及文学时的状态。在文学创作上，余华等人也无疑是不折不扣的现代主义者，可以归入"一切坚固的东西都烟消云散了"之后的众声喧哗。这固然是一种巧妙和智慧的表达策略，是多种声音的一种。但是，汪温及其同辈人的理想主义表述，却无疑是渴望用振聋发聩的呐喊盖住纷扰的喧嚣，是试图寻找或者说挽留"坚固的东西"的一份诚恳的努力，是我们这个时代里，已经远去的声音。

二

《土壤》是汪浙成和温小钰的代表作。这部创作于二十世纪七八十年代之交的作品，其实也是这个时代的代表作，是这个时代在现实主义创作领域有很高艺术水准的典范性作品。汪温有坚定的现实主义文学立场，他们的创作思维植根于坚实的现实主义理念。他们曾说："文学作品在获得它的美学价值之前，要先获得它的认识价值。无论认识价值还是美学价值，唯一的根据是生活。生活，这是我们的根本出发点，是我们的全部创作活动耸立其上的基石。"①对"生活"，对"经验"，对"认识价值"优先地位的推崇，都体现了对典型的现实主义原则的服膺。这也意味着，刻画典型人物、揭露社会矛盾、提供历史认知是《土壤》的创作宗旨和美学归依。

依据现实主义的叙事设定，《土壤》有着叙事结构上的闭合性和完整性，它是通过完整、合理的故事情节，刻画鲜明的人物形象，表达明确且深刻的思想。就现实主义的表现形态来说，《土壤》是相当成功的。这部小说的人物形象非常生动，今天读来仍然鲜活、温热，有立体感。并且，通过主要人物辛启明和魏大雄二十年前后的矛盾冲突，发出了"改造社会的土壤"的时代呐喊，表达了"实事求是"这一在当时具有相当沉痛感的思想主题。小说甫一问世，评论界就对魏大雄、辛启明和黎珍这三个主要人物形象给予了高度评价，并认为"土壤"这一象征物所承载的社会批判切中了时代的要害、扣住了历史的脉搏。

《土壤》也有着对叙述手法进行初步探索的艺术努力，是那个时代小说艺术性较高水平的重要体现者。这部小说的叙述视角摆脱了全知全能的旧式设定和单一声道，而是分别让三个主人公用第一人称叙述，也正是由于这种多声部手法的运用，形成了叙事的复调，摆脱了前三十年文学中普遍存在的人物性格单一化和符号化的倾向，从而使小说主题得以向复杂和深刻处掘进。

当然，在四十年后的今天重读这部小说，我们除了能从情节和人

---

① 汪浙成，温小钰《草原蜜》，浙江文艺出版社1984版，第248页。

物中看见作者的拳拳之心、让我们可以重温八十年代初的激情与感动之外，历史的长焦也提供给我们更大的视野和纵深，我们会由此发现，重读向我们提示了某些时代裂隙。——但也正是这些裂隙，使我们得以窥见作者精神深处的真实意图与时代潮流之间的错位，得以洞悉这部作品如何在不经意之间搔到时代的神经末梢。

作者曾透露过自己的创作带有"规劝"的目的①，在这一观念前提下，再结合小说的人物设置和情节架构，以及结尾"启明星"的隐喻，在相当程度上，我们可以认为，对于小说的三个主要人物的预先构想，作者是想让辛启明的真诚压倒魏大雄的虚伪、让黎珍的谨慎聪慧打败魏大雄的卑鄙狡猾。但实际上，无论是八十年代的相关评论，还是今天重读这部小说的直观感受，魏大雄这一人物都更具"重量"，如果说辛启明和黎珍让人感动，那么魏大雄则能引起人们的沉默和反思。作者的"规劝"意图竟意外地被魏大雄这个人物给消释了。

在现实意义与社会反思的层面上，魏大雄这一人物显然更具真实性和典型性。魏大雄是一个曹操式的人物；如果说曹操在道出那句著名的"宁教我负天下人，休教天下人负我"的名言时，已经认识到了自己的卑鄙却甘于卑鄙或者说乐于卑鄙，那么，魏大雄则有一种不得不卑鄙的狡辩，或者退一步说，是无奈。魏大雄之所以没有被当成彻底的反面人物，而是让读者有一种亲切的陌生感，让人感到一种难以

---

① 张韧《他们把笔触伸向人物的灵魂——评温小钰、汪浙成的小说创作》，见《中篇小说论集》，福建人民出版社 1984 年版。

对其进行苛责的合理性，首先是因为其"卑鄙"是在畸形的时代环境中一步一步成型且加固的，有着深刻的现实依据。在二十世纪五十年代，作为大学生的魏大雄，也是一个有理想、有信念、有行动力的知识分子，当他得知同窗好友辛启明仅仅因为几句"我认为是错误"但"过后平心静气想想，不是没有道理"的发言，就被打为"配合右倾机会主义向党进攻"的"凶恶敌人"时，他也"想不通"。但是在邱书记的批评与诱导之下，他第一次"体会到了权威的力量"，以至于他逐渐放弃了自己的知识分子立场，"忽然间看出了一条人生道路……是政治，是革命，是红！这条路，走起来既名正言顺，又能得到实惠；即使有点个人小算盘，领导上也容易体谅照顾"，再到后来，他的"关系主义"深入骨髓，如果说早期的魏大雄还有一点知识分子的反思和实干家的气魄的话，那么在邱书记们一次又一次的威逼和诱导下，在无数个"不得不"的犹疑和妥协中，他已经与邱书记和张书记成为一丘之貉，甚至有过之而无不及。正如当时的评论者所说："作家的成功，不仅在于写出了魏大雄'这一个'独特的病态性格，而且在于他们直率地对滋生这种病态性格的社会生活'土壤'作了化验。"①

魏大雄这一人物形象之坚硬、之强大、之深刻，让魏大雄的对立面——辛启明和黎珍这两个形象具有了让人难以忽略的乌托邦气质，以至于使得作品中理想期许与现实困境的天平难以平衡——一边

---

① 曾镇南《论〈土壤〉对现实主义文学创作的意义》，《当代文艺思潮》，1984年第3期。

是脚下厚实的泥土，一边是天边遥不可及的启明星，如何平衡？这一困境，也是作者的精神困境的反映，是作者的"理想主义"之挣扎在作品中的延续。作者曾透露："当魏大雄得知自己过去的丈人吴根荣即将来视察工作时，我们本打算让情节急转直下，让他在成功的高峰前被揭露，以他的身败名裂作为小说的收煞。但是这样写却怎么也办不到，已经在作品中生活着的魏大雄不答应。"[①] 作者对魏大雄的让步，或许也是他们的理想对于现实的让步，于是，在小说的结尾，作者借黎珍之口发出的那句"让别人去容光焕发吧，我们有我们的青春"，就是一种对于现实困境的想象性解决，是用浪漫主义情怀迎击沉重的现实，是用"弱者的哲学"发出强者的怒吼。就像当年鲁迅追问"娜拉走后怎样"，当我们追问"辛启明上任之后怎样"、回首"'魏二世'小军怎样"之时，或许会与鲁迅一样眉头深锁，浩然长叹。张洁曾将她和她的同时代人命名为"痛苦的理想主义者"，我们或许可以认为，汪浙成和温小钰是站在"积极的理想主义"的沙滩上，脚底却被名为"痛苦的理想主义"的海水打湿。他们想要谱写一首理想主义者的赞歌，最后却不得不面对这一深刻的事实："卑鄙是卑鄙者的通行证，高尚是高尚者的墓志铭"。

---

① 汪浙成，温小钰《草原蜜》，浙江文艺出版社1984版，第210—211页。

三

隔着四十年的时间之河，用一种"后见之明"的视角回望，我们会发现，这部带有"反思小说"气质的作品愈益显出那个时代特定的精神烙印和思想规约。

辛启明与黎珍这两个人物显然体现的是作者的理想人格，若结合作者经历，我们甚至可以认为辛黎二人是作者对自己的人格期许。实际上，辛黎两个人物形象不仅是理想主义的，同时也是集体主义的，他们是"高大全"的软性变体，是个性压抑的历史延续。尽管作者为辛启明和黎珍安排了一场动人的、跨越二十年的爱情长跑，但填充这漫长的爱情历程的，仍然是劳动、奉献、牺牲、忍辱负重等早期社会主义话语。辛启明那句"改造自然的土壤固然重要，但改造社会的土壤更加重要"是小说的思想核心；在他看来，投机取巧与弄虚作假的社会风气固然是这病态"土壤"的一部分，但其实这只是青萍之末。经过深刻的历史反思的我们更知道，这病态的"土壤"深处，尚有一些层面未被当时的反思所触及——而这些层面上滋长的种种话语，填充了辛启明的灵魂。作者在试图发出个性主义的呐喊时产生了犹疑，他们不经意间触摸到了时代的神经末梢却在犹疑中未能探伸下去。这致使辛启明这一形象少了一些锐度，并明显地不如魏大雄厚实。

汪温最后不得不面对这样的故事结局：他们最后无法让魏大雄身败名裂，只能让辛启明和黎珍在滚滚的汽车烟尘中，眺望着遥不可及的启明星，对于小军的问题也只能不了了之，在"我们有我们的青春"的抒情中进行情感、道德层面的想象性抚慰。我大胆猜测，这结局或许跳离了汪温一开始的创作构想：他们想让辛启明的价值重量在魏大雄之上，想让辛启明和黎珍的人格高光照亮魏大雄的卑琐，以此达到对读者进行规劝的目的，但却身不由己地岔入了现如今的这个叙事窘境。他们的"身不由己"，让我们看到了"现实"的难以撬动，"土壤"的难以改造；他们的"身不由己"，让我们看到了"理想主义"的彷徨，以及它不得不继续在虚弱中安身的历史事实；他们的"身不由己"，让我们看到了那个时代于幽微处潜藏的深刻裂隙，而今已有巨大的历史回响从中涌出，警示着当下。他们的"身不由己"，既是时代的规约，也是文学与伦理的相互擦拭，是杰出作家良知的刹那定格。

王　侃

博士，杭州师范大学中文系教授，美国斯坦福大学东亚系高级访问学者。中国当代文学研究会理事、浙江省作家协会副主席。

从生活土壤中发掘新人的形象
——谈中篇小说《土壤》

张　韧

　　中篇小说《土壤》（作者汪浙成、温小钰，载《收获》1980年第6期），没有惊险曲折、石破天惊的故事情节，然而却颇耐咀嚼，发人深思。《土壤》是一部及时的作品，它正面描写了当前国民经济调整的斗争风貌，塑造了辛启明这个坚持真理、力挽狂澜的新人形象。

　　作者给自己提出了艺术上的难题。小说写的是辛启明、魏大雄和黎珍这三个农业大学学生的生活道路和爱情纠葛，但作品的重点是围绕着他们之间在农场经济调整中所展开的矛盾和斗争。它似乎是容易被误解为当前政策的图解。然而，究竟是不是图解政策的作品，并不在于它是不是触及目前正在发生的事件和实施的政策，而是在于它究竟是主题先行，还是从生活出发。《土壤》没有囿于经济调整的事件本身，而是把人物的命运和他们之间的关系提到创作的中心。作品在艺术构思上别具一格，每个章节分别以人名为标题，为辛、黎和魏三人"立传"。事实的自述，心灵的剖白，哲理的探求，作者交替运用着几种笔调，透过人物的命运和内心活动，展示出辛、魏之间的性格冲突和生活冲突的逻辑性，以及他们之间思想、道德、情操的差异和对立，因而使作品所描写的在经济调整中的冲突事件，具有很强的历史感和说服力。东风农场场长魏大雄，把应该轮休的土地也种上了粮食，他不惜以弄虚作假的卑劣手段，将耕种粮食的两万亩土地上报为一万亩，骗取了单产四百斤的"上纲要"的先进称号，作为他换取个人加官晋爵的资本。辛启明反对魏大雄这种"杀鸡取卵"、谎报成绩的做法。因为在轮休种草的土地上连续耕种粮食，势必破坏土壤。辛启明勇敢地揭露了假高产假典型的真相，坚决主张从高指标上退下来，只有退够，才能把农场生产真正搞上去。辛的性格核心是讲真话，为追求真理有一种锲而不舍的精神，而魏是个"顺风旗"，早在二十年前，在对待"大跃进"问题上，他们之间已经展开过一次交锋；二十年后，对农场建设方案的争论，实际是他们之间性格冲突的继续。从生活逻辑说，辛魏之间的冲突，真实地反映了当前社会上我党实事求是路线与"左"倾思想的大搏斗。它揭示了国民经济的调整和改革势在必行，预示着我们时代的脚步，正以锐不可当的气势奔突前进。

努力写好新人的形象，这是艺术创作上的又一个难题。"四人帮"鼓吹写"高大完美"的"英雄典型"，涂炭了革命文艺，也使文学中的英雄人物在群众中失去了信任。我们应当唾弃假大空式的英雄典型，但决不能因此而轻视体现时代精神的新人形象。小说将辛启明这个人物写得很扎实，个性鲜明，我们从他的身上可以看到新时期新人形象的某些重要特征。第一，我们的人民是从十年浩劫中走过来的，他们胸中有朝阳，也有伤痕，因此，如何正确对待伤痕，就成为新人的一个相当普遍的重要特征。二十年前，辛启明因为说了几句真话，失去了党籍、职业和爱情。但他没有在历史创伤中沉沦，他那颗赤子之心，从没有放弃"让祖国每一寸土地都覆满沃土"的理想。生活把他抛到荒野中去，但他在沙漠中却成功地进行了改良土壤的科学实验。第二，过去某些作品强调英雄人物的豪言壮举和非同凡响的气概，《土壤》对辛启明却着重描写他那种扎扎实实、为真理而斗争的自我牺牲的精神，他那种水滴石穿的顽强意志和平凡中见不平凡的性格特征。这，不正是我们时代所需要的筚路蓝缕、艰苦创业的英雄品质吗？第三，作品摘除了以往某些英雄人物脖子上的花环，按照生活的本来面目，描绘辛启明这个新人性格的复杂而丰富的特点。实事求是，自强不息，这是他性格主导的一面。但他有另一侧面，在政治重压下和冷峻的生活面前，他有点孤僻和忧郁，有时甚至想到科研单位或出国留学，离开那个使他痛苦的斗争旋涡。但是，当他看到那片绿洲被毁灭的残酷事实，一个共产党员的党性，促使他"留在这里，同老魏他们弄虚作假的行为再斗下去"，进一步改造沙漠。小说没有回避辛启明性格的弱点和复杂的内心世界，这不但没有损害这个新人形象的光辉，反而令人感到他有血有肉有灵魂。他不是平面的，而是立体的；他不是令人生厌的，而是砥砺斗志的感人形象。

　　作者抛弃了那种单一化的艺术教条主义，还表现在对魏大雄性格两重性的刻画上。作品剖析这个人物时，对他那种"扯顺风旗"的性格和大讲"关系学"的市侩哲学，进行了辛辣的揭露，但是它对这个人物并没有简单化漫画化。作品还腾出篇幅写了他性格的另一面，写他懂业务，身体力行，有一股说干就干的泼辣劲头。魏信奉"关系学"，胆敢弄虚作假而又自鸣得意，如果将这一切归结为个人品质的问题，这个形象将失去它的典型意义。魏大雄说，没有他，"还会有别人来，张大雄、李大雄，也许总产不是四百万，变成五百万！因为什么？需要！"这是他灵魂赤裸裸的自白！从这段带有辩护性的自白中，我们不是可以领悟到许多生活的真谛吗？他所谓的"需要"，无非是秉承地委张书记的旨意，适应"左"倾思潮的需要，拿自己所管辖的经济部门当赌本，将假典型当作保官升官、飞黄腾达的云梯。魏还算不上罪不容诛的坏人，但他确实染上了一种社会性的瘟疫，即千夫所指的"顺风旗"和"关系学"。魏的独特性格是有典型意义的，我们应当鞭笞它，但更不要忘记清除产生它的社会风气。

作者以往写了一些较好的短篇，《土壤》是他们的第一部中篇作品。尽管它还可以提炼得精粹些，与辛、魏相比，黎珍的形象显得弱了点，但就这部作品所反映的四化建设的生活深度，它在艺术上达到的高度，可以说是他们创作上的一个突破。这也是值得向读者推荐的理由。

（原刊于《人民日报》1981 年 3 月 18 日）

张 韧（1934—2009）
文学评论家。中国社科院文学研究所原研究员。

时代前进的脉搏在跳动
——评中篇小说《土壤》

张　炯

　　中篇小说的崛起，是近年我国文学引人注目的突出现象。在 1980 年丰收的中篇佳作里，《土壤》（载 1980 年《收获》第 6 期）是一篇饶有时代特色的作品。它犹如一首抒情意味浓郁的叙事诗，以清新流丽的优美文笔、微妙曲折的动人故事和真实丰满的人物形象，相当深刻地反映了我国现实生活中极富典型意义的矛盾和斗争。在小说描绘的彩色鲜灵、笔触细腻的艺术图画里，我们强烈地感受到时代的面影、时代的精神和时代前进脉搏的跳动。

　　"改造自然的土壤固然重要，但改造社会的土壤更加重要。"这是小说中的主要人物辛启明富有深意的内心自白，也是作者的点题之笔。是的，在建设社会主义的伟大斗争中，不清除旧社会的基础，就无法建立新社会。何况，如马克思所说："陈旧的东西总是力图在新生的形式中得到恢复和巩固。"（《马克思恩格斯选集》第 4 卷第 394 页）小说作者从一个国营农场围绕改造自然土壤的斗争落笔，提出的却是这样一个具有时代迫切性的思想主题：在经历了三十年社会主义岁月后，我们如果不继续改造现实生活中的社会土壤，恢复被林彪、"四人帮"破坏的"团粒结构"，并且彻底清算极左路线的流毒，坚持发扬实事求是的革命传统，那么，要实现四个现代化就是不可能的。作者以《土壤》命名自己的小说，其深意就在于此。

小说的故事从农业部研究所助理研究员黎珍来到伊赫农场，意外地遇见老同学魏大雄和辛启明而展开。五十年代末，他们是农业大学的同班学生。魏大雄、辛启明这对朋友，都爱上了黎珍。黎珍选择了品学兼优的辛启明。后来辛因为对魏起草的学习总结提出意见，坚持说真话，竟被打成右倾机会主义分子，开除了党籍，下放劳动改造。三人从此分道扬镳了。二十年后的今天，在十年浩劫中失去丈夫的黎珍，受命来到这个农场，调查它是否符合商品粮基地的条件。她发现场长魏大雄弄虚作假，发现魏大雄与技术员辛启明之间潜藏着一场使自己必须卷入的深刻冲突。于是交织着爱情、友谊、思想分野和工作矛盾的触动内心感情波澜的斗争，便在三人间发生了。

在小说笔酣墨饱、着意刻画的这三个人物中，农场场长魏大雄的形象相当成功，不仅生动、真实，而且有着深刻的社会典型意义。这个内心卑鄙的个人主义者，千方百计往上爬的小野心家，其典型性还在于他是"陈旧的东西"在"新生的形式"中的顽强变种。他受过共产党和新社会的教育，革命的道理、原则，能说出一套又一套。但他从来没有准备实行。支配他行为的最根本最隐蔽的动机却是个人的安危、得失和对权位的追求。为了自己能爬上去，他决不顾惜任何东西——包括友谊与爱情，也包括党和人民的利益。如果说，当初在大学里他迫于党总支副书记的压力而大整辛启明，还不无内疚地为朋友作过辩护，那么经过二十年的风风雨雨，他的个人主义和权势欲就更加恶性膨胀，更加厚颜无耻，而且披上更厚的保护色。他从倾心权位与地委书记的女儿结婚，到杀岳父的"回马枪"，撵走无家可归的丈母娘；从欺骗上级、笼络下属，采用耗尽地力的耕作法，虚报粮食的亩产量，到再次向朋友放暗箭，爬上农管局副局长的宝座……一系列情节和细节都活脱脱地勾画出这个貌似豁达大度，肯带头吃苦也有工作魄力的农场场长的卑鄙灵魂。他精于"关系学"，善于以革命"需要"的名义为满足个人的私欲服务，甚至口蜜腹剑、笑里藏刀，在关键时刻像心狠手黑的赌棍一样，敢下最大的赌注。十年浩劫以来，这样的人物在现实生活中难道不是人们相当熟悉的吗?! 作者没有把他写成简单意义上的"坏人"，而根据人物发展的现实逻辑，既充分展现他的性格的种种复杂侧面，又紧紧抓住和突出地刻画了人物的本质特征，这样处理正突出了人物形象的真实的力量。

在我们的社会里，如果说旧思想的温床和极左路线的扶植，孕育出魏大雄式的畸形人物，那么，新时代的雨露阳光毕竟滋润和培养了大批辛启明、黎珍那样的正直无私的社会主义新人。尽管他们曾比较幼稚，却对党和人民十分忠诚。近二十年严峻岁月的考验里，尽管他们都是极左路线和林彪、"四人帮"的受害者，然而始终坚持说真话，坚持党的实事求是的优良传统。在向四化进军的征途上，他们能够为捍卫党的原则无私无畏地去战斗。

我以为辛启明这个人物可以毫无愧色地称为当代英雄。是的，作者对这个人物有所理想化，但人物的基本性格又是真实的。联系小说对人物历史命运的描写，那么，对他的喜怒哀乐，他的纷纭思绪和感觉，他的貌似冷僻、心热如火，他的寡言、温厚、善良以及他对于爱情深挚的坚贞和对原则问题决不退让的坚定，人们都是可以理解的。这不是我国文学中曾有过的那种头显灵光、口出豪言的"英雄"，而是脚踏实地，一步一个脚印地为社会主义事业茹苦含辛、呕心沥血的实干家，具有自身坚强性格和深沉感情的先进的革命战士。

黎珍也许没有辛启明那么坚强和刚毅，她曾经比辛启明更为幼稚，甚至上当去劝说心爱的朋友承认本不存在的"错误"，但二十年饱经忧患的生活波涛毕竟使她成熟起来。在围绕要不要揭露魏大雄弄虚作假、欺骗国家的尖锐斗争中，她终于不顾魏的讨好、奉承、诱惑以及毁谤、打击、报复，也不顾儿子刘军的劝阻、误解和求情，坚定地站到了似乎势孤力单的辛启明一边。这就使她的有些柔弱的性格熠然耀目地放射出光辉。尽管她珍视自己的儿子，也不愿失去友谊、失去她可能再次获得的辛启明的爱情，但在她的心目中，党和人民的利益终究高于一切的考虑。这难道不是一代社会主义新人的最具本质性的特征吗?!

毛泽东同志当年亲笔手书"实事求是"四个大字于延安中央党校的大门上。作为共产党员的辛启明，更把"实事求是"牢牢地镌刻在心上，作为行动的指南。他一直坚持实事求是，对违背实事求是的错误言行进行了百折不挠的斗争。这是他坚定纯正的党性原则的表现。因为，实事求是，是完全符合唯物辩证法的真理。它不仅是我们党的优秀革命传统，也是今天突出的时代精神，是我们一切工作领域，包括调整和改革国民经济的唯一正确的思想路线。三十年曲折的社会主义道路表明，什么时候我们坚持了实事求是的精神，我们的事业就稳步走向胜利；什么时候我们违背了实事求是的精神，我们的事业就遭到严重的挫折。辛启明、黎珍与魏大雄在农场的斗争，实质上是二十年前使他们分道扬镳的那场斗争的继续。人们从时间、地点、条件都不相同的两场斗争中，正可以感受到坚持实事求是的正确思想路线与违背实事求是的极左路线在我国政治经济生活领域的长期深刻的冲突。极左路线的推行，不但在五十年代末给党和人民的事业带来巨大的灾难，打击了许许多多辛启明这样的好同志，破坏了党的优良传统，而且为林彪、"四人帮"后来的猖獗增添了思想和社会方面的条件。今天，极左路线的思想影响还未消失。小说写到魏大雄继续被提升，写到他得以存在和飞黄腾达的社会土壤尚未被触动。这在某些地方的确还是生活的真实，非常值得我们深思。但时代毕竟前进了。辛启明、黎珍终于获得农场广大职工的拥护，这符合生活的辩证法。他们的彻底胜利，应属必然无疑。小说围绕几个人物的历史命运及其性格冲突，通过一个农场的生产计划的调整，一定程度上描绘出我国现实生活中这场斗争的深刻性和复杂性，应该说是很有教育意义的。

回顾我国社会主义的曲折道路，重新认识历史的经验教训，这是近年来文学创作题材开拓的一个十分重要的方面。回顾不是为了感叹，而是为了前进，为了扫清四化的障碍，鼓舞人民群众为实现四化英勇奋斗。有见地的作家总是从往日的伤痕中看到健康肌肤在生长，从暂时黑暗的迷惘里烛见光明力量在搏斗。任何坎坷的道路都阻挡不了社会主义车轮的滚动和前进，哪怕有时是多么缓慢和艰难。《土壤》在反映当代的现实时，没有回避生活中的伤痕或阴暗丑恶的方面，却能通过对人物关系变化的生动描写，真实地把握历史生活的革命发展，在鞭答反面事物的同时，将昂扬的赞歌献给代表历史前进方向的正面形象，因而整个画幅并不灰暗，相反，它的基调是明朗、热烈、富有振奋人心的鼓舞力量的。

当然，小说也存在某些缺点。它通过三个主要人物的各自独白，交叉地结构自己的故事，描画各种不同的性格、心理和感受，这种新颖的表现形式也许有利于独创一格，有利于细腻地剖析人物的内心世界，但对表现人物众多、内容丰富的作品，却并非没有短处。从三个不同角度去叙述、描写同几个人物之间错综复杂的关系，难免出现某些重复，同时由于不断轮流变换角度，也必然要打断读者阅读作品时身入其境的思绪，不能不影响到艺术感染力，使得它被削弱。此外，双重三角关系的爱情安排，有明显的人为痕迹；在揭露魏大雄的斗争中，仿佛一切都取决于辛启明，没有把农场广大职工写得更积极些，这也不够真实。自然，这些缺点与小说所达到的整个思想艺术的成就相比，毕竟是次要的。

《土壤》的作者汪浙成、温小钰两位同志，青年时求学于北京，后来长期工作于内蒙古。他们熟悉小说中所描写的生活。这部十多万字的中篇，是他们近年的力作，可以说，标志着他们创作的一个新起点。从中，我们不难看到他们扎实的生活积累和艺术上精益求精、勇于创新的努力，也不难看到他们的思想和才华都正在走向成熟。我想，广大读者为他们获得的成就感到高兴的同时，也一定殷切地期望他们会有更多更好的新作品问世。

（原刊于《光明日报》1981 年 4 月 14 日）

张　炯

著名文艺评论家。中国作协原副主席，中国当代文学研究会原会长，中国社科院文学研究所研究员。

为了祖国大地覆满沃土
——评中篇小说《土壤》

班　澜

　　一部优秀的文学作品，读时如饮老窖醇酿，使人进入一种感情微醺的境界；读后如嚼橄榄，在回味之中产生警醒和奋发向上的力量；这样的作品给人重读的欲望，每次开卷都会有新的收益。我区作者汪浙成、温小钰同志近著中篇小说《土壤》（载《收获》1980年第6期），正是具有这样的艺术魅力的佳作。它以洋溢着诗情和哲理的笔触，描摹了当前国民经济调整的风云变幻的故事，塑造了真实丰满的人物形象，立意深远，反映了强烈的时代精神。唯其如此，它在全国产生了广泛的影响，受到读者好评。

　　《土壤》表现的是某国营农场在当前国民经济调整中的一场矛盾斗争。题材与现实生活贴得这样紧，在小说创作，特别是中、长篇创作中，曾被许多人视为畏途；更值得称赞的是，作者怀着对党和人民事业的高度责任感，毫不回避现实生活中复杂尖锐的矛盾，勇于以艺术形象回答人民所关心的问题，而又没有可厌的图解政策的痕迹。这部作品对中篇小说如何迅速及时地反映现实的斗争生活，有着启示的作用。

这部作品同近年来思想解放运动中产生的许多优秀作品一样，闪烁着对社会主义祖国三十年来的历史和急剧变更中的现实生活深入思考、深刻剖析的思想光彩。作品写农业部研究所助理研究员黎珍，到地处伊赫沙漠的东风国营农场，调查它是否符合商品粮食基地的条件。她意外地遇到了老同学：农场场长魏大雄，技术员辛启明。他们三人在五十年代末期是农业大学同班学生。二十年前，魏大雄曾经参与把反对"浮夸风"的辛启明打成右倾机会主义分子的活动。辛启明被开除了党籍，发配在大漠腹地的东风农场，因而断绝了与黎珍的爱情关系。二十年后的今天，靠扯"顺风旗"、搞"关系学"而官运亨通的魏大雄，为了进一步飞黄腾达，不惜破坏地力，不顾经济亏空，把应轮休的土地种上粮食，虚报产量，制造了"上纲要"的假典型骗取荣誉。为了掩盖经济赤字，他还采取图表上植树育苗的卑劣手段欺骗国家。他搞的一套，完全是新形势下的"浮夸风"。还是当年那个辛启明，坚持实事求是的精神，和黎珍一起对魏大雄进行坚决斗争。这完全是二十年前那场斗争的继续，不过较二十年前更为复杂而已。显而易见，对这场斗争的描述，准确地揭示了当前我党实事求是的路线与"左"倾思想斗争的基本矛盾，具有现实生活的厚度和历史的深度。但是，它既是一部深邃之作，就不会是某种观念的图解，也不会意在对官僚主义者表面化的揭露。《土壤》的作者把敏锐的目光投向从十年浩劫的严寒中苏醒的大地——现实社会的土壤，像农学家一样，撷取土样，在显微镜下分析它的结构，寻找它瘠薄的原因。发现当党和人民正着手把祖国母亲胸前难看的疤痕变成健康的肌肤——把荒沙变绿洲的时候，魏大雄们却干着把绿洲变荒沙的勾当。作品发出大声疾呼："改造自然的土壤固然重要，但改造社会的土壤更加重要。"不彻底清算极左路线的流毒，坚持党的实事求是的革命传统，实现四个现代化是不可能的。它在中篇小说领域，第一次警醒地提出改造社会土壤这样一个事关国家前途命运的大事。这是作品深刻意义的所在，同时这种独到的主题思想的挖掘，构成了作品独特性的重要因素。

《土壤》获得成功的主要原因，还在于它塑造了独特的、典型性的，因而具有深刻认识意义和美学价值的人物形象。作品笔酣墨饱地描绘了魏大雄、辛启明和黎珍三个人物，前两者尤为成功。

魏大雄，"好比是黑刺蒿"，"恨不得把土壤里的养分一下子吸干，对养育它的土壤从不做一点有益的事"。他虽然受过党的教育，有共产党员的光荣称号，却从来没有准备为社会主义事业献身。个人主义和权势欲的膨胀，构成了他思想性格发展的历史。如果说魏大雄在劝告辛启明不要撤回数据错误的论文时，怕"系主任脸上不好看，影响了关系"，只是他扯"顺风旗"，搞"关系学"初见端倪；那么在邱副书记压力下，为了不受牵连，为了留在北京，为了从辛启明身边夺走黎珍的爱情，大整辛启明，则是他走上邪路的开始。及至他走上社会，为追逐权势而追求地委书记的女儿，"文化大革命"时杀岳父的"回马枪"，卖身投靠，表明他已经堕落到无耻无义的地步。而在新的历史时期，党领导人民为实现四化艰苦奋斗时，他从虚报粮产，图纸上种树，欺骗党和人民，到落实政策会上向社会主义制度大泼脏水，咒骂社会主义祖国"连封建主义都不如"，可见他个人主义与权势欲的恶性膨胀达到何等可怕的程度。但是，他不是简单的坏人，他还有懂业务、有魄力、身体力行等性格侧面，也许他曾经有成为英雄的可能。那么是什么土壤培养了他这棵"黑刺蒿"呢？作品在这方面也作了深刻反映：从大学时代迫使他为"左"倾路线服务、毕业时给他特殊照顾的邱副书记；到使种种利益降临到他头上的岳父的老战友、老部下；到指使他以欺骗手段制造假典型，并使他在欺骗行为暴露后照旧迁升的地委张书记……这样一些人物在极左路线下形成一张伞，他们把魏大雄作为执行极左路线的工具，同时满足他个人主义、权势欲生成所需要的水分和肥料。这张伞保护了旧思想的温床，保护了魏大雄，使他"生长得特别旺盛，蓬蓬勃勃"。

魏大雄是极左路线和旧思想土壤里必然产生的畸形人物。他不是第一个，也不是最后一个。作者怀着"为了祖国大地覆满沃土"的理想，鞭挞他丑恶的灵魂，"使人引起羞恶之心"，"激起人们去创造别种生活方式的强烈愿望"。因此，这一形象有深刻的认识意义和美学价值，不失为当代文学画廊中成功的典型形象。

辛启明则好比"优质绿肥作物"，"把自己的一切，甚至连那生长着豆粒一般的根瘤菌的根须，都献给了这块生它养它的母亲大地"。在这一人物形象身上，凝聚着作者的挚爱之情和美学理想。辛启明的生活经历，决定了他不是那种叱咤风云的英雄。他曾经是单纯、热情的，当不幸降临时，他始而抗争，继而为爱情承认错误，希望好好劳动而得到谅解；当最终要留在农场时，也失望而醉过酒。但他不曾丧失过理想，这理想使他在荒原扎了根。二十年的逆境生活，也给他打上了冷淡、克制、忧郁的烙印，形成性格孤僻的侧面。面对较大的政治压力和繁复的生活矛盾，他思想也有过动摇和彷徨，同样是这理想支持着他，使他鼓起勇气，决心"同老魏他们弄虚作假的行为再斗下去"！和我们这个时代的许多英雄人物一样，逆境中见其崇高，平凡中见其伟大，辛启明可谓是时代英雄。作者在塑造这一英雄形象时，特别注意透过他在逆境中产生的生活矛盾，从细微处着力挖掘人物的精神美。如写他在挂着黑牌挨斗时，发现牛群进了试验田，他急了，不顾一切去赶牛群；赶走牛群，意外地发现牛群吃掉枝头使"绿沙"一号提前成熟的现象，他惊喜若狂，竟对来揪斗他的"积极分子"讲起他的发现，结果被按在地上，还踏上了一只脚，这时他止不住流泪了。这一惊、一喜、一悲之间，写出了多少丰富的感情，他对理想坚贞不渝的追求是多么感人！同样，他在小卖部不假思索地买了两盒红虾酥糖后的茫然失措，不是感到了他对爱情忠贞不渝的心在跳动吗？特别是党为他落实政策的时候，他听到魏大雄向党向社会主义泼脏水，情不自禁地说："正是现在，需要我们比任何时候都更加爱护党，维护党！"这黄钟大吕般的语言，情动于中而发之，表现了一个蒙冤二十年的共产党人的赤子之心。作者通过这样细密的笔触，有力地表现出辛启明在逆境中保持的对党、对人民、对理想、对爱情的坚贞。这是我们这个时代的英雄最宝贵的品格。这种美好的品格，遭受着威胁和伤害，使人更加意识到它的可贵，从而把我们引入审美的境界，引入对生活的思考和评判。

　　辛启明的形象具有理想的色彩，但他又扎根于深深的生活土壤。五十年代末，乃至十年浩劫期间，有许许多多辛启明这样怀抱"为了祖国大地覆满沃土"理想的好同志，在受到极左路线迫害后，他们不是都像辛启明一样保持着美好的品格吗？更重要的是作品令人信服地揭示了给辛启明以力量的大地母亲——从老场长吴根荣身上体现出的党的正确路线的力量；从无名烈士的壮烈业绩体现出的革命传统的力量；从玉玲和那些泥土般脸色的老农工身上体现出的人民群众的力量；甚至我们还感到屈原"虽九死其犹未悔"那种传统的精神力量……因此，辛启明这一形象不是乌托邦式的，而是如别林斯基所说，是"如实的现实中的事实"，是"透过诗人的想象，透过一般意义的光芒照亮的，升华为创造的事实"。

从人物塑造来看，作者打破了那种单纯表现坏人的恶和好人的善的写法，注意描写人物性格的发展过程，注意揭示人物性格发展的社会原因和因此形成的性格的复杂性；同时以细密入微的笔触去表现人的灵魂最细致、最隐蔽的网络；并把不同性格的人物从作品的总体上加以对照，使丑与美、卑鄙与崇高相反相成；使他们在理想的光照下，又不乏活人的风姿，成为具有典型意义的形象。这是作品在人物创造上提供的可资借鉴的经验。

许多触及时弊的作品，由于目光胶着于生活中的伤痕或阴暗丑恶的方面，常常缺乏理想的光照而产生压抑感。《土壤》的作者历来不主张消极。他们在创作中总是坚持给人以鼓舞的力量，可以说他们自己就是怀着"为了祖国大地覆满沃土"的拳拳赤心在笔耕。他们在《土壤》中，以严肃的现实主义态度描绘了生活，而且依照恩格斯所说，没有"把他所描写的社会冲突的历史的未来的解决办法硬塞给读者"。小说结尾写到魏大雄继续被提升，他赖以生存的土壤也没有被触动。可是，作品并不低沉，响彻着时代亢奋前进的足音。这与作者准确把握并表现事物发展的总趋势不无关系。魏大雄固然精明强干，也不乏种种卑鄙阴谋和手段，却在似乎孤军奋战的辛启明、黎珍面前节节败退，最后无可奈何地离开了农场，就已经含蓄地表达了他必然归于失败的命运。另外，从人物性格的发展上也表现出了这一历史趋势。黎珍这个曾经幼稚、轻信的人物，二十年前甚至劝说辛启明承认错误，希图得到谅解，但是，二十年的忧患使她成熟，成了能摒弃个人利益坚决同魏大雄斗争的战士。她的成长本身就形象地说明，人民群众在斗争中的觉醒，是历史的必然规律，是任何人不能阻遏的。也可以说，《土壤》唱出了一曲共产主义理想的赞歌。"为了祖国大地覆满沃土"，正是实现共产主义理想的形象的表达。共产主义不就是在不断清除旧的社会土壤，不断改造"一穷二白"的瘠薄的大地的斗争中成长的吗？支持着辛启明、黎珍等进行斗争的，正是这种理想的力量。

（原刊于《内蒙古日报》1981 年 5 月 23 日）

班　澜

曾任广东省委党校教授，内蒙古大学汉语系教授。

新的青春之歌
——评中篇小说《土壤》

朱　寨

　　我们的社会主义祖国正处于伟大的历史转机。作为社会生活的一面镜子的文学作品，必然作出敏感的映现。同时也给文学创作本身带来新的生机和活力。新人新作如雨后春笋，往往每一重要新人新作的出现，都有自己新的贡献。汪浙成、温小钰的近作——中篇小说《土壤》（《收获》1980年第6期），是又一值得重视、欢迎的新作。

　　《土壤》成功地刻画了魏大雄、辛启明、黎珍三个主要人物。

　　魏大雄是这样一个艺术形象：不同的读者都可以从这个人物身上发现自己感到十分熟悉的方面。有的会觉得仿佛是自己五十年代大学同学；有的会觉得很像自己工作机关的某个干部。这个人物个性鲜明，又性格深邃。他在大学里是积极的班干部，却又是同学们公认的"马大哈"；到了工作岗位上，他是精明能干的"一把手"，依然是"大大咧咧"。他那魁梧的身躯，健壮的体态，谈笑的风趣，也都使人觉得眼熟耳熟，"似曾相识"。同时，这个人物又使我们觉得"不曾相识"，因为在鲁直豪爽的外表下掩盖着不容易为人觉察的精细，在谈笑风生中埋伏着阴谋和野心。作者剥去了他光怪陆离的外表，暴露了他性格中"带有血腥味的东西"，而且剖析了这种性格形成的背景、过程和原因。虽然从大学时代，魏大雄已经与众有所不同，年龄比一般同学大，考虑问题实际，"生来就有一种牛一般的吃苦精神"，自信能"撑过别人"，但对于人生前途，并没有自己的明确意识。1958年那场"红专大辩论"，使他对人生前途不能不审慎思考了。系的党总支副书记邱良才使他树立了这样的观念：先专后红是资产阶级思想，是旧知识分子吃业务饭的道路；今后都要把红放在第一位，对人对己首先看政治条件。所谓政治条件，就是在政治运动中的表现。1959年反右倾机会主义运动中，他的好友辛启明因为过去的几句直言，成了运动对象，使他面临着实际的考验。而这场不正常的党内政治斗争，要求于党员的却不是坚持党的实事求是的传统，而是相反。他精神上感到未曾有过的痛苦。邱书记批评他"右倾温情""超阶级的朋友义气"，教育他"划清界限，坚决斗争"，并以最后通牒的方式严厉警告他"悬崖勒马"，否则"后果不堪设想"。这使他"第一次体会到权威的力量"，不得不放弃自己明明觉得的一点真理。而且使他认识到：既然上面发动运动，就说明运动的必要；运动需要谁成为敌人，他就应该是敌人。辛启明因为坚持实事求是，结果被开除党籍，保留学籍，下放到内蒙古伊赫沙漠地区军垦农场监督劳动。这使他亲眼看到"一个人如果冒犯潮流，会落到什么下场"。大学毕业的时候，他的学习成绩并不佳，只是因为政治表现好，在分配上没有人能同他较量匹敌。从此他看清了"一条人生道路"："重要的是政治，是革命，是红！

这条路，走起来既名正言顺，又能得到实惠；即使有点个人小算盘，领导上也容易体谅照顾。"这是魏大雄这个人物性格发展变化的重要契机。本着这种人生哲学，他攀附逢迎，"扯顺风旗"，因而春风得意，成了地委县委接班人"苗子"。突如其来的"文化大革命"，曾使他一度惝恍，通过"表态""揭发""划清界限"……很快就"回到了革命路线"上，被吸收到地委机关革委会的领导班子。他庆幸自己"度过了人生航程上遇到的第一次惊涛骇浪"，也变得更加老练乖觉，心狠疯狂。为了"得虎子"，他主动要求到伊赫沙漠地区的东风农场这个"虎穴"担任场长。他拉扯关系，笼络人心，恩威兼施，取得了农场"国王"地位。他破坏治沙改田的轮作制度，用"帮产田"的名目瞒地虚报，骗取了所谓"学大寨"的先进单位称号。他的名字因此又开始挂在领导的嘴巴上，出现在报纸电台广播里。他"又撺过了别人，竖了起来"。学大寨成了他"一生中的重大转机"。他下一步的目标是争取让部里正式确定他的农场为国家商品粮基地，这样就能得到国家更多的投资、更多的设备，他的政治地位更加牢固了。但是，这样做的后果是用不了多久，前人千辛万苦用血汗开发出来的良田，又重新沦为千里赤地的沙漠。这并不是作者的说理推论，而是通过亚茨海的荡漾生命，死树林的令人恐怖的死寂，对照鲜明地展现出来。前者是人们辛勤垦殖的结果，后者是毁于浩劫的虐杀。作品关于沙漠描写精彩之处，就是写出了沙漠的生命和生死的变迁。正当他采取杀鸡取卵、饮鸩止渴的手段猎取他未来的"人生第二次重大转机"的时刻，党的十一届三中全会，给我们国家政治生活带来了新的转机，也给治沙斗争带来转机。昭雪冤案，落实政策，拨乱反正，被逆阻回潮的历史潮流又复归东流。这个一贯扯顺风旗、赶浪弄潮因而飞黄腾达的人物，也就到了他历史寿命的终期。在给辛启明落实政策的大会上，他又故技重演，顺风转舵，来了个一百八十度的大转变，竟公开破口大骂起社会主义来："我们一直自称生活在最先进的社会主义制度中，从这点（指辛启明的冤案）来说，我们连封建主义都不如！"他一贯说别人都是想复辟资本主义，唯独他最拥护社会主义。这岂不是不打自招，说明了自己政治上原来一贯虚伪，今天暴露出了丑恶的真面目吗？这个情节，不过是像闪电一掣，却照彻了魏大雄灵魂的最阴暗的角落，而且使人看到顺风转舵、政治上不诚实，是与无产阶级党性原则、社会主义制度水火不相容的。从这个人物的政治生命转折的契机、关键，可以看出，由于我们党的传统作风遭到了不正常政治运动的严重破坏，不正常的政治土壤生长出了这种不正常的人物。魏大雄在他一生中重大转折时刻的内心怀疑、矛盾和痛苦，不单纯是出于个人得失的权衡考虑。他手里并不巩固的一点真理，敌不过邱书记的权威，那确实令人生畏。政治上老练的地委张副书记，和颜悦色，循循善诱，用不露声色的威胁利诱，促使他不能不在说谎造假上一再加码，被逼上梁山后，便丧心病狂，杀鸡取卵，饮鸩止渴。他们又都是以真理权威面貌和党组织代表者的身份出现，因此魏大雄有不得已的苦衷，有值得同情的一面。当他顺从的时候，就可以肆无忌惮，无法无天。只有当党恢复了革命传统，历史复归正流，他们才悲伤地感到"在党面前，在整个党组织面前，不是法力无边"，见风转舵、扯顺风旗的政治投机行径再也行不通了。"改造自然的土壤固然重要，但改造社会的土壤更加重要。"作品的这一主题思想，通过魏大雄这个人物性格形成发展的历史，得到令人信服的体现。作者写出了这个人物性格的矛盾复杂，对立统一，鞭辟入里。作者显然是鞭笞这种人物的，但并没有故意丑化，而且赋予了应有的光彩体态、仪表、风度。作品描写他挖土方示范劳动时，对于他熟练而又粗犷的动作，甚至流露着赞赏。这不但没有模糊人物性格的面貌，而且使人物个性更加鲜明，形象更加丰满生动。

辛启明、黎珍这两个主要人物，虽然不如魏大雄形象丰满，但另有魏大雄这个形象所不及的艺术感染力。作品的思想倾向，作者的美学理想，主要寄托在这两个人物形象上。魏大雄这个人物形象告诫人们：改造社会土壤比改造自然土壤更重要。辛启明、黎珍这两个人物才使我们看到了能改造社会土壤又能改造自然土壤的令人向往仿效的形象。作者的激情和诗意，理想和歌赞，也主要倾注在这两个形象上，给予读者的不仅是理念的启发，而且是感情的激动和向往。

辛启明这个带有理想色彩的正面形象，写得既感人，又朴实。他并不热情洋溢，锋芒毕露，是一个认真诚恳的共产党员，内心光彩照人。为他招来弥天大祸的，并不是什么大胆妄行，放谈高论，不过是作为一个学农业科学的学生，一个普普通通的共产党员，在讨论总结时，不同意把一个未经核实显然违犯常识的亩产数字写入总结报告中，因此说了几句朴实的直言："共产党员，就要说真话，实事求是，这是共产党员的党性原则。"他对党一片赤子之心，蒙冤被开除党籍，成了"敌人"，他对党并无怨言，努力争取早日取得组织的谅解。最令人感佩的是，任何冷酷的打击都没有动摇他"让祖国每一寸土地都覆满沃土"的誓愿，把炼狱变成科学实验的场所，终于成功培养出改造沙漠的优质绿肥植物"绿沙"。其实他本人就是一个"绿肥式"的人物，默默而顽强地用自己的生命去改变沙漠，肥沃土壤。

黎珍虽然并没有遭受辛启明那样的政治打击，但她心灵经受的磨难，比辛启明还要坎坷泥泞。如果说对于魏大雄作者是用冷峻的笔触从各个侧面描绘了一个复杂的性格，那么，对于黎珍作者则隐忍酸泪历数了一个女性心灵上的斑斑伤痕，写出了一个坚强的女性。黎珍当年在学校里的时候，在说唱笑闹的"快活姑娘"们中间，也是最单纯天真的一个。她单纯到幼稚的程度，是辛启明启迪了她。辛启明不谋虚名，严格要求自己，使她佩服。辛启明闪现的诗人才情，令她吃惊。辛启明不单纯迷恋科学实验，他尊重体力劳动。他经常悄悄帮助清扫工扫地、整理、洗刷器皿直到深夜，这种悄悄助人的行为，使她感动。她从辛启明身上发现"他心里想着一些我没有怎么想的事"。辛启明使她从幼稚的幻想，进入切实的努力。他们为了"让祖国每一寸土地都覆满沃土"，合作论文，准备比翼远飞。反右倾机会主义运动带来的灾祸落在了辛启明的头上，同时也落在她的心上。接踵而来的是连连的沉重打击：辛启明这颗她心目中的"启明星"无故从天际消失；刘子磐这盏"渔火"又惨遭扑灭；其间魏大雄对她爱情的觊觎，更增加了她感情上的痛苦和反感。经历沧桑，不料又与辛启明、魏大雄同时意外相逢，伤痕累累的心灵，重新经历过去的打击，并且又面临着新的折磨。她始终控制住自己，紧紧关闭着感情的闸门，隐忍苦痛，作为一个母亲，还要遭受不肖之子的刺伤。刘小军是她同刘子磐的亲生儿子，可是他身上完全失去了嫡亲的遗传因子，成了忠实地追随于魏大雄之后的"魏二世"，对待辛启明又是那么粗暴无理。儿子的这种不明恩仇，不辨是非，冥顽不化，等于践踏着她心上的伤痕戏乐。但她独自隐忍着。刘小军本是一个生性温顺、安静得近于胆怯的孩子，十年腥风血雨的暴乱，将他变成了一个"小暴徒"，开始出于不得已才攥起自卫的小拳头，后来为了维护父母的革命声誉，举拳抗击，失去了父母的庇护教养后，实际成了孤儿，沦落于动荡灾难中。他像一个"小流氓"一样来到了这塞外农场，被魏大雄的粗暴强力驯服，"引上了正道"，成了魏大雄的义务宣传员。环境使他同亲生父母成了完全不同的两代人。在刘小军身上浓缩着十年浩劫灾难的历史。十年灾难在母子亲友间造成了多么令人痛心的错乱颠倒，而这命运的作弄又集中到黎珍的心上，使她更加坚定地要把儿子从这里领回北京自己身边。关于这种心情，她自白说："我们这一代人自己可以在边野荒漠中工作，可我们绝大多数舍不得自己的孩子在这种环境里生活。我也是这样。我不是个具有英雄性格的母亲。"这是一代母亲的心声。时代给一代母亲心灵上罩上了阴影，难免有些凄楚。但她为了斗争的需要，为了实践自己的宿愿，却果断决定同儿子一起在这个环境里留下来，表现了英雄母亲的性格。

作为一个农业科学工作者、共产党员干部，她这一方面的历程，作品没有直接描写。但是，她在这方面前后变化悬殊，判若两人。她处事立场坚定而又沉着稳重，对于业务娴熟精通。魏大雄为她特意组织的汇报会，实际是给她这位部里来的检查员精心设下的陷阱，企图通过她骗取部里的信任，获取他"人生中第二次重大转机"。但是，"疲劳轰炸"，花言巧语，虚报数字，都无济于事。她始终精神专注，头脑清醒。她只是从旁提了几个似乎是枝节性的疑问，她提问的内行，使他们慌了手脚，狼狈不堪。那些被她听到的背后议论、谣诼、奚落，她忍痛于心，不动于容，坦坦荡荡，我行我素。出现在我们面前的已不是天真幼稚的黎珍，也不是跋涉在苦恋中的黎珍，而是一个坚强的母亲，热爱事业的科学工作者，成熟的中年干部。尽管作者没有去描写她在这方面经过的艰苦历程，但可以由此想见。正如别林斯基所说的，"艺术性在于：仅用一个特征，一句话，就能够把任你写上十来本书也无法表现的东西生动而充分地表现出来。"由一个人物的特征可以想象出他的一生。

辛启明与黎珍之间的爱情故事，是贯穿《土壤》的中心线索。在爱情问题上，他们钟情专一，只予不取。他们的爱情又是建立在共同的崇高理想上，从最初的定情，到恋爱的归宿，都是为了"让祖国每一寸土地都覆满沃土"，为了崇高的革命理想，又可以牺牲爱情。小说中的刘子磐、胡玉玲，在爱情上表现了同样的精神。互相间没有那种三角关系的争风吃醋，而是互相退让敬慕赞助。这显然带有理想的成分，是作者心目中的理想爱情。这样的作品早有范例。例如车尔尼雪夫斯基的名著《怎么办》描写的互相谦让的爱情，理想的社会结构蓝图，拉赫美托夫新人，具有浓厚的理想色彩。列宁称赞这书教育了当时俄国一代人。裴多菲的为了自由可以牺牲生命、可以牺牲爱情的那首诗，曾像火红的战旗一样招引着革命者赴汤蹈火。中国革命烈士在刑场上举行的婚礼，说明爱情应该具有怎样圣洁的意义。这绝不是只有在与黑暗势力进行生命搏斗的年代，才应该具有的恋爱观。十年浩劫使纯洁的爱情，崇高的理想，都受到玷污践踏。劫后的今天，更应该歌颂纯洁真挚的爱情，崇高的理想，高尚的道德情操，把蕴藏在人民心中的火花点燃起来，使之成为前导的灯火。

辛启明与黎珍的爱情带有悲剧性质，即使两人劫后重逢，终归团聚，但青春容颜已衰。辛启明抚摸着黎珍的头发说："小珍，想不到你鬓边竟也银丝缕缕了。"但他们并不感叹哀伤，黎珍自豪地说："让别人去容光焕发吧，我们有我们的青春。"他们的爱情故事在这个高昂的音节上戛然而止，既令人回味也让人遐思。他们曾有过充满理想的青春，在灾难的岁月里也没有虚度年华。现在虽然已是银丝缕缕的中年，但他们有他们的青春观念，革命永葆青春。祖国终于迎来了自己的第二个春天，他们又重新开始了青春的起飞。他们用理想、爱情、生命谱写了一曲新的青春之歌。作品的生活内容比较广阔，作品的音响色彩也有多方面的特点，有讽喻针砭，有赞美歌唱，有哲理议论，有诗意抒发。改造社会土壤比改造自然土壤更为重要，是作品的一个重要的主题。但从整个作品来看，总的倾向不是讽喻针砭，而是赞美歌颂；不是哲理的思考，而是诗意的抒发，是对辛启明、黎珍美好青春的歌唱，对他们失去的青春的礼赞，对未来青春的祝愿。"我们有我们的青春"也是响彻作品的基调。

《土壤》的两位作者并不是刚刚出现的新手。从六十年代初他们的名字就在文学期刊上出现了。他们当时发表的短篇小说《小站》《妻子同志》《白云之歌》，具有浓郁的生活泥土气息，洋溢着喜悦和热情，今天读来还觉得有生命的绿意清香。不过还有些幼嫩。作者不久前发表的短篇小说《积蓄》，特别是近作《土壤》，如奇峰突起，矗立于作者的创作道路上，展示了新的创作前景。

（原刊于《文学评论》1981 年第 3 期）

朱 寨（1923—2012）
著名文学评论家、理论批评家。中国社会科学院原荣誉学部委员。

重要的是改造社会土壤

——读《土壤》

吴　繁

　　《土壤》（汪浙成、温小钰作，载《收获》1980 年第 6 期）是新近出现的一篇受到欢迎的中篇小说。它通过对三位大学生不同命运和爱情纠葛的描写，尖锐地提出一个引人深思的问题：为了祖国富强，需要改造土壤，"让祖国每一寸土地都覆满沃土"；为了改造土壤，必先改造社会。在改造社会中改造土壤；在改造土壤中改造社会。改造自然土壤重要，改造社会土壤更重要！

　　被作者赞颂的辛启明，是一位事业心强、成绩优良的学生，在 1959 年"反右倾"斗争中，坚持实事求是作风，公开指出班长魏大雄写的一份关于农村情况调查有些浮夸，被列为"斗争"对象，开除党籍，下放农场劳动。他不顾二十余年肉体和精神所受的折磨，忍辱负重，矢志不移，决心变荒漠为良田，埋头苦干，终于在改造伊赫沙漠的创业中做出了出色的成绩。打倒了"四人帮"，他被落实政策，恢复了党籍，获得了渴望已久的大学时期女友黎珍的爱情。与辛启明的坎坷遭遇相对照，魏大雄却是一帆风顺，平步青云。他虽才学疏浅，但因带头"斗争"过辛启明，受到器重，尝到了"甜头"。他领悟到："重要的是政治，是革命，是红！这条路，走起来既名正言顺，又能得到实惠；即使有点个人小算盘，领导上也容易体谅照顾。"随着他政治运动经验的不断丰富，这个"小算盘"变成"大算盘"，在革命的幌子下迅速蔓延，恶性膨胀。他弄虚作假，甚至不惜出卖灵魂。他用违反土地耕作制度的欺骗办法，使东风农场粮食产量连续三年翻了几番，成为整个地区"农业学大寨"的"先进典型"。当他这些"内幕"即将暴露时，突然，上级来了调令，他从农场负责人又高升为农业管理局副局长，而将这个"摊子"扔给辛启明。一个灵魂肮脏，但得志发迹；一个灵魂高尚，却沉落受屈。这种矛盾的社会现象反常得令人吃惊！我们社会主义社会，光明是主流。但只要小生产私有制观念、社会上的习惯势力、党内不正之风和某些制度的漏洞存在，魏大雄之类的霉菌就有滋生的土壤。在相当长的一段历史时期内，这种"土壤"不会被铲除，魏大雄式的人物不会泯灭，相反，还会活跃一时。小说通过对魏大雄灵魂的剖析及其生活道路的批判，告诫人们要识别、警惕和揭露这类霉菌对四化建设和祖国前途的极大危害。《土壤》切中时弊的撼人力量，正在这里。

从人物塑造上看，魏大雄要比辛启明深刻得多。作者注意准确把握魏大雄复杂的性格特征，表现与其身份、修养和境遇相吻合的微妙细腻的心理活动。读者能从魏大雄身上体察到鲜明的时代性和现实性——他有大学文化，年富力强，自信肯干，有明确的奋斗目标，善于看准时机，为"革命"和自己大干一场，对极左路线敏感、适应……魏大雄是一个复杂的相当成功的艺术形象，是过去作品中不多见的人物。

一部好的小说，常常使人情感激动，并发人深省。当然，也有这样的作品，能引人深思，但并不一定能激起情绪上强烈的共鸣。我读《土壤》就有这种感觉。这可能与小说中过多描写的爱情曲折新意不足有关。

小说作者坚持业余创作二十年，《土壤》是其创作上的一大突破，同时也是去年中篇小说令人欣喜的收获。

（原刊于《文艺报》1981 年第 4 期）

吴　繁

美国伊利诺伊大学香槟分校博士。

思考的文学与文学的思考
——读汪浙成、温小钰近期小说创作

傲　腾

人们经过了山回路转的行程而看到开阔的前景时，不免回首来路。这种意绪的变化对于遭受了十年浩劫的我国人民来说似乎也有一些仿佛之处。今天，我国人民正在痛定思痛，环视祖国劫后的大地，抚摸身心的创伤，人们在思考，思考着这场灾难的历史根源和社会根源。作为一个文艺工作者，是同最广大的人民群众同呼吸、共命运、一起探索和思考，还是无动于衷，漠然处之？这是一个严峻的时代课题。

自觉地"回到艺术的现实中去"，植根于人民群众而把握时代脉搏的跳动，和人民群众一起思考，一起探索，尽情吐露人民群众的心声，塑造出各种各样的人物形象，提出这样那样的社会问题，把自己的（也许是不成熟的）思考通过作品公之于世。这就是汪浙成、温小钰近期小说创作的特色，也是他们的作品在广大群众中引起强烈反响的原因所在。

"一粒扣子错位了，既不影响全局，但给人造成那么一点困难。在生活上，如果把一个青年安排错了位置，情况又会怎么样？在十年动乱中，提拔小孙当县委书记，这无疑是错误的，但让她站在十字街头靠缝衣扣过活，也不适合，她的位置应该在长着沉甸甸麦穗的田野，……在热气腾腾的新长征第一线。"

（《错位的扣子》，载《朔方》1980 年第 8 期）

"我们这一代知识分子，为什么在受尽摧残的时候，最最困难的时候，也没有丧失对祖国的信念，对人民的热爱？""其中原因之一，我们了解祖国源远流长的文化，我们心里有屈原、司马迁、李白、杜甫、陆游、辛弃疾……创造了这样高度文化的民族是不会衰朽、不会灭亡的。"

（《积蓄》，载《收获》1980 年第 2 期）

"改造自然的土壤固然重要，但改造社会的土壤更加重要。不然的话，因为谎言侵袭，已经改造好的土壤，有朝一日，又会变成像刚才见到的那片被毁灭的古时候的绿洲一样……。"

（《土壤》，载《收获》1980 年第 6 期）

让我们在阅读和欣赏了汪浙成、温小钰的近期小说创作以后，掩卷闭目，回顾一下我国现实主义文学发展的坎坷路程吧！我们的现实主义文学以曹雪芹、鲁迅、茅盾作为发展道路上的三个里程碑，这是大家公认的。可以想象没有中国资本主义萌芽的出现，能否有《红楼梦》的问世？没有戊戌变法维新思潮的激荡，达尔文进化论的启迪，能有鲁迅先生震撼中国文坛的一声《呐喊》？因中国大地沦为帝国主义列强的殖民地、半殖民地而加深的三大社会矛盾为茅盾创作《子夜》提供了历史条件。更让人记忆犹新的是，新中国成立后，当社会上的浮夸之风吹走了我们在艰苦的革命中培育起来的求实精神时，刚刚萌生的现实主义文学岂不是也被"人有多大胆、地有多大产"的"浪漫主义"文学所冲淡?！从上述回顾中我们能否寻觅到一点科学精神与艺术现实主义之间固有的因果规律，社会思潮的变化与现实主义文学的兴衰端倪呢？现实主义作为一个创作方法，不仅与作家的世界观大有联系，而且受到时代背景和社会思潮的影响。鲁迅先生曾分析中国何以少有"真诚地、深入地、大胆地看取人生并且写出他的血和肉来"的现实主义文学："中国人向来因为不敢正视人生，只好瞒和骗，由此也产生了瞒和骗的文艺来。"他认为这是由于封建主义偏见的"大泽"太深的缘故。今天，在我们党的实事求是的科学精神重新得到恢复，正视现实的唯物主义思想重新得到发扬的时候，我们又欣慰地看到了一批生气勃勃的作家群，他们和全国人民一道思考，把自己的思考通过文学作品公布于世，提出很多发人深思的问题。他们是我们现实主义文学传统的恢复者和继承者。汪浙成、温小钰就是这样一批作家群中的一员，他们近期的小说创作正在努力探索和分析着十年动乱——这场历史性灾难产生的土壤。力图揭示中国人民，尤其是知识分子的爱国主义精神的积蓄。……这是多么令人欣喜呵！

然而由作家的思考而产生的思考文学，在今天的文坛上面临着的一个突出问题是怎样正确处理好主题与形象的关系，怎样运用文学创作特殊的思维规律，把自己经过逻辑思维得来的抽象认识潜移默化于形象思维之中。联系我们的创作实践，也就是说，是问题带出人物，还是人物反映问题。归根结底，就是思考的文学怎样思考的问题。在这方面，汪浙成、温小钰近期的小说创作也是比较成功的。

马克思 1859 年写信给悲剧《西金根》的作者斐·拉萨尔时指出过："无论如何你必须更加莎士比亚化，可是现在你的主要缺点我认为是把个人当作时代精神的单纯号筒的席勒主义。"（马克思、恩格斯《论艺术》）席勒主义就是"作者先从理论上研究某个时代，为自己总结出这个时代的某些原则，然后设计与此相适应的人物，并将他们作为这个原则的体现者"。而莎士比亚化却不同，"作者撷取范围广阔，意义重大，活跃着各色人物形象的生活横断面，这个横断面是他直接观察生活现实和借助于艺术想象的产物。因此它充满着这生活现实的音响和血液。作品中的人物也和他们的环境血肉相连，因此都显得栩栩如生，他们好像在不由自主地行动，在冲突，在痛苦，在胜利"。（以上两段话摘自卢那察尔斯基《论文学》）汪浙成、温小钰的近期小说创作遵循的是后一种。他们从社会生活中集中带普遍性的东西于作品人物，这样典型的个性与共性化为一体，使作品人物成了"熟悉的陌生人"而显示出社会某些本质和特征，带出社会问题。这一点从《土壤》中的魏大雄的形象看得比较清楚。魏大雄这个形象不仅有独特的个性特征，而且在现实社会生活中具有普遍性。他懂一点科学，更懂得"关系学"，他时时刻刻周旋于上下左右间的各种关系之中。他求某人办事，他"手中最好有某人托办的事"，"有着互相利害关系的关系是最牢固的关系"，有了这样关系"才有可能很好地利用这些关系架成的桥梁或造成的缝隙，迈进和发展"；魏大雄的性格不是孤立的、偶然的，他是十几年来党的优良传统受到破坏，不正之风盛行于世这样现实社会中的畸形儿。他的形象的成功也在于与这个现实环境的密切联系。可以说现实生活中的某些客观因素恰好为魏大雄这个性格的形成提供了必要的历史条件。二十年前在大学学习时，作为党员班长的魏大雄也许是自己年龄比同学大两岁的原因，虽有毕业后想留北京的私念，但要让他批判自己同班的另一名党员辛启明为右倾机会主义分子，他还"明白自己手里掌握的一点真理"，只是他第一次体会到权威的力量，慑服于支部副书记邱良才的压力，忍受着心中的压抑、屈辱，屈从做了达到这位副书记所希望的"热度"的批判发言。二十年后他身为东风农场场长，虽然"毕竟不是一个对科学一无所知的笨蛋"，但为了张书记的需要，为了自己的需要，承担了农场本来承担不起的四百万斤的总产，为了达到这个数字去违反科学精神，开垦轮休地。而且他把这种做法合理合法化，他认为就是我魏大雄不干，"还会有别人来，张大雄、李大雄，也许总产不是四百万，变成五百万，因为什么？需要"。如果说二十年前魏大雄没有实事求是是出自无奈，出自压力，那么二十年后却是出自需要，出自情愿。这是他从自己生活经历中体会到的，这也是他谴责两位老同学为书呆子，"二十年怎么活过来"的资本。他大学毕业以后如愿以偿，留在了北京，找到了"令人羡慕的单位——部所属管理局"。"它所启示的经验，比那个位置本身的价值要大得多"，"有没有知识，这并不重要……眼下重要的是政治，是革命，是红！这条路，走起来既名正言顺，又能得到实惠；即使有点个人小算盘，领导上也容易体谅照顾"。到此，一个活灵活现的似曾相识的人物形象出现在我们面前，他的一切言行不正是"人之欲言而未言"的现实社会生活中的一些值得深省的问题吗?!

我们强调文学创作的特殊思考规律，即形象思维。但这并不意味着文学创作没有必要对现实生活中的直观材料下一番去粗取精，去伪存真，由此及彼，由表及里的改造制作的功夫。相反，一部成功的文学作品必须也必然是社会生活的本质反映。这就要求作者，从客观事物的整体上，从事物的联系与发展中去把握它。以"高于生活"为借口粉饰现实，不敢暴露生活中的阴暗面，显然是片面的。但以所谓"写实"为理由，把日常生活现象简单地复制出来，或者仅仅根据生活中是否存在的事件来断定文学的真实性，把现实生活写得凄凄惨惨，毫无光明和希望，这都不是社会生活的本质反映。汪浙成、温小钰近期小说创作的另一个突出的收获是：他们在暴露现实生活中的阴暗面时，并不自然主义地展览社会脓疮，传播颓废，而是以严肃的态度揭露，激励人们与之进行不懈的斗争，同时以更大的努力去发掘生活中的积极因素和生活本身所固有的美，从而鼓舞人们的革命斗志与必胜的信念。《土壤》中的另一个人物辛启明与魏大雄一样"都受过高等教育，都是共产党员"，所不同的是个人经历，以及他们从个人得失中总结的经验教训和对我们今天社会现实的看法。因而他们成了"属性完全不同的植物"。我们通过魏大雄这个形象看到的是我们今天现实中"黑刺蒿"生长的土壤，而在辛启明身上表现出的却是未来的光明。作者笔下的辛启明不仅仅是错误路线的受害者，而是一个错误路线的反抗者和胜利者。二十年来他在错误路线压制下失去了党籍、职业、爱情与幸福，被抛弃到黄沙之中，但他身处逆境，不减壮志，没有被伊赫沙漠所埋没，而是孜孜不倦地改造沙漠土壤，进行科学试验，在先辈的教育下"明白了一个共产党员应当怎样对待委屈"，他认为："误伤好人，冤枉好人，古今中外都有，社会主义国家也很难避免，但是对错误采取实事求是的态度，'有错必纠'这却只有我们党才能做到。粉碎'四人帮'，党正在纠正过去的错误，医治自己的创伤。不错，正是现在，需要我们比任何时候都更加爱护党、维护党！"这一席肺腑之言是多么的感人，是辛启明内心世界的表白，也是作者对现实生活有着本质的理解的反映。又如《积蓄》中的叶如莹夫妇的形象，他们是我们中华民族的自豪与未来的希望。他们和中国千百万知识分子一样，在十分艰难的环境中默默地从事着极其平凡的工作，生活又十分清苦，甚至在十年动乱中受到这样或那样的迫害，但他们对于自己伟大的祖国和民族充满了信心。对衣冠楚楚，已经当上教授，有了专著的外籍同学江文浩既不嫉妒，也不羡慕，只有一种强烈的责任感驱使他们暗暗下决心："中国的知识分子，在四化建设中对中国文化的研究工作，理应走到前面，理应贡献更大！"他们为"国格"拿出自己仅有的多年积蓄八十五元。这种"国格""民族格"是多么可贵，这就是我们振兴中华的希望。

　　总之，欣赏这两位作者近期的小说创作是一种极好的美的享受。那些被人们憾恨哀叹的塞外枯草荒野，在他们的生花妙笔下增色生辉，有了诱人魅力。那些让人们腻味的琐碎日常生活，经他们陶冶闪烁出耀眼的光泽与火花。他们的文笔凝练而流畅，感情真挚而充沛；作品中处处闪耀着诗情画意。想象的丰富，比喻的贴切……表现出了作者厚实的文学功底。

　　他们不去追求所谓"爆炸性"的题材和时效，只是不畏辛劳地从"到处存在着、人们看来很平淡的日常的现象"中进行发掘，以作品的耐人咀嚼寻味的内涵艺术力量去抓读者，而不去寻找石破天惊、骇人听闻的神秘奇特事件哗众取宠。这些进一步说明，社会生活是艺术创作取之不尽、用之不竭的矿藏，只有不断向深层发掘的人，才能找到闪光的东西，才能把它艺术化地昭示给读者，这也是他们的创作实践给予我们的有益启示。

（原刊于《草原》1981 年第 7 期）

傲　腾

曾任《人民日报》驻天津记者站站长。

让祖国每一寸土地都覆满沃土
——谈中篇小说《土壤》

马永真　　曹书林

　　读了汪浙成、温小钰的新作《土壤》（载于《收获》1980 年第 6 期），感到一股清香的气息扑鼻而来。它新颖别致，扣人心弦，像一首抒情味浓郁的交响乐章，令人陶醉和神往。作者以深邃的思想，敏锐的观察力，细腻俊逸的文笔，把我们带入一个新的艺术境界。

　　打开作品，首先展现在我们面前的，是一幅北国雄浑寥廓的自然风景画和壮阔的社会生活画面。作品通过农学院的大学生魏大雄、辛启明和黎珍二十年不同的生活道路，通过他们的悲欢离合和现实问题，揭示了深刻的社会生活内容和鲜明的时代风貌。作品一开始就把人们从广袤的塞外边疆带到了五十年代的大学生活。作品中的班委辛启明，因为批评了班级总结的虚夸错误，说了几句真话，就被当作所谓右派言论，开除了党籍，打成了右派，发配边关，戴罪劳改，在大漠腹地苦度了二十个寒暑。而班长魏大雄投机钻营，弄虚作假，却青云直上，飞黄腾达，并且佩戴一顶着"优秀干部"的桂冠。在我们的社会里，有培养诚实劳动者的沃土，也有滋生谎言和欺骗的沙漠。由于我们党的实事求是的作风被践踏了，出现了大批像魏大雄这样的"怪胎"。魏大雄是特定社会环境中的产物。五十年代，反右的急风暴雨同样降临到了天真幼稚的大学生身上。在一步登入共产主义天堂口号的诱惑下，好大喜功，撒谎吹牛，成为一种流行的社会瘟疫。在对待辛启明的问题上，魏大雄先是犹豫不决，后变为坚定不移，他的那些所作所为，是完全符合人物的身份和性格特征的。这是因为，对辛启明的态度如何，直接影响着他将来的前途；二是以此来考察他对组织的态度。这二者又是互相联系着的。作品通过生活发展的逻辑，揭示了人物性格发展的必然逻辑。在人物性格发展中蕴含了深广的社会生活内容和历史教训，使人物带有鲜明的时代烙印。在小说第十章，辛启明和魏大雄有一场面对面的交锋。辛启明气愤地责问魏大雄："我们要不要坚持实事求是？要不要讲真话？""弄虚作假，破坏党的威信，究竟这笔账该怎么算？"而魏大雄却心安理得地说："我去参观过昔阳县，那里介绍的每一条经验，我看也并不都是实打实不掺假的，可是带动了全国、全盘！能说贡献不大吗？"这段对话，正好是魏大雄性格刻画的点睛之笔。在魏大雄看来，"生活里成千上万的人都是这样。我不是第一个，也不是最后一个""这是历史的过失""任何人处在我的地位上都会这么干的"。这正好说明对实事求是作风的违背，在我们的社会里已成了一种恶性循环，是这个人物形象最精彩的镜头。张书记作为新上任的抓农业的领导，手里迫切地需要有几个叫得响的学大寨、迈大步的典型。而魏大雄为了捞到个人好处，想换个地方，"松快几年"，就助他一臂之力，立下了四百万斤总产的军令状，哪怕倾家荡产也会去完成。就这样他用创先进做交易，用种"初产田"的办法，使东风农场上了"纲要"。自己说谎话官运亨通，却制造了无穷后患，把东风农场推到了自杀的边缘。在自己走马上任的同时，却把烂摊子扔给别人收拾。从表面上看，魏大雄似乎并不是很坏，他有吃苦精神，很平易近人，工作上有胆有识，能够把调皮捣蛋的刘小军降伏得俯首帖耳。甚至有一个"魏头"的绰号。但正是在这些表面现象的背后，显露了他不断膨胀的私心权欲。作品正是按照生活的本来面貌，通过一系列的性格刻画，通过他与若梅的结合和破裂，通过宴客的吃经和"关系学"的修养等，成功地塑造了魏大雄的形象。这个形象提醒人们，在我们的社会里，魏大雄这样的人是一种合理存在，滋生谎言的土壤也是一种合理存在，这正是造成旧悲剧和产生新悲剧的社会土壤。在一定意义上说，魏大雄是《土壤》"开掘"深度的测量器。它形象地说明了改造社会土壤，对于整顿党风，让祖国布满实事求是的沃土，具有多么重大的意义。

然而我们的社会，更加有培养诚实劳动者和严格科学态度的土壤，辛启明就是这块土壤上一棵性能良好的绿肥植物。作品中的辛启明，是作者着力讴歌的主要人物形象，在他身上，闪烁着党的实事求是的光辉。大学时代的辛启明，因发现一个数据没有测准，影响论文的立论，就毅然撤回了自己的科学论文。正是这种诚实精神，使他赢得了系主任的表扬和黎珍的爱情。面对劳动总结的虚夸和好大喜功，他毫不顾忌地第一个站出来批评。二十年来，作为一个农业科学工作者，即使处在大漠腹地的逆境中，也始终没有忘记"让祖国每一寸土地都覆满沃土"的坚强信念。这个信念，是他二十年生活的唯一精神支柱。作品用朴素的信念，展示了辛启明像水晶一样纯洁的心灵。用改良土壤的平凡工作赞美了辛启明像启明星一样闪闪发光的精神。他没有家庭，失去了爱情，却用整个生命去从事他的事业，并勇于同破坏事业的恶劣现象进行斗争。虽然他只能像一颗性能良好的绿肥植物和不适宜的土壤环境作斗争，用自己根须部分散发出来的氮肥，稍稍改良一点周围有限的生存空间，但这颗启明星迎来的，必然是祖国的万里晴空。

《土壤》在人物形象塑造上别具一格。它通篇皆用第一人称，使人物交叉出现，像一个旋转的舞台，很好地揭示了人微妙复杂的心理活动，使人看了新鲜生动，引人入胜。"让祖国每一寸土地都覆满沃土"的信念不仅是联结辛启明和黎珍爱情的纽带，也是反射人物灵魂的镜子。这不能不是人物塑造上的匠心独具。作品新人耳目之处还表现在结构上，每人一段，不觉沉闷，有分有合，结构井然。整个作品，表现了作者正在形成的以中国民族特点为基础的清新、细腻而又自然流畅的风格。小说语言带有诗意般的抒情性、精警的哲理性和浓郁的北疆地方色彩。但作品也有一些不足之处，如人物语言不够充分个性化，在一定程度上影响了人物性格的鲜明性。另外，对于当前青年对待理想、爱情、前途问题，作品似乎不无偏颇之处。

《土壤》的创作，是建立在生活的土壤上的。尽管作品从一稿到三稿，仅用了一年多时间，然而，它是作者长期生活体验的艺术结晶。作者有雄厚的生活功底，非常熟悉他的人物，了解他们的生活、理想和爱好，因而作品那么富有感染力，读起来令人感到那么亲切真实。为了

"让祖国每一寸土地都覆满沃土"，为了让祖国的沃土上布满鲜花五谷和浓荫，我们辛勤的作家，在春天的土地上，不倦地开垦、耕耘、播种和收获吧！

（原刊于《内蒙古大学报》1981 年第 15 期）

马永真
曾任内蒙古社会科学院院长、研究员。

曹书林
曾任《内蒙古日报》社编辑。

要竞争，更要讲道德
——读中篇小说《苦夏》

林大明　千树慧

　　在我们这样一个社会主义国家，对于竞争，应该怎样看？在竞争中，我们要不要保持人与人之间和睦相处的关系？要不要发扬共产主义的道德风尚？这，就是小说《苦夏》（作者汪浙成、温小钰，载《小说界》1982年第1期）提出的发人深思的问题。

　　《苦夏》以沈金一夫妇在夏天为子女的升学考试而疲于奔命的经历为小说情节发展的主要线索，反映了一对中年知识分子在如何对待升学竞争问题上所产生的思想波折和苦恼。小说所揭示的问题是十分尖锐的，这突出表现为竞争与道德的矛盾。"给孩子以教育，给青年人以工作""这个道理是最普通的，这个要求是最起码的。可惜目前暂时还做不到"。这"归根结蒂是粥少和尚多"！由此看来，把升学和寻求职业联系起来，竞争就更为激化，"这已是铁板钉钉的事实"。小说作者立足于现实世界，扎根于社会生活的土壤，敢于正视这一人们普遍重视的社会现象，对竞争中出现的苦恼和忧愁，以艺术家的勇气给予大胆的反映，充分体现了作者与人民同呼吸、共命运，代人民立言，对人民、对社会高度负责的精神。这是问题的一个方面，更重要的是，作者没有仅仅停留在对竞争这一社会现象的反映上，而是把笔触深入到事物内部，透过竞争这一生活的表面现象，以生动有趣的故事情节、栩栩如生的艺术形象，向读者层层披露了竞争中出现的种种自私自利和不道德的行为。为了子女能在升学竞争中获胜，身为大学副教授的沈金一，"不得不把自己彻里彻外来一番改造"，他放下了正在撰写的论文，"变成一名专职火头军"。老沈的爱人杜萍，一位"在学校整天教育学生要正确对待升学考试"的毕业班班主任，"也作了相应调整"，她把"一切公事加部分私事，都压缩在八小时工作内，以便一下班回家，就能与老沈一起，把全副精力集中到帮助孩子考取理想学校这个共同目标上来"。沈金一夫妇步调一致，配合默契，他们免除子女的一切家务劳动，"每顿饭菜还挖空心思来点花样翻新"。这一番辛苦，换来了什么呢？结果是老沈受伤住进了医院；杜萍累得腰酸背疼，"神经高度紧张，几乎都要崩裂"，大女儿佳佳考试落选后投河自溺（后被人救起）；儿子华华"变成一个对人缺乏热情，但又非常计较别人对自己的态度的感情冷漠的'学习尖子'"；小女儿玲玲病得"咳嗽、发烧，扁桃腺肿得几乎把嗓子眼都堵起来，天天打针吃药"。在作者描绘的这幅生活画面中，处处使人感到作者所发出的无声指责：不要这样下去了，这是自作自受。这是在给孩子帮倒忙。"这是在白白浪费时间和精力"。

如果说，沈金一夫妇那种为子女作出牺牲的"可怜天下父母心"

尚能引起读者同情的话，那么，他们在子女升学竞争中所表现出来的自私自利和不道德行为，则是不可取甚至是应该批评的。沈金一夫妇离不开"我"考虑问题，认为"考取的是一人，得益的却是全家"。从这个目的出发，他们把年纪轻轻的孩子"推上了走向生存竞争的战场"。在杜萍心目中，这场生存竞争是你死我活的"拼搏"，什么同志的友爱，邻里的和睦，教师的责任，道德的准则，似乎都无须考虑，都不必顾及。当有些家长（以王大夫为代表）反映考场有人作弊要求重考时，"在杜萍内心展开了一场道义和利害之间的决战。从道义上讲，她知道王大夫的要求是对的，但是，她必须反对重考，她不能站出来说有损玲玲利益的话，做于玲玲不利的事"！看！作为一个优秀教师，为了子女的利益，竟然无视道德，不讲原则，这既给孩子树立了坏榜样，又在群众中造成了不良影响。连受过痛苦教训的沈金一也批评她"为了保证玲玲上重点中学，不让别人有机会考好"的行为是不道德的。其所以不道德，就在于她忘记了"我们是在社会主义条件下的竞争"，不能不讲道德，不讲原则，"我们不能用别人的痛苦来换取自己的幸运"。在这里，作者借沈金一之口，批评了社会上以杜萍为代表的某些人在升学竞争中表现出来的不道德行为，并进一步通过玲玲主动要求重考的行动，提出了作者自己对竞争的看法和主张。作者满腔热情地赞扬玲玲具有一颗"正直、善良的心"，也就是希望考生的家长们吸取沈金一夫妇的教训，多听听玲玲这些孩子的话，讲道德，讲风格，那么，任凭竞争再激烈，人与人之间也不会变得冷酷无情，而仍会保持和睦相处的、讲原则、重友谊的关系。这不仅是作者的心愿，而且也是广大人民的心愿。正是在这一点上，小说理所当然地会受到广大读者的欢迎。

小说在艺术上的成功之处，在于作者没有采用空泛的议论和让局外人出场作一番道德说教来图解小说的主题思想，而是通过人物自己的言行和生动的艺术形象，层层揭示小说的主题。特别是以天真无邪的孩子的言行同老成持重的父母作对比，在对比中展示人物的思想境界，从中寄寓着作者对生活的深深思考。"哦，爸爸！你们干吗为我耽误自己这么多事情？你们要是少管我点，我也许会好受些。你们干吗放弃自己两个已知数来求我这个未知数？""我自私，我紧张！我为什么这样，你们做爸妈的不想想吗？"这些出自孩子之口带有稚气的话，看来似乎是漫不经心的，但它所反映的思想却是深刻的。如果每一个教师都像沈金一夫妇那样整天为子女的升学竞争而奔波，那么，正常的教学、科研工作又由谁来从事？如果每一个父母都以自私自利、不道德的言行去影响自己的子女，那么，"未来的一代会变成什么样子呢？"这岂止是孩子的想法，不，这是作者自己的看法在小说中的流露。恩格斯在《致敏娜·考茨基》的信中指出："我认为倾向应当从场面和情节中自然而然地流露出来，而不应当特别把它指点出来。"小说《苦夏》正是通过人物自己的言行和生活画面的展示，形象生动而又深刻地表达了作者提倡人与人之间和睦相处的关系，反对竞争中自私自利和不道德行为的思想倾向。

我们相信，在经历了生活中这场讲原则战胜自私自利、重道德克服不道德的思想斗争后，沈金一夫妇对社会主义竞争的性质一定会有正确的认识和体会，一定会战胜令人烦恼的"苦夏"，迎来一个明朗、愉快的夏天。

（原刊于《文学报》1982 年 7 月 1 日）

林大明

未详。

千树慧

未详。

夏天未必这么"苦"
——评《苦夏》的感情偏向

黄建华

　　读完中篇小说《苦夏》，口中感到苦涩。首先得承认小说作者的眼光是敏锐的，概括能力是很强的。小说结合人物的命运，集中了暑期升学考试中那么多的问题，读来令人震动。但深思之下，又觉得其中存在着一种偏激的倾向。

　　小说开头，作者先用牧歌式的笔调赞颂一番北方的夏天这"一年中最令人神往的美好季节"，然后笔锋一转，说人们不知从什么时候起，变得对夏天又盼望又害怕了，以至"一想起夏天即将来临，就会发愁，感到紧张，忧心忡忡"。究其原因，就在于恢复了一年一度的升学考试。

　　作品所写的大学副教授沈金一及其夫人、中学语文教师杜萍，在一个夏天里为应付三个子女同时考初中、高中和大学而搞得身心交瘁的遭遇，充分体现了夏天之"苦"。沈副教授扔下手中的经济学论文，充当了三名考生的专职火头军。优秀教师杜萍也一反常态，不再把作业带回家了，尽量将全部公务乃至部分私事都挤在八小时内干完，以便腾出手来当家里的后勤兵。夫妇俩为了子女们能在升学考试的竞争中取胜，使尽了力，操碎了心，最后双双昏倒在地。真所谓"可怜天下父母心"哪！不仅沈家在拼命，楼上王大夫家，楼下关斌家，等等，"哪个考生家里不是一派大战将临的气氛"。有战斗必有牺牲者，考生们的命运当然最苦了。沈家大女儿佳佳，这个可怜的女孩子，虽然经过九死一生的拼搏闯过了三天"噩梦一般"的高考，却因三分之差落榜，差点成了鱼塘冤鬼。总之，在这"苦夏"里，考生及其家长几乎都被逼入了"真是没法活"的境地。小说集中了太多的升学考试中的弊病和激烈竞争的后果，给人带来强烈的偏激印象，从中可以看出作者也是有那么一股情绪在的。作者显然对知识分子特别是教师们的生活十分熟悉，对他们的困难和苦衷有深切的了解，因此写沈金一他们在夏季苦斗中的遭际和不幸，是那样的有声有色，字里行间流露出同情和叹息。唯因同情太多、叹息太多，就有所偏颇。小说作者以沈金一的喜而喜，以沈金一的苦而苦，无形中就把自己的眼光放到了与小说主人公相同的思想水平线上，而不能站在较高一点的水准上来评价这场升学考试，评价它给千家万户带来的真正结果。其实现行的以择优录取为原则的升学考试制度，是符合国情民心的，成绩总是主要的。我们并不要求一部文学作品描绘事件必须面面俱到，为揭示问题，尖锐一点也是可以的。问题是作者对这些不良倾向必须有一个比较清醒的认识；倾向有偏颇，就会影响读者对一个社会现象的正确认识。这未必是对作者的苛求吧？

作品的偏颇，还在于把这场升学考试与就业联系起来。"孩子们考不上重点初中就难于考上重点高中，考不上重点高中更难于考上大学，考不上大学就没有职业保障，这已是铁板钉钉的事实。求职的生存竞争过去从考大学开始，现在又提前了五年，十一二岁的小孩子就得上阵……"看来每场升学考试，最终目标都是为了争一只饭碗。杜萍教育儿子华华要认真读书，目的就是为了儿子今后的职业：学得不好，考得不好，"初中毕业你就当临时工去！"小说里，升学考试＝求职竞争＝生存竞争，人物行动都围绕着这轴，而作者也深有同感。在这里，作者又一次同自己笔下的主人公们站到了一条线上。其实，所谓"铁板钉钉的事实"，并不符合生活真实情况，这就很难叫人产生同感。

作品在表现升学考试中的竞争与道德关系上也有不足之处。小说中身为优秀教师的杜萍，为了保住自己小女儿玲玲已经取得的好成绩，竟然不赞同理所当然的重考。不能否认，小说作者对这类不道德的行为，是有所谴责的。但因为作者首先为被批评者安排了一个险恶的客观环境，生存竞争的魔影连同夏季的燥热，是那样沉重地压在每个考生家庭的头顶上，那么，他们的一些不道德行为，就似乎情有可原了。不是吗？作者在写到被抓获的小个子作弊者时，要特别注明他"孩子多，家里困难"，出于"一心巴望能把孩子打发走"；与此同时又不妨对维护考试纪律的工作人员略施揶揄之笔！

作者的同情当然更集中在主人公沈金一夫妇身上。应该说，小说中副教授夫妇的自私自利行为是有损人民教师光荣称号的，但作者对他们是谴责少而同情多。前半部分写他们为儿女升学而操劳、拼搏，是那样的栩栩如生、津津乐道；写他们的苦恼和哀伤，又是那样的绘形绘色、感情丰富。作者似乎在为他们的牺牲精神唱赞歌。而后半部分写他们的醒悟和自我批判，却是概念化的、无力的，像一条光明的尾巴，再也见不着那股充沛的激情了。小说《苦夏》中的夏天被描绘得这么苦，考试竞争的后果被表现得这么惨，跟作者这种感情上的偏向不无关系吧！

（原刊于《文学报》1982 年 7 月 1 日）

黄建华

广东外语外贸大学原校长，博士生导师、教授。

我读《春夜，凝视的眼睛》
——致汪浙成、温小钰

陈丹晨

浙成、小钰：

去年中篇小说评奖会后匆匆一聚，忽然又一年过去了。然而，这一年你们写得真不少啊！就我所看到的，有《苦夏》（中篇）、《别了，蒺藜》（中篇）、《日落时，歌声不会西沉》（短篇）等。对于老同学创作的丰收，我感到由衷的欣悦。最近有朋友热情推荐你们的新作《春夜，凝视的眼睛》，我就找来一口气读完。这位朋友问我读后印象如何，我却觉得很难用一句简单的"好"与"不好"的话来回答。那是因为这部中篇小说更多的是引起了我对创作中的某些问题的思索。

最近几年，描写爱情生活的文学作品颇为盛行，但是思想深刻的佳作并不算多。也有一些作品通过艺术描写提出一个耐人寻味的新的观念，赞美以爱情为基础的婚姻。由于稍后出现的一篇又一篇小说，用公式化概念化的描写重复这个观念，于是这个本来具有积极的社会意义的新的观念，又被弄得令人厌倦而味同嚼蜡。正是在这种情况下，你们的作品在思想上、艺术上无疑又为爱情小说创作吹进了一点清新的风，哪怕是微弱的，却也是很可贵的。你们的作品也鼓吹以爱情为基础的婚姻，但还进一步对在婚姻关系中人们习以为常的世俗观念——男的条件一定要优于女的，而女的思想再先进，往往也甘居落后，希望找到一个各方面比自己强的丈夫，提出了异议，因而使人耳目为之一新。

这里，先不说这个作品的女主人公左丽形象的塑造问题，就以那个着墨不多、行踪飘忽不定、平凡至极的张雨来说，我似乎还没有在别的作品中看到过这样一类青年工人形象。他给了我相当新鲜的感受。原因就在于他身上洋溢着浓烈的生活气息。显然你们是在观察了许许多多这样普通的青年工人之后，才能写得如此逼真。我们几乎天天可以在大街小巷中随时接触到这样的青年。他认真做工，热心看球，钻研摄影技术，好学习，肯思考社会问题，他看见漂亮的姑娘，有了好感，不免也要卖弄一下自己的小聪明，献献殷勤。当作品描写他在水泄不通的店堂里很快就买到冷食，双手高擎酸奶汽水、下巴颏夹着找回的零钱；当描写他在左丽家中聊天，一旦忘记拘束，就不断变换姿势、座位等那种习惯性的好动……一个血气方刚、机智灵活、性格开朗的青年工人形象，从书中呼之欲出。这是一个正在热心追求着生活的幸福，并以自己的独特思考方式严肃探索着什么是真正的幸福的青年工人。但当他发现左丽是大学哲学研究生时，他就觉得高不可攀而销声匿迹。因为世俗观念对他一样有着深刻的影响。这里没有矫情虚饰，只是一片率真坦白的心灵的袒露。他是平凡的、单纯的，但也是美好的、向上的。我觉得这个青年形象是有很鲜明的时代特色的。

相比之下，左丽的形象就要复杂一些。显然，这是你们所要着意刻画的人物，或者说是灌注着你们的理想的人物。她勇于迎接生活的挑战，当年下乡插队，后来上大学学哲学，如今在追求爱情幸福的问题上都显示出她的独立不羁的性格。这种性格是很可爱的，但却是在我们社会生活中容易招惹非议的。然而，你们却敢于用一种欣赏、赞美的色调去描写她。这就很值得注意了。

有几个细节写得挺有意思。譬如，左丽在学习上遇到困难，在做习题时，她宁愿顽强地通过自己艰辛的探索求得解决，也决不去看一眼放在旁边的现成的参考材料。又如，当年下乡时，她忍受着车站无人送别的孤独感，即使她所盼望的亲人妈妈出现时，也宁可掉头不顾。因为妈妈正被人押解着（你们把这个行为称作"革命"的虚荣心）。这些截然不同的思想，却是同一个性格的表现，是统一在左丽这个人物身上的。也就是说，无论少年时代狂热地参加"革命"，为了要和过去"彻底决裂"，坚持在农村当"扎根派"，还是现在在研究自然辩证法的学业上，敢于运用现代科学方法去试图解决社会科学中的问题，都写出了左丽追求新的、美好的事物的执拗精神。这种精神曾经推动她去生活、去斗争，这种精神的表现外壳就是独立不羁，不肯俯仰世俗而力求有自己的创见。

有些文学作品为了写新人，写思想解放，写独立的人格等等，往往忽视了个人与集体、与美好的社会理想的关系，结果有意无意偏于去赞美利己主义的思想。你们的作品在这个问题上有新的开掘，既热情描写了这种独立不羁的性格的可爱，同时又写出了人物思想倾向对于这种性格的制约。当她幼稚地误把"左"倾错误当作革命的时候，这种性格使她比常人更蠢更糟；当她为清醒的革命思想武装时，则表现出比常人更勇猛的对于生活的进取精神。这样的描写当然是比较深刻、真实的。

这篇小说运用了时序颠倒、交叉叙述的手法展开故事情节，概括起来可以说主要是描写了左丽前后两次恋爱生活。左丽第一次恋爱，是在潦倒窘困、苦闷消沉的情况下发生的。她遇到了苏伦扎布。按照世俗的目光，她比苏伦要优越得多。她，城市姑娘，年轻漂亮，未婚，后来还成为大学研究生；他，乡下牧民，一个年岁比她大十多岁的鳏夫，还带了一个儿子。如果，不同民族也算一个差异，那么，加起来所构成的距离就足以使人们以为这样的爱情是绝不可能的，然而却在他们之间发生了。因为苏伦善良宽厚，善于体谅别人，富于同情心。苏伦还有一双炽热的摄人心魄的眼睛和浓烈奔放、执着真挚的情感。左丽被打动了，被征服了。她爱恋着他。苏伦后来为了救火牺牲了。这壮烈的牺牲尽管可以说是苏伦思想性格导致的，但却并非是左丽爱他的原因，因为她已爱他多年了。

第二次，是在她春风得意、学业将有所成就的时候发生的。她遇到了张雨。按照世俗的目光，她又处于领先的地位，包括文化教养、社会地位、经济条件等，都要比张雨优越得多。但是这一次左丽经过犹豫、思考，慢慢地理清了自己的情感，发现自己爱恋着他。于是，她下定决心去追求他。

《春夜，凝视的眼睛》在描写左丽这两次不寻常的爱情故事时，比较实在地从生活出发，把左丽的感情活动与她所处的社会环境、生活经历，与苏伦、张雨等的品貌、性格、情趣等联系起来进行具体的细致的描写。但是，贯穿其中的是，她鄙弃市侩式的物质生活的欲求，希冀得到一个富有生气的、情感炽热的、生活趣味高尚的伴侣。这和她在其他方面对于美好事物的追求是一致的。我想，正是在这点上，你们这个作品不同于其他同类题材。因为，你们没有把爱情写成与社会生活绝缘的、抽象的、玄妙的"怪物"。

因此，你们对于左丽这个人物形象的另一面描写，我以为也是恰到好处的。显然，你们并不想拔高她，并没有把她写成是一个尽善尽美的纯情的人物。相反，在她身上也有不少"俗"气。当年，她对苏伦的态度不能说没有保留。如今，她一次又一次到女朋友家里去参加庸俗不堪的舞会。她在学业上的进步并未能填补她情感上的空虚，因此经常出现一种无法排遣的惆怅无聊的情绪。别的青年男女的热恋对于她是一种刺激，她像普通女青年一样渴求爱情。而张雨的风度、外表对她也是一种吸引。这样，左丽也不过是一个平常的血肉之躯。这种真实的描写使人物形象活生生地站立起来，活跃在读者面前。这些描写并不重要，但却不可缺少，因为正是由此才能得到亲切可信的艺术效果。

这个作品尽管有许多新意，但是我在阅读过程中仍有一种不满足、不满意的感觉。我想，左丽在与苏伦、张雨先后恋爱的过程中，都会受到世俗偏见的压力，这种矛盾有时可能发展到很尖锐的地步。对于这个问题你们并非没有想到，但主要是采取了发议论的形式来表达。这些议论有时是作为左丽的思想活动出现的，也许你们以为这是哲学研究生的特点，是她对于社会生活中的某些现象所作的评论。但是这种议论不见得都是正确的（如对婚姻介绍所的批评）。有的明明是作者的见解，与故事主题并无多少关系，却硬要穿插其中，既不自然，又因频繁而成为赘疣。议论中对世俗偏见的攻击嘲讽很尖锐，但故事中的矛盾却是平淡的，这就更加显得议论大于形象，而不易令人信服。文艺作品毕竟还是要通过艺术形象的描写来表达作者的思想情感，这是万变不能离其宗的。但是这几年来，有些文艺作品中却不断出现作者滔滔不绝的议论，据我看来，多数是由于作者的艺术功力不够，无力进行充分的巧妙的准确的艺术描写，于是只好诉诸赤裸裸的议论进行表述。这是无助于一个艺术作品的完整性的。

至于作品中的某些情节、细节过于渲染夸大，明显的斧凿痕迹等也是有的。如描写苏伦扎布紧紧攥住烧红的炭火，以此来刻画他对左丽的强烈的爱。我不知道这样过火的描写到底有多少生活依据，我也不认为这能使人产生一种美的感受和情绪的激动。也许这些意见属于苛求。好在我们是老同学，才敢这样坦率直言。不当之处，想不致有误会。我确实殷切地期待着你们的创作能够出现一个新的突破。下次你们来京，望能细叙。这封信写得拉拉杂杂，就到此结束吧！

丹晨

1982 年 8 月

陈丹晨

著名作家。曾任《光明日报》文艺部负责人，《文艺报》副主编、编审。

评汪浙成、温小钰的中篇小说

张厚余

在内蒙古草原上新崛起的中年作家汪浙成、温小钰的创作是丰富而多方面的，近年来在全国一级或省级的文学刊物上经常散见着他们的中、短篇小说、散文或剧作，其中尤以中篇小说见长。已发表的四部中篇小说，《土壤》（载《收获》1980 年第 6 期）、《苦夏》（载《小说界》1982 年第 1 期）、《别了，蒺藜》（载《收获》1982 年第 1 期）和《春夜，凝视的眼睛》（载《当代》1982 年第 3 期）引起读者和评论界的普遍注意和重视。其中《土壤》和《苦夏》两篇还分别获得了 1979—1981 年和 1982 年全国中篇小说奖。本文拟就这四个中篇小说思想和技术方面的特色作一初步探讨。

一

文学是观念形态的产物，是社会生活经过作家头脑的加工而诉诸文字的形象的反映。党的十一届三中全会以来，我们的文学在反映生活的广度和深度上有了前所未有的广阔天地和新的纵深。然而在百花齐放的各类作品中,最受广大人民群众欢迎和关注的,还是那些及时地、敏锐地、真实而深刻地反映当前现实生活矛盾斗争的作品。

汪浙成、温小钰的中篇小说就属这类作品。综观四部小说,无一不是表现当前现实生活中带有普遍意义的矛盾,"它们的特色主要是社会的"。即"它们的内容是当代社会之艺术的解剖,它揭示了那被习惯与麻木感所隐蔽的社会基础"①。《土壤》的创作时间正是十一届三中全会前后,它通过魏大雄、辛启明、黎珍等活生生的人物形象和以他们为中心展开的逼真的生活画卷,深刻犀利地揭示了"左"倾思潮所以能够长期泛滥,而今尚难彻底清除的"土壤"——客观的与主观的、社会的与思想的根源和基础。《土壤》所反映的现实背景是"凡是"派主宰下的"三年徘徊"时期的"洋跃进",故事展开的历史背景则是1959年的"反右倾",作者匠心独运地将这两个螺旋式地重复的历史阶段有机地联系起来,揭示出"左"倾思想孳生蔓延的历史规律。小说主人公之一的魏大雄是一个具有"左"倾思想的典型人物,此人廿年前在学校任学生党支部委员时,将坚持实事求是原则、敢于说真话的同班同学辛启明打成右倾机会主义分子,主要是因为受系党总支邱副书记"最后通牒式的严厉警告",害怕"日后留北京的愿望化为泡影",而违背"良心"在批判会上"点了最初一把火"。廿年后这个在"左"的轨道上已经驾轻就熟,

---

① 别林斯基《特列莎·杜诺耶》,《别林斯基论文学》,新文艺出版社1958年版,第200页。

而且锻炼到炉火纯青程度的东风农场（全省"先进单位"）场长兼党委书记，不惜弄虚作假，谎报成绩，把靠国家供给种子、化肥、机械、劳力和水利等费用每斤毛粮高达五角钱以上的农场说成是"大寨式的先进单位"，则是为了迎合地委张书记的"旨意"，为"在自己今后发展的道路上带来举足轻重的好处"，为给自己升任农管局副局长积累决定性的资本。而邱副书记和张书记们所以不遗余力地推行这一政策，除了保官、升官的主导思想外，还有一种自觉的"先验论"思想和盲目的现代迷信在作怪：上面需要"反右倾"就一定有机会主义分子存在；上面要求推广学大寨"运动"，就一定得有几个学大寨的典型。而这种政策与运动本身的源头和由来不过是一种别有用心的政治阴谋或违背客观规律的主观臆造而已！《土壤》从艺术的人性的角度给被颠倒的历史和被颠倒的人的价值标准平了反，复了正，这是在政治平反的基础上一个必要的补充，其历史的和现实的意义已经而且还在被生活不断证明。

《别了，蒴藜》和《春夜，凝视的眼睛》虽然是两部表现伦理道德的小说，但仍然是和社会现实、时代脉搏密切相关的。作品的锋芒直指社会主义现实条件下的封建主义思想残余——新的门第观念和男尊女卑的旧意识。近几年来我国文学作品中表现这一主题的是很不少的，汪浙成、温小钰这两部小说的卓荦之处在于它们通过人物形象的真实刻画而表现出较为深刻的思想性，因而具有新颖的发人深思的艺术魅力。《别了，蒴藜》通过一系列艺术形象揭示出带有现代色彩的门第观念的无形的杀伤力，它具有令人防不胜防的潜移默化的渗透性。它令人迷惑的魔力主要还不表现在它具有一层包装精致的革命伪装，也不主要表现在它披着一张温情脉脉的面纱，甚至也不主要表现在这种观念像走了个否定之否定的"之"字形似的，在经历了几十年革命风雨之后，又牢牢地箍住了于敏这个当年因要求婚姻自主，而勇敢地冲决封建家庭门第观念的罗网，进而走向革命道路的女性的头脑。它的慑服力在于悄悄地、不露痕迹地腐蚀了曾经斩钉截铁地抨击过"把人分成高低贵贱，而且彼此界限森严，不能随便逾越交往"，"像旧社会根据财富把人分成望族寒门的现代时兴的混蛋逻辑"，而且深深地爱着盛小霞的谢冬的灵魂：当谢冬父亲复职，政治情况和生活情况改变以后，当他遭到母亲的坚决反对而又情意缠绵的"规劝"之后，他对小霞爱情的坚韧性和执着性都随着时间的推移而慢慢削弱了。正如盛小霞对他评价的那样："他爱她，但爱情的力量并没有强大到足以与他父母的权威和优越的物质条件相匹敌！"这里作者深刻地揭示了思想意识与物质基础的依存关系。正如小说结尾时作者通过小霞的思维所表述的："她已经越来越清楚地意识到她和谢冬之间存在着的距离，并不是一二个人态度的改变所能改变的。""拔除心中的蒺藜不那么容易。"作者在这部作品中对我们提出了现实生活中一个重要的侧面的深思！

如果说《别了，蒺藜》中所反映的门第观念涉及我们社会中一部分同志的话，那么《春夜，凝视的眼睛》所表现的主题则关系到更多的思想意识。这部作品通过对左丽"这一个"八十年代新女性形象的塑造，歌颂了"不以品貌地位作为交换条件，只不过要那么一点情投意合，要那么一点浓情"的爱情；对"千百年因袭下来要求男子比女子强的择偶准则"和"女子在爱情上的依赖性"加以形象的针砭。左丽所针对的不是"金银财产、地位等级、官品职位那一套"，她的妈妈和爸爸并不是那种势利眼，他们要求的是男人在精神上的"领先"和"优势"，希望女儿所选择的对象是一个在品学、能力和修养等各方面走在她前面的人。而左丽恰恰违背了这种看来非常合理的社会习俗，抛弃了这"大多数怀春少女梦寐以求的美满婚姻"，而属意于一个家庭条件比自己差、学历比自己低、年龄比自己小的青年工人张雨，因为她追求的、寻找的是那种"眼睛对着眼睛"的没有动作、没有语言甚至没有呼吸的感情上的"凝视"——真正的、纯洁的、无世俗杂念的爱情！而且她对所谓精神上的"领先"和"优势"有自己的评价和认识："难道只有文化程度这一项吗？强大的道德力量呢？跃动的蓬勃生机呢？她难道在这些方面都超过了她已属意的男子？"作品以新颖的角度描写了一个新的题材，并且通过新的人物形象表达了作者新的审美理想，这对于新时代新女性的性格的形成，以及她们在婚姻问题上的平等观和主动性的充分发挥无疑是有着良好的现实教育意义的。

《苦夏》描写的更是千百万家庭和青少年年年关心的升学考试问题。作者真实地反映了社会主义条件下这一竞争的严酷性，同时也引导读者正确对待这一竞争——讲道德，讲原则，不能用别人的痛苦来换取自己的幸福。佳佳高考落选后的轻生，华华性格向冷酷自私方向的扭曲，以及杜萍（妈妈）为了小女儿玲玲顺利入学而失却了一贯公道、正直的品格等等，都从反面或侧面告诫读者：如果在这一竞争中不做正确的选择，真美善将有逐步向假丑恶方面转化的可能。作品特别提出家长如何正确对待以及如何教育子女正确对待升学考试的严肃命题，作者的良苦用心是显而易见的。

从汪浙成、温小钰的四部中篇小说中，我们可以清楚地看到他们在坚持革命现实主义创作原则上的努力：密切地关注着广大人民群众所关心的现实问题，不回避矛盾，不粉饰现实，大胆揭露在向四化进军过程中客观上的困难和阻力以及主观上的因袭的重负；同时揭示着、交织着希望和光明，他们不仅敢于揭露矛盾，而且比较善于解决矛盾。既使人们冷静地看到现实生活中尖锐复杂的矛盾斗争，同时又使人们充满了勇气和信心。

二

汪浙成、温小钰中篇小说强烈的时代性和现实感是通过一幅幅色彩浓丽的生活画卷和一个个栩栩如生的人物形象体现出来的，这样就使它们具有长久的艺术生命，决不因时过境迁而黯然褪色。"把高尚的思维自由地转化为生动的形象。同时在人生的一切特殊、偶然的事实中完全认识它的崇高而普遍的意义。"[1] 这是文学艺术家是否具有真正艺术才能的根本标志。这两位作家显然是具备这样的才能的。读《土壤》，我们仿佛置身于沙丘起伏的漠北农场，并且透视到那三个行进在田野上的主人公内心掀起的感情风暴和波澜；读《别了，蒺藜》，我们又好像和主

---

[1] 杜勃罗留波夫《黑暗王国》，《杜勃罗留波夫全集》第一卷，上海文艺出版社1958年版，第274页。

人公一起跨入熙熙攘攘的新生报到站，一起走向大雨滂沱中的草原上的白桦林，一起步入于敏那华丽而阔绰的客厅，一起进到狼山脚下那间破破烂烂的小屋，听到年轻的孤单的母亲的嘤嘤啜泣和没有父亲的婴孩的呱呱啼哭……而《春夜，凝视的眼睛》则带我们跟着左丽的脚踵徜徉于黄昏初降、华灯未上的首都大街，目睹八十年代青年的一幅令人心荡神驰的风俗画。《苦夏》则把我们带回一年一度的郁热的盛夏，透过千家万户的窗口，看到面临升学考试的青少年及他们的家长的焦虑、奋斗、苦恼和希望。汪浙成、温小钰的作品，没有紧张的故事、离奇的情节和波诡云谲的虚构想象，他们所呈现的艺术形象如同生活本身一样朴素、自然、真实。

构成一部作品的艺术形象具有多方面的因素和内涵，但其中最主要的是关于人物性格的塑造。汪浙成、温小钰四部中篇小说中的主要人物形象，如魏大雄、辛启明、黎珍、谢冬、盛小霞、左丽的刻画是成功的；次要人物于敏、张雨、佳佳、华华着墨虽不多，亦颇具鲜明的性格轮廓。在主要人物的刻画中作者注意尽量表现人物性格的全部复杂性，即多角度、多侧面地揭示人物性格内在的矛盾；同时又注重突出表现其主导性格。这样就使人物性格的各个侧面得到内在的、本质的有机联系，从而完成了其矛盾中的统一。

以魏大雄为例，作者充分注意到这个人物性格和心理上的矛盾，当邱副书记认定辛启明是右倾机会主义分子时，他"一开始觉得不可思议，说辛启明配合右倾机会主义向党进攻这根本扯不上"。并且"把一个朝夕相处的同窗好友视为不共戴天凶恶仇敌"，也使他不能接受。可是在邱副书记的严厉警告下，他害怕成为"运动的绊脚石"，害怕"留北京的希望化为泡影"，于是既勉强又积极地成为批判辛启明的先锋。随着时间的推移，随着"天天讲，月月讲，年年讲"的无休止的阶级斗争"烈火"的"锻炼"，魏大雄原先还存在着的那点良知渐渐泯灭了，利己主义哲学越来越自觉地进入他的"思想武库"。他娶地委书记之女吴若梅为妻，是为调到农管局当秘书，"投笔从政，步入仕途"。在社会主义教育运动中他大显身手，"对资本主义倾向进行严厉打击"，是为了进一步实现他"在仕途上跃进的雄心"。在冷酷无情的现实中魏大雄也一天比一天变得冷酷无情了，但他内心世界仍充满矛盾冲突。岳丈被打成"走资派""黑帮"，他立即考虑如何"免受株连"，后悔和吴若梅结婚："我本来可以组织另外一个家庭，也就不会有眼前这些倒霉事了。"但当他在深夜的灯光下看到熟睡中的妻子的"肥白浑圆的胳膊"，"嗅到了她的身体发出来的温暖的气息，带着哺乳母亲特有的奶味……"，他又想："不，我不能没有她！她和孩子，是我的。"于是决定赶走丈母娘。经过"文化大革命"的十年"熏陶"，魏大雄更成为一个谙熟"关系学"、善于玩弄权术的老练的"政治家"了。他"不仅研究人们经济基础（物质生活）方面的关系，还研究他们上层建筑（兴趣爱好）方面的关系；不仅研究人们相互间亲近良好的关系，还要研究他们相互对立仇恨的关系"。并以自己拥有的雄厚资本——农场，作为搞关系学的基地，他极善权衡利弊，随机应变，当岳父"东山再起"后，吴若梅闹离婚而他坚决不离；但当他得知自己已被批准为农管局副局长，而且以为黎珍会属意于他，从而能得到一个在部里工作的妻子，不久又能打回北京去时，他立即决定同意离婚；然而当突然得知老岳丈马上要来视察农场时，他脑中首先便蹦出这样的念头："在这个节骨眼上，我要是不跟吴若梅破裂，那工作万一发现差错也大不过批评教育，老头儿不至把事做绝——对，我今天就去把她接回来！"而对于一直压制不予解决的辛启明的问题，这时他也忽然灵机一动："如果立即恢复辛启明的政治生活，由我出面来保荐他当继任场长，他就不好再一个劲地揭前任的短了。黎珍那里为顾念他，也会手下留情，不至做出有损'东风'的事来。老吴头嘛，一旦知道农场交给了辛启明，态度也肯定会温和起来。这，真是一石三鸟的好主意！"深通"关系学"的魏大雄就当机立断地决定了他的对策："通过若梅和辛启明，从家庭关系和工作关系两个角度牵制老吴头，化险为夷。"作者就是通过这样对矛盾、复杂的内心世界的描写，深入地刻画出这个人物的个性特征和性格的发展以及其主导性格——赤裸裸的损人利己。在作者这一系列的描写中，我们不仅窥见了这个人物的灵魂底蕴，而且在"特殊偶然的事实中，认识到它的普遍意义"。他不是一个毫无人性的魔鬼，而是一个人性实足的坏蛋，这样的人物在今天的现实生活中，在我们每个人的身边，都时时以正派的、富于魄力的领导者的姿态出现，只不过在新的历史条件下各人的表现形式各有不同而已。

这里我们不能不提到《别了，蒺藜》中谢冬这个人物，谢冬是一个具有二重性的人物，他不同于五十年代的魏大雄、辛启明们，他是十年动乱中成长起来的新一代，不可避免地具有这一代人身上所具有的时代的创伤和历史的沉迹。在敲锣打鼓地"上山下乡"的年代，他曾是个虔诚的"清教徒"，"不顾感冒发烧，高喊革命口号，带头跳进流着冰凌的渠水里堵口子"。然而当他和同伴们趴在窗户上透过流注的雨水，望见几张平素革命口号喊得最响，这会儿却在那里撕扯鸡腿，并对着行军壶酗酒的嘴脸时，"他火热的胸膛顿时被严寒侵袭了"。从此他变得懒散、消沉、玩世不恭，甚至还和同伴一起埋伏在夜路边进行过恶作剧式的抢窃。但谢冬毕竟是从小在红旗下长大的青年，由于他入世未深，恶癖尚浅，在小霞的帮助与知识的启迪下，他荒芜的心田又慢慢长出春天的嫩芽。他从对书本的热爱进入了对人生的严肃的思考；从智慧、思想与感情的交流驶入了爱河，而爱情又像一场苏人灵魂的春雨，洗涤了他心灵上的尘土和污垢，开始了人性的复归：变得"聪明，正直、心地善良、有头脑、富有同情心，能一眼识别是非"（小霞对他的评价）。然而随着生活环境和经济地位的变化，他那"吃不起苦"的"致命伤"又渐渐复发了，他毕竟"不能够失去父母的支持和庇护"，于是，在强烈的思念中便把小霞慢慢地淡忘了，任蒺藜在心中生长而安然打发时光……最后谢冬是去寻找小霞了，而且真诚地为她献上自己痛苦的灵魂，但那是在小霞凭自己坚强的毅力和坚韧的奋斗跨入大学门槛，和他在新生报到站邂逅之后，否则他是永远不会到狼山下的那间破屋中寻找她的。作者就是这样冷静地按照生活和性格本身固有的逻辑来再现生活，刻画人物。而作者的最后处理——他们不一定能重新结合但已经重新走到一起，这是真实的、可能的，其中的亮色透露着时代的特点和人性的光彩。

另外，对辛启明，作者以满腔热情写出了他对理想的不倦的追求，对真理的无私的执着，对爱情的长久不渝的忠贞，对谬论的锲而不舍的斗争，对事业的废寝忘食的倾心；也写出了他有点孤僻，忧郁、矜持的性格，和他当年政治上的幼稚，以及现在生活方面处理某些事情的拘谨与乖僻。写黎珍既突出描写了五十年代女性对待爱情的特点，也写出在那种时代气氛中和铁板一块的政治压力下，她（绝大多数青年都是如此）只能有的思想水平；不敢怀疑将辛启明开除党籍的决定是否正确，因为不忍再睹他精神和肉体上所受的折磨与凌辱，不得已含着泪劝自己心爱的人委曲求全承认"错误"。作者还真实地描写了她在辛启明失去音信后与刘子磐的结合，并写了她在婚后对刘子磐日益情笃的爱情。作者决不会为了一个美好的观念而牺牲真实。廿年日益变本加厉的"左"倾路线不会不戕害任何一个正直善良的人的心灵，伤痕并不破坏心灵的完美，带着创伤的美也许是更美的！黎珍就是一个刻画得相当成功的带着创伤美的动人形象。

汪浙成、温小钰的中篇小说在思想内容方面表现得完满和在人物形象上刻画得成功，与他们在艺术技巧上的刻意追求和不断探索分不开。

首先，在艺术结构上四部小说各有特点。《土壤》运用的是立体交叉结构。除了首尾两节系第三人称外，通篇均用第一人称手法展开。小说围绕一个中心事件，从甲的眼光看乙、丙，从乙的眼光看甲、丙，从丙的眼光看甲、乙。这样，一个人物形象由三个角度或三个侧面立体地完成。它比起那种单一的第一人称手法具有客观性，但同时又可发挥其便于剖析自身内心活动和抒情的优点，富于真实性，同时又不失其内在的客观、冷峻和不断变换观察点的灵活性等长处。如《土壤》后半部分围绕农场翻番事件（谎报亩产四百斤，总产四百万斤），从三个主要人物的交叉叙述描写中，我们可以多角度地对这三个在三条光柱投射下的人物进行面面观：这三个人物正如生活中的每一个人物一样，都有自己的思想信念、人生哲学和行动逻辑，即每个人都相信自己的想法是正确的，行为是合理的；但在艺术上亦如在生活中一样是旁观者清，当事者迷。在这三个人物身上，我们既可从各人的叙述中看到各自的主观色彩、个性特征和行动逻辑，又能在互相的叙述中窥见对方的灵魂，印证各自的本质。《土壤》的艺术结构确实是独特新颖的，它对人物的刻画和思想的表现起了相得益彰的良好作用。

《别了，蕨藜》和《春夜，凝视的眼睛》运用的是时空交叉结构，它们都是由现实描写开始，随着意识的流动不断引出对过去生活的回忆，而现实的情节依然在继续进行，这样就形成"现在"—"过去"、"过去"—"现在"的不断穿插。当然，由于"现在"与"过去"发生的场景不同，空间也不断交替变换。构成这两部作品的线索实际都有两条，一条是现实描写的进行线，一条是追叙往昔的回溯线，而回溯线依然是沿着时间的顺序向着"现在"不断运行，因而最后这两条线就水到渠成地做到自然的"合拢"。它使情节在人物的心境中发展进行。心理活动和性格气质在情节的进展中得到表现，而情节的进展又浓厚地笼罩着人物的主观色彩和心境的投影，这样，"情节是人物性格发展的历史"这一艺术原则就进一步得到水乳交融合二而一的体现。至于《苦夏》则是采用了朴实自然的、依时间顺序的单线进行结构，但行文时却以佳佳、华华、玲玲三个人物为中心，递进性地变化描写重点，从而将故事情节引向高潮，升华主题。我们的作家总是从内容出发，决定它的最适合的表现形式，他们每部小说的艺术结构总是与其所要表现的思想内容相适应、相吻合的。

三

汪浙成、温小钰的中篇小说的诗情画意和抒情色彩也是非常显著的。这种特色当然最集中地表现在他们所刻画的人物身上，如黎珍、盛小霞、左丽就都是非常富于诗意的人物，她们美好的内心世界本身就是一首动人的诗，作者在她们身上倾注了无限深情——用深情塑造了美。作品的诗意还表现在作者对自然景物的油画般的描写，而这一描写总是与人物的内心活动有机地交织起来，达到了情景交融的境界。《别了，蒺藜》中，盛小霞冒雨到白桦林中与谢冬约会就是极富于诗意的一节，当她久等不见谢冬而决定离开时：

"……她仰起头，留恋地最后望了一眼白桦树。高大秀丽的白桦树，忧伤地站立着，每一条枝叉都像在为她伤心地落泪，又像谴责她不够耐心，在轻轻地摇头叹息……"

这里，作者对整个自然景象的描写都是极有诗意的，这是内蒙古草原上特有的情景，它融汇着七十年代中国青年的泪水与欢欣！

像这样油画般的景物描写而又与人物心境相交融的例子是很多的。

诗意与哲理是一部文学作品达到较高艺术境界的标志。汪浙成、温小钰的小说不仅是充满诗意，而且富于哲理，"土壤"二字就包含着丰富的哲理意味，它不仅反映着"左"倾错误的忠实执行者魏大雄与坚持实事求是原则的辛启明、黎珍在破坏土壤与保护土壤方面的斗争，也不仅反映着辛启明和黎珍改造祖国大地的土壤的美好理想和献身精神，也不仅如前面第一部分中我们所论述的挖掘出"左"倾思想的政治土壤，而且还包含着这样的思想——为什么魏、辛二人"都生长在我们这个社会，都受过高等教育，都是共产党员，但却像两株属性完全不同的植物：一个好比优质绿肥作物，既可用来饲养牲畜，又能用来改良土壤，它把自己的一切，甚至连那生长着豆粒一般的根瘤菌的根须，都献给了这块生它养它的母亲大地；而那一棵呢，却好比是黑刺蒿，牲口一见它浑身是刺，远远地绕着它走开了。更不能作肥料。它生长特别旺盛，蓬蓬勃勃，恨不得把土壤里的养分一下子吸干，对养育它的土壤从不作一点有益的事。地里只要长出这类野草，说明这块土地的衰落和荒芜，已经为期不远了"。这样包含着深刻哲理寓意的话时至今日不是还给我们每个人都敲着内省、反省或引以为戒的警钟吗！而《别了，蒺藜》中首页的那句题词："当代青年心田里都生长过蒺藜，但愿，但愿没有人再播种荆棘"，既是点题的龙眼，又是一句十分精辟的格言。当代青年的心中有些什么样的蒺藜？我们的社会卅多年来给他们的心田播种过什么荆棘？这"蒺藜"和"荆棘"的内涵是相当丰富的，除了小说中写到的种种，我们还能联想到许多、许多，这是一个多么引人深思的哲理性的主题呵，作为反思文学的一朵鲜花，这部作品将是不凋零的！关于"春夜，凝视的眼睛"，这又是一个多好的象征："她是懂得这种凝视的，她懂！回北京以后，再也没有一个人这样眼睛对着眼睛、深情地凝视过她，再也没有这样强烈地传导电流的眼波，再也没有触电似的被注视的感觉。她忘不了这样的凝视，一辈子再也找不到这样的凝视!"作者从生活中独特地敏锐地抓住这一典型细节，将深情的凝视看做是否具有真正爱情的标志和试金石，这不仅在艺术的概括上非常准确，作为哲理性的概括也是无懈可击的。

汪浙成、温小钰既然是在探索中前进的作家，在创作道路上就不可避免地要出现个别浅陋的脚印，我以为四部小说的不足之处有以下几点：

第一，老干部形象刻画单薄。《土壤》中的吴根荣给人的印象模糊浮浅，作者写他对辛启明刚去农场时的关心以及在烈士墓碑前的教育都比较一般化。而《别了，蒺藜》中把矛盾的解决归于谢冬之父简单、概念的说教不仅不能令人信服，也有落入"夫人不好丈夫好"的老套之嫌。

第二，《春夜，凝视的眼睛》中关于左丽与苏伦扎布爱情的描写缺乏规定情境中的真实感与现实感。左丽即使有那样的奇遇也只会对苏伦扎布产生感激之情，而要产生爱（对方是一个比自己大十多岁且有一个孩子的蒙古族青年）是不大可能的，作者所以这样处理我想是为了描写左丽在爱情问题上不考虑文化、地位高低是一贯的，因而才有这样的铺垫。

第三，《苦夏》在人物形象的刻画上逊于前三部小说，而且作者对所反映的现实问题的评价与对解决这一问题的态度显然存在着自身并未意识到的矛盾。作者写准备升学的学生和家长们在夏天的苦苦难熬是因为"僧多粥少"而引起的激烈的竞争，而解决的办法是要家长和考生们恪守原则，讲究道德，"全面发展"，发扬风格。这部作品主题内容的矛盾反映了作者思想上的矛盾，夸张了那些不应夸张的部分，反而使它的教育性主题被冲淡削弱了。

汪浙成、温小钰是五十年代末六十年代初北京大学中文系的毕业生。廿多年来他们一直生活在内蒙古草原上，搏击在生活的激流中。深刻地思索，勤奋地创作。他们在文学创作，特别是中篇小说上的成就是引人注目的。我殷切期望而且坚定相信，正当中年黄金时代的这一对夫妇作家定会写出更多的好作品，就像内蒙古草原上年年会开放出朵朵瑰丽的鲜花一样！

（原刊于《内蒙古社会科学》1983 年第 4 期）

张厚余

曾任《太原日报》科教部主任、高级编辑。

我所了解的他们

朱　寨

　　汪浙成、温小钰同志应出版社编辑部之约，准备编选出版这个集子的时候，就写信来，要我替他们写一篇序言。这完全出乎我的意料，使我感到惶恐。因为我从来没有想到会给别人写序，有人会让我写序，以为给别人写序是权威或前辈的事情。所以我当即回信，除了感谢他们大概企图给予我一次荣誉的盛情，还诚恳建议另请合适的人写，或者自己谈谈创作经历和其中甘苦心得，恐怕才是读者所欢迎的。他们坚持原意，并非出于我所惶恐的考虑，确实出于另一番诚意。从未尽的言词中，我已意会到其间的一线灵犀。

　　虽然我与两位作者并无远交，不过从一块工作的吕薇芬同志那里常听到他们的名字。她常谈起五十年代北大中文系那段难忘的大学生活。在她经常提到的同学名字中就有他俩。令人特别感兴味的是，她称呼她的女友温小钰是"这小子"。"那时候我们住一个寝室，生活上全靠着我，连她的手巾、袜子都得我替她经管。'这小子'生活一塌糊涂，对人却非常热情，头脑极灵。"谈起当时她们的精神状态，也常举温小钰的例子。"小钰你要记住：当你自己感觉轻松舒服的时候，说明你已经右倾了。"对这位政治老师的告诫，她不但视为自己的座右铭，而且经常去提醒自己的同伴。毕业后，正如他们一篇小说中写的，"五十年代培养的一代人，党给他们一种奇异的生命力，到哪儿就在哪儿扎根。"他们两个浙江青年一起到了内蒙古边疆，长期在组织安排的教学和编辑岗位上勤恳工作。至今温小钰同志还在内蒙古大学中文系执教，汪浙成同志解脱编辑工作也不久，这之前他热爱的写作一直放在了业余。

　　1980 年云南昆明当代文学研究会年会闭会之后，有人提议趁便去西双版纳参观访问，自愿前往的有七八位，其中有汪浙成同志。这是我们第一次见面。没有想到他身材高大，体貌健壮，偶有内蒙古土语乡音，如果事先不知道他的籍贯，我准把他当成蒙古族同胞。此行，除了由云南文联同志引路，其他都是我们自己分工动手。他一路上总是跑前忙后，扶人提携。有时同时手提肩扛几个人的东西，挤车出站，颇为吃力，但他依然面带笑容，洒脱矫健。当人们称赞感谢他的时候，他曾不无感慨地解嘲说："君不见困难时期，我们内蒙古人、东北人哪个回去不是像驴一样驮？这是任重而道远的历史锻炼。"同行中，都是诗人作家，他自报为内蒙古《草原》杂志的编辑。他确实像编辑记者一样热心观察访问，每次听人介绍总是像好奇的小孩，引颈侧耳，手触口问。有一天远途步行参观归来，大家都已疲劳不堪，他听说一位同志要去探望一位早年的同学，这位同学大学毕业后就从内地来到这里"锻炼"，已与当地农村傣族姑娘结婚成家，扎根多年。他听说以后，立即挺身而起，要求与他一起前往。后来他乘车时，衣袋被盗，他痛惜的不是别的，而是他参观访问的笔记本。他并不多言，而他的片言只语和点滴行动，却使我感到他身上有一股奔赴拥抱生活的热情和毅力。

后来又见到了温小钰同志。见面审视，除了她那开阔丰满的前额确实给人以突出的印象外，仪表并没有特别的地方，勉强说有的话，就是比一般朴素的女同志更加朴素。原来"这小子"的称呼，完全是女友之间友谊的夸张。事先还听说她健谈，吕薇芬说："有她在座，就不用听别人的。"汪浙成也谐趣地说："在家里，我们两个人的话都是让她一个人说了。"见面交谈确实觉得她开朗聪敏，但不像一般健谈者抢话夺声，口若悬河。当大家争题夺话的时候，她反倒沉静寡言。当话题集中到五十年代和当今一代青年人的对比时，她加入了进来，展开了论述，很快把大家吸引住了。从她的学生们谈到她自身，从事实描述到理论分析，雄辩而不逼人，而是深情倾诉又娓娓动听。说话时没有引人注意的手势动作，偶尔扶扶鼻梁上的近视眼镜，拢一拢前额的覆发，如果留心观察，便会发现这时她的眼光凝聚，宽阔的前额更引人注意。一席谈话结束，吕薇芬和汪浙成先发制人地说："是不是大家都听她一个人的了?"原来这就是他们所说的健谈。

我与他们的接触不过如此。如果说我们之间有点知交的话，还是他们作品的牵引。

熟悉我国六十年代文学创作情况的人，应该熟悉他们的名字和作品。我这个粗心的读者，虽然对他们并不完全生疏，由于没有认真读过他们的作品，只有一个模糊的印象。他们的名字像"蓦然回首，那人却在，灯火阑珊处"闪现在眼前，那是我无意间读了他们的短篇小说《积蓄》之后。

《积蓄》也是描写我国当代中年知识分子命运的。作品描写的一对中年教师生活艰窘，工作劳累，事业追求，家庭烦恼，精细逼真，历历在目，堪与《人到中年》的描写媲美。这是我看到的最早一篇反映当代中年知识分子生活命运的小说。这对中年夫妻日锱月铢，克扣下孩子夏天的冰棍钱，才有了一笔积蓄。计划购置一台黑白电视机，这样孩子可以在自己家看电视，不必挤到别人家忍辱受屈；家长也不必为此分心。但是，因为接待他们大学时代的同学——一位美籍华人，他们忍痛动用了这笔长年的积蓄，以免在外籍人面前显得寒伧，有失社会主义祖国的声誉。结果多年的希望变成泡影。作品描写的这对中年知识分子的艰窘处境固然令人心酸，但他们那片爱国赤诚，却让人肠热。

但是这篇作品并没有引起应有的重视，就被《人到中年》遮掩了。我欣赏《人到中年》，同时也为《积蓄》惋惜。就在上面提到的1980年去西双版纳的中途，汽车小息，我们下车活动，作为与汪浙成同志结识交谈的话题，我把这个意见对他讲了。他当时没有说什么，只是微微一笑。到达目的地以后，晚上他找到我，详谈了他们创作这篇作品的旨意和心情。听得出，小说中这对中年知识分子的形象中，有他们自身的影子。他解释说："积蓄"是有寓意的——个人积蓄不多，国家也积蓄不多，再也不能折腾了！他们的一片创作苦心未被注意，确实也心有不平。因此在默契中有了心交。这并不意外和奇怪。因为每篇呕心沥血之作，都是作者嘤嘤求友之声。哪个作者不希望得到自己的读者？有人转引普希金的话说：他为他的读者而活着。

一年后又读到他们的中篇小说《土壤》。我认为这是他们空前的力作，也是当时整个中篇创作中的一只硕果，就它的生活容量来说，可以算得上一部浓缩的长篇。趁他们来京的机会，在吕薇芬同志家里，我访问了两位作者，并围绕着《土壤》作了一次长谈。正式交谈之前，汪浙成同志突然问我还记不记得一年前去西双版纳途中的那次谈话。我懂得他的意思，并不是在考验我的记忆。这使我们的交谈一开始就是推心置腹的。我说《土壤》里的魏大雄确实是过去作品中少见的成功形象。魏大雄是一个反面人物，不是叫人一眼看透，双重、多面、复杂。他深谙政治权术，但他是凭着实干成绩博得政治优势的。他城府很深，作风又洒脱大度。奉迎与干练合金般熔铸在这个形象上。复杂的形象产生于复杂的社会土壤，作品在这方面的描绘也具丰采。但是作品的主要成就不止于此。另外辛启明和黎珍也是两个成功的艺术形象。而且这两个形象对读者心灵产生一种悲剧的震撼力量，寄托着作者生活与美学的理想。当时的评论文章只肯定了前者，对后者还未涉及，我就此提出了自己的读后感想，征询作者的意见。上面提到的温小钰同志那篇关于青春、时代、生活的侃侃陈词、娓娓动听的谈话，就是由此引起的。还谈到《土壤》的手法方面。采取三个不同的"我"的第一人称，这是以前作品中所没有的。这可以使不同的人物自陈心迹，又便于从不同人物的多个角度展开生活，确有新颖之处。不过基本手法还是严谨的现实主义的。当时"现代派""意识流"已经引入，手法上的争奇成为时尚。在这方面，我们也有共鸣。他们风趣地说：在时髦的风气下，坚持一点现实主义传统也可谓是一种"创新"。这次谈话使我进一步获得了对他们的印象：他们不仅有一股奔赴拥抱生活的热情和毅力，而且在思想艺术上有冷静的主见和自信。这引起我重读他们过去作品的兴趣。读了他们过去的作品之后，又加深了这个印象。

《白云之歌》是他们最早的一个短篇小说，发表在 1964 年第 1 期的《萌芽》上。同年 10 月号《人民文学》"新花集"转载，后来又被选入 1964 年"萌芽"短篇小说集和 1965 年出版的《青年作者短篇小说选》。这篇作品并不是他们最优秀的代表作，但却有代表性。作者在这里首次展开了关于内蒙古沙漠地带奇异风光的描绘。不读这篇作品很难想象出沙漠中种种壮丽的奇景。"跳出地平线"的旭日，射出万道霞光，使晨雾颤动，把沙海妆扮成"用珍珠镶嵌的地毯"。沙漠地带又是"风的故乡"，突然之间风会从四面八方兴冲冲跑来，"一个个"像有个性的生物，奔跑追逐，纠缠打滚。无垠大漠，无际长空，又是如此空寂辽阔。地平线上行着驼队，驼峰上闪耀着人影。他们后来的作品，从题目上就可以看出地方的特色：《白沙杏的故事》《喧闹的牛耳河》……人物情节差不多都展开在内蒙古独特自然风光的背景上。即使写的是"钢城"也飘散着沙漠、草原的气息。《土壤》关于内蒙古沙漠地带的描绘，不仅写出了外在风光的变幻莫测，而且写出了内在的变迁和生命。扎根在沙漠的矮小植物，深深筑窝、匆匆觅食在沙漠中的甲虫，写得多么富有生命力！关于深陷在沙漠下的枯木遗骸、涸谷遗迹的描写，令人醒目遐思，构成了《土壤》的一个重要特色。从《白云之歌》到《土壤》，可以看出作者长期不懈的迤逦行踪，在祖国这片疆土上，开垦了自己创作的自然领地。

作品的自然环境描写，应该是典型环境的一部分。鲁迅作品中的"鲁镇""未庄"，由于富有江南景色，而更具典型环境的特点。赵树理、周立波、柳青、孙犁等作品中的各具特色的典型环境，都是各在不同的自然环境怀抱中。沈从文的作品独具风格，这是有口皆碑的。而他作品的一个显明特色，就是湘西的自然风光。普希金甚至把地理条件作为民族性的一个重要因素。这不是没有道理的。当我们回想读过的那些伟大的俄罗斯文学作品的时候，伴随着作品中的人物形象和社会生活风貌的深刻印象，同时呈现在眼前的是俄罗斯大地的风光。两者在我们头脑中构成俄罗斯文学民族特点的概貌。自然环境的再现不仅需要所谓"风景描写"的文笔，更需要对祖国某方风土的理解和热爱。

《小站》《苏林大夫》《妻子同志》《琐屑的故事》相继发表在《白云之歌》之后，也是这两位作者创作处女期的作品。这些作品有一个共同的主题，就是"应该怎样生活和愿意怎样生活"的矛盾，其中《苏林大夫》关于这个主题的揭示最明确。作品一开始就是主人公苏林陷入这个矛盾的苦恼中："应该怎样生活和愿意怎样生活。谁能把这二者统一起来，他就不会有这许多矛盾苦恼，成为一个幸福的人。可是，我……"因为他大学毕业时，曾希望到草原上去繁殖改良马种，开展自己理想的事业，结果却被分配在他以为无所作为的林区小兽医站工作。后来他逐渐认识到这个岗位工作的重要意义，不知不觉中建立了感情，不但认识到这是"应该过的生活"，而且成为他"愿意过的了"，这时候，他才感到了"从未有过的充实和幸福"。《妻子同志》和《琐屑的故事》表面看来写的是夫妻和爱情，其实是同一主题的伸延和深入。丈夫不应该把妻子看成"我的老婆，而再不是同志"；妻子不应该是"只需要丈夫，而不需要其他的女人"；"妻子这个称呼，应该是爱人、姐妹、朋友、同志的总和"；但是这种新型的夫妻关系不能产生在家庭小圈子内，只能建立在共同的工作劳动上。从《妻子同志》中这对夫妻的爱情萌发和枯萎、家庭离析和重圆中，得到的教训与其说是如何处理夫妻关系，不如说是如何对待生活。《琐屑的故事》写的是三个女性不同的爱情遭遇。一个原来学的是冶金专业，她本来应该到她有所作为的工厂矿山去工作。可是婚后为了安乐的家庭生活，不得不牺牲了自己的专业。结果"没有了自己的生活"，"只是××的老婆"，不过三十岁的年龄，已感到像老太婆一样苍老、惆怅。另一个也曾追随着丈夫，在生活的水面上漂来漂去过。当她觉悟到自己没有权利放弃自己的知识和理想，而且确实在生活中扎下根以后，即使与丈夫分道扬镳，也感到幸福。正如她自己说的："只有把根子深深扎在劳动和建设的土壤里"，"才不会变成攀附在别人枝条上的柔藤"。这是一个坚强秀美，正跨在"生活分水岭"上的年轻女主人公，从自己的受骗和两个不同女伴的经验中，不仅"结束了自己轻信的、盲目的爱情"，而且重新确定了自己奔赴的生活目标，不应该为某个"他"而来，应该为草原钢城的建设者而去。这里提出来的问题，仅仅是关于爱情的选择而不是生活的选择吗？汪浙成和温小钰后来的作品，虽然远非如此天真单纯，但依然可以看出其间的思想脉络。作者总是从不同的"生活分水岭"上观察生活和展开人物命运的描写。他们的正面人物，即使曾受到过所谓"应该怎样生活"的欺骗愚弄，也未失去应该怎样生活的信念，而陷入个人的打算，如辛启明、黎珍。即使生活有负于己，己也不应该负于生活，如《积蓄》中的两位中年人。对于浩劫中的受害青年，同情他们的不幸遭遇，但不同情他们破罐子破摔的生活态度，指给他们的是应该积极生活的道路。

生活的历史转折，给这两位作者的创作也带来了转折性的变化。过去长期蕴藏、积蓄，突然得到机遇喷吐焕发，创作了异峰突起的力作《土壤》。《土壤》的主要成就是刻画了比较深刻、复杂的人物形象。正是从人物形象的刻画上可以看出作家对社会透视的深度。过去他们的作品比较薄弱的一环就是缺少人物性格的刻画，创作的焦距还没有完全对准人物，通过对人物性格的开掘去开掘社会生活。因此作品内容都比较单纯。在这里我们仿佛看到过去的人物突然都成长丰满起来。同时，使他们打开了新的创作眼界，另辟蹊径，写出了不同于《土壤》而别具一格的成功作品，如《苦夏》等。

总之，他们沿着自己的创作道路远远地走来，又向着新的创作目标坚定地走去。

以上不是序。只是我对他们的了解。

1983 年 4 月 1 日

（原刊于《别了，蕨蕤》，人民文学出版社 1983 年版）

需有穿透性的目光
——读《苦夏》随想

杨匡汉

如果说，目前文坛上依然不乏感情用事或逻辑评判的两类作家，那么，我们毕竟又涌现了一批将上述两种特点予以相互克制、相互补充，且把它们概括在某种更高的艺术真实中的第三类作家。他们的作品，既有主观的偏性，却以自觉的感觉能力调集了业经沉淀的生活贮存与情感积累；既有使作品这一精神实体成为人们认识生活和自身的审美意向，却又使思辨力量通过人物的塑造、情绪的流涌和生活画面的展开，沟通着、烛照着一颗颗茹苦劳瘁中悲抑的心并驱散那些常有的怨郁。这类作家，往往是在不少人视为畏途的地方，恰恰成为施展他们的独创性与艺术勇气的用武之域；也往往是在一些轻率的批评家仍用"难道生活是这样的吗？"之类的告诫喋喋不休的时候，他们保持着面对现实、正视矛盾、追求曲折而又值得企盼的前路的一颗正直的灵魂的颤动。而且，特别需要读者注意的是他们低垂的双眼、从他们严肃的眉光下发出的一道道穿透性目光。这种目光并非看破一切、睥睨人生的虚无，而是洞察社会、以独特的心灵去照亮生活现象的真诚。他们懂得以神圣的感情去赞美一切歌颂的光明，同样也怀着美德的纯洁对种种可诅咒的阴暗表示理所当然的激愤——以洁白的程度而言，泡沫用不着羡慕白雪。

我是这样来看全国优秀中篇小说奖（1981 至 1982 年）的获奖作品之一《苦夏》的。也是这样来看它的作者汪浙成、温小钰以及许多像他们那样有思想有生活有才华的中青年作家的崛起并大步走向成熟的。历史已创造了这样的作家和作品出现的条件，我以为，这不仅表明我们战斗的现实主义的复活与深化，而且也是社会和文学的一种毋庸置疑的进步。

《苦夏》的故事并非惊心动魄。它写的是某大学副教授沈金一及其爱人、中学语文教师兼优秀班主任杜萍，在那个盛夏酷暑的季节，为同时应付三个子女升学考试而疲于奔命的遭际，反映了一对中年知识分子在升学——求职竞争上的种种波折与烦恼。往日有着正常的工作、生活秩序的家庭，在这个"苦夏"一下子乱了套：沈金一不得不放下正在撰写的学术论文，而变成一名"专职火头军"；杜萍则一反常态，全力以赴当家里的后勤兵，神经紧张到几近崩裂；大女儿佳佳虽经拼搏，却因三分之差金榜落第，还险些成为鱼塘冤魂；小女儿玲玲在被大声叱骂甚至挨打中，半个月要演算近千道数学习题，病得天天打针吃药；连儿子华华这样的"学习尖子"，也骤变为对人缺乏热情、过早地探究人生的贪鄙者。不仅如此，左邻右舍，楼上楼下，从儿子派老子四出刺探到老子替儿子冒名代考，从一些人的嘤嘤啜泣到另一些人的得胜回朝，所有卷入这场升降只在须臾的竞争的孩子及其家长，在"僧多粥少"的现实面前都失却了控制，邻里关系、道德准则甚至商品信息也发生了微妙的变化。这一切在某些"马列老太太"看来有失体面、却使多少普通家庭牵肠挂肚的"小事"，经过作家的温热而焦灼的心的体味，变成了一个个读之令人喉哽心酸的生活细节，把我们引入可感可触的真实境地。作家并非仅仅递过去一点局外人的同情与感喟，而简直是当作了自己灵魂中的病痛；也不仅仅以善感多悲的笔墨去慰藉那些在紧张氛围里多少已经疲倦了的心，而是以果敢炯明的目光，透视这一人们关注的社会现象，与无数的普通人共同着脉搏与呼吸：再也不能让这样令人烦恼的"苦夏"在明天出现！再也不能把年纪轻轻的孩子推上"走向生存竞争的战场"！再也不能以无视道德、不讲原则去污染人们为社会主义的强烈事业心和竞争意识！和那种认为这个中篇叹息太多、缺乏对现行的择优录取的升学考试成果的充分肯定因而小说存在着"感情偏向"的意见相反，我以为，作家所倾注于作品中对孩子们的挚爱以及对他们命运与前途的关切，所渴望的在智力投资中对现行教育制度应当有更合理的、真正促使人才健康成长的改革的焦虑，着实是给忧国忧民的人们送去可以被理解的温暖，也表现了作家的社会责任心和严峻的道德感。《苦夏》的两位作者相当现实地看取随升学竞争而生的家庭创伤和社会阴影，在这篇看似"不合时宜"（一般舆论不正是为只看一次性考分的"择优录取"进行着并非一分为二的欢呼吗？）但却有意为之的小说中，敏锐地捕捉了某些酿乱之阶，弹出一点"违世之音"，呼唤建设高度精神文明的教育之魂，是难能可贵的。在这一艺术天地里，作家胸存正气，将生活的末节细流乃至丑陋面与溃疡处形诸笔端，皆可见出创作主体崇高浩茫的审美情趣与理想，见出动人的美学色彩。这怎么能导致某些批评者心目中那种"倾向有偏颇，感情有偏差"的况味呢？我的天！

《苦夏》给人的又一深刻印象，是作家用穿透性目光剖析与实现了具有丰富、复杂性格的人物，并按照人物自身性格发展的逻辑去描绘"杂色"。这是现实主义深化的一个表现。自然，这种"杂色"并非意味着肆意追求那种人格的二重性，而是"单一"与"杂多"在复杂的社会生活中的统一，是人物的道德观念、作风修养、思维方式、知识程度、生活习性、趣味爱好以及内心与行为、现象与本质等多方面的矛盾与交叉，当然也含纳非单义的思想纠葛。以作家笔下的主要人物沈金一夫妇为例，他们活跳到可以和读者握手交谈，并不是作家按照棋盘上的车、马、炮事先规定了他们的行动路线，而是让人物的性格从复杂的生活本身的洪流中自然而然地涌现出来，因之逼真可信。乍一看来，我们满可以为作家所刻画的这对夫妇品格上的"自相矛盾"而感到惊讶：沈金一副教授能严谨治学，在他的学术论文中有理有据地称颂竞争的优越性，但在仲夏的那股浊流中，他又被裹挟、被冲击着走上用自己的痛苦去换取儿女并未获得的幸运的可悲之路，而且还能以深谙世味的口吻来谈论升学竞争："目前是决定命运的关键时刻，家家都在总动员，不光我们是这样。再说，我们这样全力以赴，是为了你们，但也许，更主要的是为我们自己……"杜萍在家里完全、彻底地为三个孩子准备一切，献出一切，甚至在因考场有人作弊而发生的重考派与反对派的争执中她站到利害的一方，但她在学校确实又是个教育学生正确对待升学考试的优秀班主任，而且不坐视人才被湮灭，倾囊相助，妥善安排班上家境贫困的"小陈景润"向远及其母亲的生活，鼓励自己的学生为祖国而继续智力上的攀登……对于沈金一夫妇这种表面上"自我矛盾"的复杂现象，很难以一两句话来概括。他们性格、心理的复杂程度使人物形象远离了二度的平面，而形成一个立体的"圆球"。你从任何一个角度去看，都只能察见标明不同素质的局部"球面"而非全部。那阕发自竞争的身临其境者胸臆的乐章，也绝不可简单地以"自私自利""不顾道德"去加以判断，因为其中确也回旋有不得已而为之的苦衷与浅唱。况且，作家是把他们置于一个较为充分地揭示"社会相"的环境中，去描写他们在折磨下的困顿、积郁、相契与不和，且能贯有严肃的自我审察和心灵悸动，最后又能从平庸中挣扎出来，在事实面前有了良知的悔悟和匡正，终于从那被生活的震撼造成的内心裂缝里涌出这样的呼喊："纯洁的孩子，她那颗正直、善良的心，还没有被无情竞争的现实扭弯，还没有被'人皆为己'的理论污染。就让她永远保持这样一颗心灵吧！都保有这样的心灵，竞争再激烈，人和人之间不会变得冷酷无情。"——这正是法拉契所说的"人类尊严的最美好的时刻"。这样，对美的社会精神结构的痛苦追求和对现实关系的不无怅惘却也严峻的剖视，如此统一于《苦夏》作者的笔下，也统一于两位主要人物身上，其意义当然不是把读者引入那种"苦夏"不如人愿的迷乱之中，而是体现了人物形象对更美好的心灵的靠拢和对更高洁的情感世界的期待。这就不仅使沈金一夫妇的性格对我们有一定的认识意义，且有"将人提高"的艺术力量。同时，还使读者难以忘情的是，作家在写人物的性格时，不是为写性格而写性格，而是首先认真地写生活，然后从生活的长流中映现他们的姿影。他们共处于同一生活中，其性格在"苦夏"的范围内被同一条纽带所维系，有其相似也有其不似。作家让他们从生活本身的树上长出自己那一片绿叶，沈金一的笃诚、呆气，杜萍的要强、殷勤，佳佳的善良、柔弱，华华的年少气盛和玲玲的伶俐正直，都形成了共同的生活中各自的一个点，同中有异，异中有同，交织着多少酸苦与希冀，却又千差万别。那是突破了长期被理解得简单化的"对比法"和"类型法"的模式，使人物按照生活本身的逻辑和性格内在的逻辑去自由发展而开出的多具色香的花朵。

《苦夏》是两位作家继《土壤》后的又一力作。就其思想的深度、生活的浓度和艺术的力度而言，《苦夏》还不如《土壤》。但我又以为，《苦夏》有另一番勃郁不宁的追求。在作品中，作家有独立不羁的思索，有深细状绘的笔致，有世态炎凉的透发，且将"无数的个别愿望和个别行动的冲突"（恩格斯语），轻临妙至地错综起来，形成一个立体而交叉的生活之网。从这层意义上讲，这篇小说颇有些"生活流"的味道。不过，也正是由于作家的穿透性的目光对生活有纤细入微的观察，在结构谋篇时，又凝聚于"苦夏"这一艺术靶心，呈交互组合之状，间之有层次的列脱、推衍与渐透。作品中的人物都是一些普通人——即使沈副教授也是以考生家长的身份出现。他们平起平坐而又相互交叉地一道活动在这个仲夏。我的、你的生活都有他人生活的插入，你、我、他的生活和心灵都有交叉的联系与相互的影响，于是就有冲突，有论争，有体谅，有误解，也有安抚。作家并没有将生活写成按照某种既定的意图或现存的方案去进行构思的故事情节，而是依照展示"社会相"的初衷，在那苦夏之网里，让人物按各自的意愿去思考和行动，并产生这样或那样的关联与纠葛。这种结构方式，多少可使情节由单线的发展而变成复线的交错，反映生活亦由平面走向立体。你看当玲玲一反往日的欢快伶俐而惘然若失地从考场里走出来时，各色人等的行动状态和精神面貌构成了如此复杂的生活画面：父母哭了，玲玲反倒安慰大人；王大夫急忙把小刚和玲玲叫到一起当场对标准答案，又因自己孩子的考糟而气得将答案撕毁；一些打了败仗的孩子，因家长的怜悯而像受难的英雄；杜萍在为女儿的胜利默默祝福的同时，不由得也对曾经为之懊丧的儿子华华感激起来；而考试中的差错，又使家长们一下子把怒火发到教育局头上去……众多的人物姿态动作和心理活动交叉在一起，他们同在这生活的波流中随旋涡而旋转着自己的身心，一个画面是如此，整体结构也是如此。这种适应着如此特定主题与题材的结构方式，其长处就在于强化了生活气息，既带来了生活的逼真性又平涤了内心世界的逼真性，使人们不仅看得见罗马城头的大火，更感触到黎民百姓灶头的火苗以及作家向这里投来的光束。当然，这种结构方式在小说创作中也不必定于一尊。当作家继续以穿透性目光观察社会与人生，向新的主题与题材作开拓性进军时，将会探索用新的、更适当的结构方式与表现手段反映不同的生活。生活无限，艺术也无限，整个文学史都证明着不断的创造才是艺术生命之所在。

关于《苦夏》本身，我就此作如上断想式的评判。需要说明的是：其一，鉴于近年来我主要从事同小说隔行的专题学习，对浩如烟海的小说创作读得很少，就是汪浙成、温小钰的作品，也没有看完，这就不免以偏概全，只好以不称职的读者班门弄斧了。其二，我庆贺《苦夏》的获奖，主要谈了作品在艺术上的成就，并不意味着它十全十美，无所缺失。譬如说，一个社会要有高度的活力就离不开每个人的高度努力，强烈的事业心和竞争意识是值得研究的新时期生活的特点，竞争中也必须坚持社会主义道德与原则，这些均在作品中尖锐地提了出来；但同时，目前问题的症结恐怕主要不在人才之间的竞争而在于社会上有些部门的不正之风、官僚习气，作品中尽管有所涉及，但由于艺术地夸大了学生本身在升学竞争上的苦难、紧张乃至残酷，相对地就减弱了对社会流弊的艺术批判力量——作品中对此虽用了少许议论，也毕竟因略嫌"抽象"而未能达到更理想的形象效果。我总想，作家面对着如此生动、新鲜、错综繁富的生活现象，既需有穿透性的目光，又须有更典型的概括，而二者的契合，才能造就具有高度艺术真实和巨大美学力量的作品。我也深信，作家有了《土壤》的沉思，有了《苦夏》的心血，将会有更大的冲刺力的新作问世，为读者送来意象飞扬的不期潮信！

（原刊于《草原》1983 年第 7 期）

杨匡汉

中国社科院文学所研究员，中国社科院研究生院教授、博士生导师，世界华文文学研究中心主任，中国当代文学研究会副会长，中国世界华文文学学会副会长。

他们把笔触伸向人物的灵魂
——评温小钰、汪浙成的小说创作

张　韧

　　"五代同堂，振兴中华"，这是老作家丁玲在加拿大麦锡尔大学讲演时对我国作家队伍特点的概括。以中篇小说《土壤》而蜚声文坛的温小钰和汪浙成，是介乎丁玲所说的第四、五代之间的中年作家。新中国成立以后兴起的第四代作家崭露头角于五十年代。那时，温、汪还在学校求学。六十年代初，他们的第一篇小说《小站》问世，引起了人们的注意，随之，他们又发表了四个短篇小说和一些散文。第五代作家是在粉碎"四人帮"以后，伴随着文学复兴运动而诞生的。温、汪也带着自己的生活积累和艺术积累投身于文学解放的潮流。几年来，他们发表了四部中篇小说、六个短篇小说及一些文学理论批评文章。这是他们创作力旺盛的时刻，创作丰收的季节，也是值得我们探讨和研究的重点。

　　汪浙成和温小钰在中学时代即对文学发生了兴趣，在北京大学受过中国和西方文学的陶冶与教育，但他们又不是一介书生。汪、温先后于1958、1960年大学毕业，除了编辑、教学工作以外，他们曾长期深入到内蒙古草原和东北大森林里，具有比较坚实的生活基础。温、汪的小说有着秀美、文雅的格调，但又不是"教授小说"（虽然温是文学副教授），没有书卷气，生活的泥土使他们的作品变得纯朴、深厚。总之，厚实的文学素养与坚实的生活基础，五六十年代在他们心中铸造的理想之光与七八十年代的思想解放运动的潮流，给温、汪的小说，带来了朴实、锋利、深沉和明丽的特点。

一

《小站》不仅仅是温、汪的起步之作，它在作者的小说创作中带有坐标的性质，对于了解作者六十年代的创作思想，理解他们作品的基本特点，《小站》可以说是一把钥匙。

《小站》写一个青年由不安心到安心现职工作的故事。情节并不曲折、复杂，但它提出一个带有普遍性的问题，青年知识分子应当怎样对待理想与现实的关系。青年有着幻想的翅膀，幻想做一番轰轰烈烈的事业，但伴随幻想而来的也有一个弱点，他们往往忽视社会上最为普遍的生活形式，即大量的平凡而琐细的工作。在理想与现实之间，他们常常看到它对立的一面，而两者之间息息相通的一面却往往被他们忽视了。《小站》里的主人公，他从小就憧憬当一个火车站站长，挥动红、绿色的旗帜，对奔驰的列车发布权威性的号令。他从学校毕业以后果然到一个小站上当了一名见习站长，他的梦想实现了。然而面对荒凉的塞北生活和每天迎送车辆的单调工作，他又感到梦想破灭了。于是，他麻痹大意，消极敷衍，在一次洪水来临时，如果没有老站长舍生忘死的急救，他几乎造成一场车毁人亡的严重事故。老站长的高度责任感和英雄行为教育了他，他认识到自己手中的那面指挥旗，关系到来往车辆的命运，他的工作"和祖国的命运，紧紧地连结"。由厌倦而想调离工作，到他自愿"一辈子坚守在这个岗位上"，表明了他的思想发生了深刻的转变，开始把自己的理想建筑在坚实的现实基础上。

应当如何正确对待理想与现实，这是作者对笔下主人公提出的问题，其实也是作者自己在思考的一个问题。作者之一温小钰对笔者说，她大学毕业后原可以留在北京工作，她毅然"出塞"固然是因为汪浙成在那里殷切的等待，但同她的幻想是密切相关的，她想在富有传奇色彩的"风吹草低见牛羊"的内蒙古土地上做一番事业。在奔向塞外的列车上，她有接受艰苦锻炼的思想准备，但又以为，呼和浩特毕竟是自治区的首府，会有她所熟悉的都市的文化生活内容。可是，从列车上走下来以后，闯入她眼帘的是沙漠和小摊贩，颇似内地的一个集镇。她的幻想温度一下子从沸点降了下来。温和汪终于勇敢地迈出了生活的第一步。当深入生活时，他们从小火车站的艰辛生活中得到了启示，迅速捕捉到他们渴望表现的人物。那位年轻的见习站长用理想鼓舞自己做好现实的工作；作者站在现实土地上唱出了一曲理想的歌。他们的笔触通向人物的灵魂，而小说又是"作者的灵魂"（列夫·托尔斯泰语）之歌。

紧接着，作者又连续发表了《琐屑的故事》（载《长春》1963年第1期）、《喧闹的牛耳河》（载《长春》1963年第4期）、《白云之歌》（载《人民文学》1964年第10期）等，尽管它们和《小站》在题材、人物方面尽管不同，但它们的题旨是相似的。这几篇小说里的主人公，如女歌唱家、阿梅、何新、白云，从他们身上都可以看到那位"见习站长"的面影，无论是勇敢者，还是由怯弱变成坚强的人，他们宛如一粒粒生命力旺盛的种子，在沙漠里，在密林深处，在新兴的钢铁城市，吐芽，开花，结出了硕果。作者分明是在思考自己应当如何对待理想和现实，但他们并没有被编辑部（汪在《草原》编辑部工作）和大学院墙羁绊了脚步，不是囿于自我的低吟浅唱，而是到生活中去，放开视野，注意表现生活湍流中的新人形象。

六十年代初期曾经出现一大批反映青年生活的艺术作品，温、汪的小说与当时的创作流向有相同的也有不同的特点。从共同点说，在艺术构思和矛盾冲突方面，老站长刘富叔对见习站长，老伐木工何满对自己的儿子何新，气象站老站长查干阿古尔对白云姑娘，这同当时流行的作品极为相似，强调老一辈对青年一代加强传统教育。然而，它们之间也有很大的区别。当时，十年风雨即将袭来，风声渐紧，极左思潮开始笼罩着文坛。一是反对写"中间人物"，强调写英雄。但这类"高大完美"的形象，在温、汪的作品中还没有它的踪迹。另一个口号是"千万不要忘记阶级斗争"，不少作品弥漫着火药味。青年人有的留恋城市生活，有的打个野鸭子，有的买只鱼鹰，等等，对这些日常生活的现象应当正确对待，不应该大惊小怪，可是，它们在作品里竟然"爆发"为你死我活的阶级斗争。这无疑是极左思想对文学创作的消极影响，使创作逐渐脱离了现实主义的轨道。温、汪笔下的青年形象不能说没有一点理念或斧凿的痕迹，但是作品排除了当时到处游荡的"阶级斗争"的魔影。

他们注重理想之光，但更强调人物应该面对现实生活。《小站》里的老站长，虽然因为见习站长的疏忽而受了伤，但他出院后对年轻人没有教训，没有满口"阶级斗争"的大道理，他"像抚摸自己的孩子的头"，把手按在见习站长的头上，微笑着说："现在，你看中我们的小站没有？"这种亲切的长者风度，这种可敬可爱的人情味，在当时充斥着火药味的作品中是难得一见的。作者当时的思想境界，不一定勘得破"斗争"论的荒谬性，其作品所以未受到"时风"的多大影响，主要在于他们坚持了从生活出发，写他们所见所感所信的东西。

他们的创作有一个良好的开端，一开头就走上了革命现实主义的道路。

二

在历史转变期的文学复兴运动中，温、汪上阵较迟，1979 年 8 月他们才发表了第一个短篇小说《木壳楞》。"木壳楞"即东北伐木工人的工棚，主人公是一个青年工人，这篇作品的人物、环境和气氛似乎是《喧闹的牛耳河》的延续。1979 年，当时文坛上的短篇小说方兴未艾，中篇小说已经崛起，这时，作者写出了与他们六十年代作品基调颇为相似的《木壳楞》，说明他们对眼花缭乱的历史和现实问题还在思考之中。《木壳楞》不过是作者长期休耕之后的试作。

《积蓄》是作者在《木壳楞》之后开始新探索的一篇小说。它冲破了六七十年代极左思想的桎梏，作者第一次把笔触伸展到中年知识分子的复杂心灵和家庭生活的领域。故事围绕着"我"和如莹这对中年知识分子夫妇如何接待一位外宾而展开。接待大洋彼岸的加拿大的来客，客人江文浩又是主人多年未见的同窗学友，这本是件值得庆幸的事。但是江文浩要求到"府上"拜访的信，却打破了他们家庭的平静。接待吧，不愿意让外宾看见他们那个经济拮据、陈设简陋的家庭；避而不见吧，又是无法回避的客人。他们只好在饭馆请客。迎宾宴会算是体面地应酬过去了，可是花光了他们工作二十几年来仅有的八十五元的"积蓄"，两个孩子想买一部小型电视机的梦想化为泡影，夫妇之间也发生了前所未有的风波。接待外宾和举办宴会，不过是个引子，它把中年知识分子的坎坷命运和内心冲突全都"引爆"出来了。他们青春消逝，事业无成，待遇低微，生活困窘，但他们有一颗热爱祖国的赤子之心。"我"和如莹的处境令人心酸，人品心境让人崇敬，小说提出的问题发人深省。

《土壤》则更进一层在相当广阔的历史背景下展示了中年知识分子的命运。作者说，他们"去内蒙古沙漠地区深入生活，有关单位介绍说，那里有位农场书记，三年内把一个亩产只有三十斤的'老大难'单位，改造成学大寨先进集体，粮食产量翻三番。我们一了解，三番不假，但怎么翻上去的，却大有文章。这位书记耍了个花招：他把应该种草轮休的耕地全部种上粮食，把播种面积悄悄扩大了一倍。对那增加部分，他不计面积只算产量。所谓过'纲要'的'亩产'，实际是两亩地的产量"[①]。这是小说的原始素材，但在酝酿加工过程中，作者没有停留在一

---

① 汪浙成《主题的提炼》，载《文学报》1982 年 11 月 11 日。

个农场的具体事实上，而是把魏大雄与辛启明之间的弄虚作假与实事求是的两种思想冲突，放在由五十年代到七十年代、从历史到现实的广阔场景上，从生活底蕴提炼出一个深刻的思想主题：改造自然的土壤固然重要，但改造社会的土壤更加重要。人如果没有正确思想作指导，不但沙漠变不了良田，良田也还会变成沙漠。

高尔基说得好："对于小说，赤裸裸的思想和依靠逻辑组成的文法上正确的词句，还是不够的，——小说需要人物，需要具有心理一切错综的人。"①《土壤》的成功，在于它塑造了魏大雄、辛启明和黎珍三个具有典型意义的中年知识分子形象。温、汪的艺术观是在传统文艺理论熏陶下形成的，他们当然承认文学的中心课题是塑造人物。但是理论上的承认并不等于他们在创作实践中已经解决了，从《小站》到《木壳楞》，它们的共同特点是，善于抓住人物心灵的瞬间特征，但对整个人物形象的描写又往往不够丰满。作者有着敏锐的目光，善于从生活中捕捉激动人心的事件，可是作品吸引读者的，与其说是人物形象本身，不如说是那些引人入胜的故事。《土壤》与以往作品不同。作者写这部中篇的契机，"是从我们在生活中认识了一个魏大雄式的人物得来的"②。辛启明和黎珍也是作者在生活中早已熟悉的人物。作者以这三个人物的特定性格作为出发点，构思了全篇的矛盾冲突。不是在故事发展中出现人物，而是由人物的性格推进情节的发展。小说剖析了形成这三个人物

---

① 高尔基《俄国文学史·序言》。
② 温小钰《关于〈土壤〉中人物的探索及其他》，载《鹿鸣》1981 年第 11 期。

性格的社会原因以及它发展的脉络，对他们的性格和命运熔铸了丰富的历史内容和浓郁的时代色彩，其典型意义不仅仅是农业大学生的，也可以说是我们新中国培养出来的中年知识分子命运的某种缩影。

辛启明是个追求真理、百折不挠的新人形象。这类人物往往容易落套，形象显得单薄。然而辛启明的形象别具风采，作品不只描写了他的实事求是、敢于斗争的性格特点，还揭示了他那普通人与高尚者浑然一气的灵魂。二十年前，在大学里的辛启明和魏大雄发生过一场争论；二十年后，辛和魏之间在如何办农场问题上又发生了冲突。这不是历史的巧合，他们之间的两次思想交锋有其性格的逻辑性和历史的必然性。从性格说，只要辛坚持实事求是，魏仍然弄虚作假，无论在大学还是在农场里，他们都会不可避免地发生撞击。从历史看，在党内，在社会上，那种真与假、浮夸与求实的思想冲突是一直存在的，至今也没有消声匿迹。辛魏之间的性格冲突恰恰是这种社会存在的一种尖锐的反映。小说写了辛启明的刚毅顽强的性格外壳，但也没有回避他的复杂的心灵。1959 年，他因为说了几句真话，失去了党籍，失去了爱情，他感到自己"浑沌一片"，似乎到了"生命的尽头"，但是，"让祖国每一寸土地都覆满沃土"的理想鼓舞着他活下去。魏大雄为了升官而需要弄虚作假，辛启明为了科学而需要真实；魏大雄是上蹿下跳、风风火火的，辛启明却是默默地、顽强地培养着改造沙漠的优质绿肥植物"绿纱"1号。应该说，辛启明本人就是"绿纱"式的人物，他用自己的生命去涤荡社会上的虚假和卑污，去改造自然界的沙漠，使它变成造福于人类的沃土。辛启明的那种忍辱负重、坚忍不拔的性格是他特定的经历和命运铸造出来的，它渗透着中华知识分子那种正直、无私和含辛茹苦、百折不挠的美好品格。

因扯"顺风旗"而飞黄腾达的魏大雄，作者揭露他，鞭笞他，但没有把他写成一个简单的坏人。在三个人物中魏大雄的形象塑造最为成功。成功的关键在于，作者摒弃了那种"坏人即坏"的单面化，着意探索这种人物性格的全部复杂性、合理性。高尔基说过："假使作家把一个人描写成仅仅是一些恶行或者仅仅是一些善行的容器——这就不能满足我们，这就不能说服我们，因为我们知道：善和恶的因素，或者更正确些说，个人和社会的因素，是交织在我们的心理之中的。"[1]在透视魏大雄性格的复杂性与合理性的时候，作者对准了这样两个焦点：其一，对于魏大雄的见风转舵的性格和讲究"关系学"的市侩哲学，对于他在农场建设中骗取荣誉的丑恶灵魂，作者深恶痛绝，给予辛辣的揭露。但是对于魏的性格的另一面，作者也毫无抹杀之意，给予充分的描写。他有组织才能和实干家的气魄，有鼓动家的口才又有任劳任怨的风度。他善于适应不同环境，娴于应付各种人物，他那平易近人、粗犷豪爽的性格颇得人心。试想，在我们这种制度的社会里，在层次复杂的各级组织和群众的监督下，那种一眼即被识破的坏人是不容易得逞的，那些扶摇直上的，倒是魏大雄这类具有复杂的两面性格的人物。所以，从人物自身的性格特点、从社会环境说，魏大雄形象的复杂性都有其存在的依据。其二，魏大雄猎取权势的野心和扯"顺风旗"的卑劣手段，固然有

---

① 高尔基《俄国文学史·序言》。

其自身品格的因素，但小说如果把这一切仅仅归因于个人品质，势必削弱形象的典型意义。可以看出，作者揭露魏的同时，还在极力探索形成魏的性格的合理性，把他作为一个历史的产物来描写。魏作为一个受过农业科学专门教育的人才，并非不知道破坏粮草轮休制度的严重后果。他所以要杀鸡取卵，竭泽而渔，正像他为自己所作的辩解那样，他是为了"需要"即是好大喜功、大搞浮夸、实用主义的思想路线的需要，张书记要在全专区树立一面"旗帜"的需要。一句话，魏大雄需要凭借极左思潮爬上去；极左思潮需要魏大雄这样的典型。作品既没有把他作为极左思潮的"时代号筒"，也没有把"扯顺风旗"仅仅当作个人品质的问题。小说把内因与外因、历史条件与自身因素交织起来，因此才把魏大雄塑造成为当代文学中发人深思的一个典型形象。

乍一看，黎珍既没有辛启明的悲剧命运，又不是魏大雄式的人物，她没有特别突出的性格和引人注目的命运，似乎有点平淡。然而，恰恰在这平淡中，这温柔善良的心肠和毫不引人注目的命运，比较能够反映大多数的中年知识分子的命运。黎珍是书香闺秀，有抱负，有志于献身农业土壤科学，但是连续的政治运动和生活的波折，使她学无所用，事无所成。她追求真挚的爱情，但政治风暴却从她手中夺走了辛启明及以后结伴的刘子磐。在农场的尖锐冲突中，她不像辛、魏那样各站一方，位居要津，但她的调查结论事关重大，举足轻重。她的一丝不苟、深入实际的求实精神，有助于揭开农场的内幕，冲击着魏大雄一类人的灵魂。她不仅仅是辛、魏之间纠葛的见证人，联系各种人物关系的纽带，而且，她那曲曲折折的爱情生活和人生的道路，她那温良、谦和、认真的品格和孜孜以求的奋起精神，给读者也留下了较为深刻的印象。

《土壤》的结尾是全篇的点睛之笔，寓意很深。魏大雄梦寐以求的副局长宝座终于到手，他得意地坐着越野吉普上任去了。现实中的魏大雄式的人物有的已被揭露出来，某些作品也常常把坏人身败名裂作为故事的高潮、全篇的结局。《土壤》里的魏大雄，反倒从危机四伏的农场脱身而走，春风得意，官运亨通。这并不是作者对他的开脱和放纵。生活中仍然存在着魏大雄式的人物，他们仍然自鸣得意，占据要津。小说安排他出走和赴任，将人们的目光从书本引导到现实生活中去，去识别去揭露魏大雄。小说结尾还描写了辛启明和黎珍，在魏的小车扬起的尘土中，他和她紧紧地拥抱在一起：

"小珍，想不到你鬓边竟也银丝缕缕了……"

"让别人去容光焕发吧，"黎珍抬起乌黑、深情的眼睛，"我们有我们的青春。"

寥寥几语，不到五十个字，他和她心灵的声音全唱出来了！她和他的为人、性格和理想全托出来了！他们不需要个人的容光焕发，飞黄腾达，他们追求的青春是改造农场，变沙漠为绿洲，是忠实于科学家的职责、为理想而奋斗的青春。

赢得读者热烈反响的《土壤》及《积蓄》，都是作者发表于 1980 年的作品。同一年问世的，还有谌容的《人到中年》及其他一些描写中年知识分子命运的作品。这不是偶合，而是时代使然。粉碎"四人帮"初期，当我们揭露和控诉他们的罪恶行径时，中毒很深的青少年一代的问题，首先引起人们的注意。《班主任》呼喊的"救救被'四人帮'坑害

他们把笔触伸向人物的灵魂 ᎈᎁᏞᎁᏞᎁᏞᎁᏞ **121**

了的孩子"，反映了天下父母亲的心声。当四化建设以它急迫的步伐进入我们的现实生活以后，在各条战线担任承前启后任务的中年知识分子的问题，已经成为众所瞩目的社会问题。因而，辛启明、黎珍、"我"、如莹和陆文婷这类知识分子的命运，必然引起作家的注意，群众的关切。温、汪对中年知识分子的性格和命运的描写，情真意切，细密深厚，说明作者的心与时代与人民是息息相通的，说明他们的创作发生了转折，找到了"自我"，在创作道路上出现了第一个高潮。

三

当艺术家在创作道路上出现第一个高峰以后，他们可能在波浪式发展中还会有新的高潮，也可能从高峰上退下来，一蹶不振。温、汪在《土壤》之后没有高潮，也没有后退，在创作上出现了令人注意的新特点。从近两年他们发表的三部中篇、两个短篇看，它们犹如从山峰上倾泻而下的多条川流，作者对有别于《土壤》的另一些生活领域、另一些人物发生了兴趣，作出了多元性的探索。

探索知识青年的心灵和他们的历史伤痕，这是作者的艺术焦点之一，中篇小说《别了，蒺藜》（载《收获》1982年第1期）、《春夜，凝视的眼睛》（载《当代》1982年第3期）都是这类题材的作品。知识青年的伤痕问题，在新时期文学潮流里占有突出的地位，新崛起的作家差不多都写了"伤痕"。没有接触这方面题材的作家也有，但为数不多。温、汪近年来注意探索知青的问题，似乎是有意补写这一课。不过，作者所写的"伤痕"与前几年的"伤痕文学"有很大区别。如果说《伤痕》《铺花的歧路》等从历史的角度写知青的伤痕和命运，那么，《别了，蒹葭》和《春夜，凝视的眼睛》则面对现实，从今天的角度探求如何清除历史给他们留下的伤痕。前者是控诉、揭露历史上的极左思潮，温、汪作品是为了今天和明天，不得不清扫历史遗留的垃圾。角度变了，立意新了，因而《别了，蒹葭》《春夜，凝视的眼睛》没有那种时过境迁的陈旧感，反而写出新人新意来。

《别了，蒹葭》里的知识青年盛小霞，她心灵深处有着难以消除的"蒹葭"，即爱情悲剧给她留下的伤痕。故事并不复杂，盛小霞和谢冬这对知识青年在农村插队期间相爱了，后来，谢冬的父亲恢复了部长的职务，小冬随之也进了大学，回到了北京，他们的爱情也夭折了。看来，这是一个在中外文学作品中不时出现的那种古老而陈旧的故事：一个出身低微的姑娘和一个门第高贵的少爷相爱，爱情的命运注定是破裂的、悲剧式的，留下的只是一个不幸的孩子。然而，作者并没有因袭旧套，把二十世纪八十年代的男女青年重新套入俗不可耐的故事里去，作品从一个新的角度去探索爱情悲剧给青年心灵留下什么性质的蒹葭，今天，又应该怎样摘除蒹葭。

小霞和小冬的爱情悲剧，原因是门第的隔膜和部长夫人的反对。但是，如果仅仅归因到这一点上，这篇小说也会因为未能脱俗而显得乏味，作品的新意在于，它注意探索谢冬自身的性格因素在爱情悲剧中发生的作用。小冬在当"黑崽子"和"盲流"的艰难时刻与人品高洁、孜孜好学的小霞建立了爱情。即便是这种患难之交和真挚之爱，当他的家庭和个人地位发生变化之后，他也完全可能像抛弃敝屣一样地抛弃小霞的爱情。类似这样的悲剧在生活或作品中都曾出现过。小冬不是这类纨绔子弟，他真心爱小霞，也没有遗弃小霞的意思，是小霞自动离开他的。但他对爱情悲剧的发生却有不可推卸的责任。我们应当向谢冬提出这样的问题：你为什么没有冲破母亲的门阀观念和家庭的樊篱与小霞双双出走呢？小霞走了以后，时过几年，你为什么从未去寻找过她呢？这不能不归咎于他的性格弱点。谢冬聪明正直，心地善良，但"他的致命伤在于吃不起苦。他离不开巧克力、高蛋白和电视机。他可以和小霞他们一起睡在地板上，但在自己家里却不可以没有一只等待他的席梦思。他可以啃窝窝头，但不可以没有一个能够随时去补给脂肪和维他命的'加油站'。一句话，他不能失去父母的支持和庇护，不能没有'根据地'"。所以，他爱小霞，但他更爱那名声煊赫、舒适优裕的家庭。他和小霞中断联系恰恰是他性格软弱酿成的悲剧。作者发现了谢冬一类干部子弟的这个弱点是很有意义、很有价值的，这实际是"八旗子弟"性格在爱情观上的一种反映。问题是，作者发现了它但没有抓住它，也就是说，在爱情悲剧情节的展开中，特别是小霞出走之后，作品并没有对他的性格弱点作出应有的揭示，甚至在某些情节描写中反而对他的责任有所辩护。例如，小说对小冬心理状态作过这样的描写，他认为他心里的那一蓬"蒺藜"，"无非是由于自己这个家，地位太高，太特殊了"。这样的自我辩护是无力的，地位高低并非是爱情悲剧发生的必然因素。还说，谢冬"承认自己不满意妈妈对爱情的干预，也无法接受她那套说教。但谢冬在内心深处还深深地爱着自己的爸爸，爱着妈妈，觉得这个家在政治上是富有光彩的。他就是这样在长期的矛盾心情中痛苦地屈从着母亲的旨意"。在这里，作品强调的是，他们的爱情悲剧出于母亲的干预，儿子"屈从"母意，但谢冬因贪图安逸而不能为爱情作出牺牲、不能对母亲旨意作出抗争的性格弱点，却从作品中抽掉了。这一方面说明作者对谢冬性格的把握，对这场爱情悲剧的认识，可能还存在着矛盾，因而削弱了谢冬形象的典型意义和爱情悲剧的深刻性；另一方面，说明作者所发的议论与情节描写存在着不尽一致、不够完美统一的地方。议论大于形象，或者议论与情节相脱节的现象，存在于《别了，蒺藜》之中，同时在作者其他作品中也时有出现。这应当引起作者的注意。

在这场爱情悲剧中，还有小霞的性格的原因。小霞是一个性格刚强、富有进取精神的姑娘。她不愿意附庸华贵，不愿意在"富贵中拘钳"而牺牲自己的"贫寒中的自由"，主动和谢冬断绝了联系。她和他的爱情也有破镜重圆的机会，这就是她考取了小冬任教的那个大学的时候。小说的结尾情节是十分动人的，在北京街头的一个青年售货亭前，到处寻找小霞的谢冬，终于看见了他从未见过面的儿子，他同躲闪在墙犄角的小霞也仅有咫尺之遥。可是，小霞并没有走出来同他相会。她有作为妻子的深情，作为母亲的慈爱，不允许她跨过横亘在她与小冬之间的鸿沟的，乃是她"做人的尊严"。她意识到谢家"那一套生活方式和待人处世的原则，她学不会。她又不愿意放弃自己的种种爱好、习惯和志趣"。故事结束时，爱情的悲剧还没有变成喜剧，小霞心灵上的蒺藜也还没有消除，但是，在当前的爱情婚姻商品化之风颇为盛行的时候，富有尊严、自立不阿的小霞形象，自然会给人们留下深刻而美好的印象。

另一部中篇小说《春夜，凝视的眼睛》里的女主人公左丽，和盛小霞相似而又有所不同。十年动乱也给她的心灵烙上了伤痕，但她的命运比小霞好得多，她没有被排斥在大学门槛之外，而且成为一个崭露头角的哲学研究生。左丽向往一个在男女爱情基础上建立起来的家庭，这同目前流行的反对"无爱"的家庭、强调"有爱"的婚姻的作品颇为相似，而且这样的主题已经写得太烂了。《春夜，凝视的眼睛》的艺术重点是探索一个女性是不是必须找一个"比自己强一点"的丈夫？这个传统观念到底合理不合理？小说从这一角度开掘下去，创造了左丽这个爱情观念独特而新颖的女性形象。一个女性为什么必须要有一个"比自己强一点"的丈夫，说穿了，它是历史上妇女未能取得经济和社会的独立地位而遗留下来的依附观念。在内蒙古插队期间，她曾与牧民苏伦相爱，由于她顾忌"条件"而失去了爱情。现在，左丽爱上一个叫张雨的普通工人，从门第、文化、地位说，她都遥遥"领先"。左丽认为，要尊重爱的感情，首先要与传统观念决裂，要摒除依赖性，要敢于否定人们习惯了的，甚至被认为是天经地义的（男的要比女的"强一点"）择偶原则。左丽独特的爱情观及其果敢的行动，对现实婚姻生活中的形形色色的封建的、资产阶级的思想无疑是一种强有力的挑战。

子女升学和社会教育问题，是温、汪注意探求的另一课题，中篇小说《苦夏》（载《小说界》1982年第1期）和短篇小说《宝贝》（载《草原》1981年第10期）都是以此为题材的影响较为广泛的作品。粉碎了"四人帮"的极左教育路线之后，学校恢复了文化考试制度，实行"择优录取"原则，这对于提高教学质量，促进学生智力发展起了积极的作用，同时也出现了某些消极影响。考生多而招收名额少，粥少和尚多，出现"竞争"是必然的。特别是初、高级中学分出了重点，学生考不上重点初中，就意味着考不上重点高中，进不了大学，而能不能考取大学又直接关系着未来的职业问题。于是，每年夏天报考各级学校时，学生和家长都面临一场剧烈的"生存竞争"的搏斗。温、汪因为自己女儿的升学考试而饱尝了这场竞争的苦味，《苦夏》及《宝贝》"便是伴随这场考试而诞生的"①。两篇作品都揭示了目前教育制度以及有关的社会问题，但它没有单纯地写问题，而是着力探索在考试竞争中学生与家长各种人物的性格、心灵以及各种道德风尚的变异。

《苦夏》里的副教授沈金一和中学教师杜萍这对夫妇有三个孩子，他们的升学考试凑巧集中到一个燠热的夏天，大女儿佳佳考大学，儿子华华考重点高中，小女儿玲玲考重点初中。孩子紧张，家长忙碌，全家一派大战景象。结果呢，佳佳因落榜而走上自我毁灭的道路；华华考上了重点高中，但随之而"上"的还有一个中学生不应该有的钟爱自己，自私和冷酷；波折最大的是小女儿玲玲。因为考场出现了漏题现象，在应不应该重考这个问题上，家长和学生分裂为两大派，利害冲突和世俗之风袭击每个人的心灵。漏题了嘛，重考的意见当然是对的，但因玲玲考试成绩十分理想，杜萍这位优秀教师竟然置事实于不顾，变成反对重考派的领袖人物。可是玲玲流着泪向妈妈恳求："我不愿意就我一个人分数好，光我一个人好有什么意思？……让我重考吧。"孩子以一颗未

---

① 汪浙成《主题的提炼》。

被锈损的纯真善良的心灵，对生存竞争对唯我主义思想提出了挑战，也对她的母亲杜萍提出了挑战。做母亲的醒悟了："孩子在接受考试，大人也在接受考试。"在这场激烈冲突中，玲玲的文化课品德课都及格了，为人师表的杜萍倒没有及格。她要补考思想品德课，愿明年有一个明朗、愉快、南风吹拂的夏天。《宝贝》里的杨杨，与《苦夏》里的华华极为相似，考试"竞争"过早地扭曲了孩子稚嫩的心灵，杨杨把分数作为衡量人的价值的唯一标准、考虑一切问题的出发点，在杨杨的精神世界里，什么母女的感情，同学的友谊，做人的同情心和责任感，都被升大学的目标和考试的分数掏空了。欣如恨杨杨变了，更悔恨自己为什么只注意孩子的学习而疏忽了她的品德。《苦夏》和《宝贝》尽管还存在这样或那样的缺点，如玲玲的恳求、杜萍的觉醒都显得突然，《宝贝》有的情节颇为牵强，但是，作者由自家子女升学考试引起的烦恼，而推及和联想到千百万做父母的焦虑，由考试的局部问题而思考了教育制度以及有关的社会问题，他们把它"写进小说里，希望引起社会各方面的关注和深思"[1]，企望净化家长和学生们的心灵。这是作者追求的目标。就这两篇作品的艺术形象而论，目标是实现了。

有的同志说，作者在《土壤》之后写得太散了，主攻目标不集中。这声音有期望，也是批评。所谓"散"，无非是说作者选材比较分散，没有沿着《土壤》开拓的途径继续深入下去。一个作家在题材或其他方面的多元化，大体有两种情况，一是艺术大师拥有多种笔墨，如俄罗斯

---

① 汪浙成《主题的提炼》。

的列夫·托尔斯泰，中国的鲁迅和茅盾；一是尚在成长中的作家，他们在艺术追求过程中常常出现多方面的探索。可以肯定，温、汪属于后一种情况。作者这时期创作上的"散"，还不是零散或散乱，应该说，他们仍然有所追求，有所前进。《别了，蒺藜》《春夜，凝视的眼睛》《苦夏》及《宝贝》等，和《土壤》确有区别，但它们之间依稀可见一种内在的联系。譬如说，对《土壤》里的辛启明和黎珍，作者倾注了深切的爱，这两个艺术形象所以闪耀着我们这一代知识分子的瑰丽的光彩，同作者对他们寄托的审美理想是密切相关的。这审美理想不是别的，集中于黎珍说的一句话："让别人去容光焕发吧"，"我们有我们的青春"。这种美，乃是傲霜凌雪、甘于淡泊、自尊自强的梅花式的美，是"俏也不争春，只把春来报"的美。作者的这一美学理想，不但贯注于辛、黎，而且也体现在另外一些作品里的人物形象中。这些职位不同、个性有别的人物形象，所以充溢着感人的艺术力量，其中一个重要因素，不正是来自那种或隐或显、或强或弱的"我们有我们的青春"的灵魂闪光吗？就这个意义上说，近年来作者的题材、人物和探求的问题似乎是"散"，甚至在思想和艺术的某些方面，未能超过或达到《土壤》的水平，但它们体现了作者一以贯之的审美理想，有着明丽的艺术光点。这是作者的追求，而艺术，从来不辜负辛勤的追求者。

四

从《小站》伊始，到《土壤》，到《苦夏》，历史上尽管存在"左"

的或右的思想干扰，但温、汪坚持在革命现实主义道路上行进着，并且取得了相当可观的成绩。首先，他们坚持深入生活，作为从高等学府中培养出来的作家，他们一直注意补上生活这一课。生活的湍流洗去了书生气，使他们的作品洋溢着泥土的清香。作者的第一篇小说《小站》，所以出手不凡，引人注目，因为它来自生活。享有盛誉的《土壤》，不仅仅是作者深入一个农场的结果，也是他们长期生活积累的结晶。其次，作者有着炽热的激情，有着高度的政治责任感。文学源于生活，但对生活如何认识和评价，这是一部作品成败的关键。温、汪是有着使命感和责任感的作家，努力运用马克思主义思想去认识和把握生活。统观作者的作品，那里的倾向性和分寸感，那里的艺术形象和生活细节的描写，无不显示了他们的"从人民的利益出发"的责任感。汪浙成说："为了历史的悲剧不再重演，为了祖国现代化建设……就是在这种政治责任感的推动和感召下，我们开始构思创作起《土壤》来。"① 温小钰分明知道"一篇小说是解决不了什么社会问题"，但是，"作为一个不甘心与社会现实拉开距离的作者，我愿追随前辈们，把自己微弱的声浪，加入到为建设高度精神文明的祖国而多方提醒、建议、呼号、呐喊的大合唱队中去"。② 这都表现了一个社会主义时代作家的不可或缺的可贵品格。温小钰对笔者说过，她和汪浙成写的是"规劝文学"。我想，"规劝"二字，集中体现了作者的政治责任感和艺术的理想，体现了他们对现

① 汪浙成《主题的提炼》。
② 温小钰《关于〈宝贝〉》，载《小说选刊》1982 年第 2 期。

实主义文学的一种追求。笔下的问题，不论多么尖锐，某个人物多么丑恶，某个场面多么冷暗，但作者的目的在于"规劝"，劝恶从善，洞隐烛微，补偏救弊，透出希望、光明和理想来。希望人变得好起来，世界变得好起来，这是作者的立意，也是他们的现实主义创作的主旋律。

革命现实主义作为一种精神，一种创作原则，对于传统的或西方的各种表现手法和艺术技巧，它不是排斥，而是有着博大的胸襟和巨大的吞吐能力。卢那察尔斯基说得对，革命现实主义"是一个广泛的纲领，它包括着我们现有的许多不同的手法，也包括我们还在觅取中的种种手法"①，在艺术手法的改革和创新方面，温、汪虽然不是走在前列的闯将，但他们没有墨守成规，因袭旧套，而是一步一步地扎扎实实地实验。确切点说，他们的实验是从《土壤》开始的。在这之前，包括他们的创作初期，大都是恪守着小说的传统手法，提出矛盾，把矛盾推向高潮直至解决的三段式，人物和情节都是顺着时间和故事发展线索而展开的。从《土壤》开始，手法突变，面貌一新。作品以辛、魏、黎三位同学二十年后在农场意外的相会作为开端，按照人物的心理流程和辛、魏之间两次交锋的线索，用回忆、插叙、穿插等手法，有声有色地写了二十几年的历史变迁，写了三个中年知识分子各自不同的性格特点和人生的命运。特别是对三个主人公的刻画，不是作者自己站出来，以旁观者的第三人称加以描述，而是巧妙地用了"我"这种第一人称，以辛、黎、魏三个人的名字分节标题，各自立传，独自成篇；联结起来，全篇又一

---

① 卢那察尔斯基《社会主义现实主义》。

气呵成。每个人物都在自己的篇章里自白，在自我剖析。读者不像在读小说，仿佛面对面聆听主人公的有喜有悲的倾诉。这种真实感、亲切感，当然是作者在变革手法时所要追求的艺术效果。随后，作者在其他篇章里又进行了新的探索，如《苦夏》的"生活流"，《别了，蒺藜》和《宝贝》的"意识流"，用"心理时间"来结构篇章，等等，它们在作品里不是唯一的、占统治地位的手法，而是作者在传统写法里杂糅一点新的东西，吹入了某些新鲜的空气。凡此种种，不论花样如何翻新，作者探索的艺术目标是，缩小作家、作品和读者三者之间的距离，以加强真实感、直接感和艺术的感染力。无论是第一人称的"自白"法，或是"意识流""生活流"，它们都要求作者隐去自己，让小说的主人公走出来与读者直接对话。看得出来，温、汪在认真实验和努力运用这些新手法。可惜的是，作者有时还抑制不住自己，站出来发议论，以至个别地方出现了脱开形象、离题旁涉的议论。但从总的方向看，应当肯定作者这种尝试，而且在艺术实践中也取得了一定的效果。

我们还不能过早地说作者已经形成了独树一帜的风格，但可以肯定地说他们显露出了自己的艺术个性和特色。在当代女作家群中，温小钰不同于张洁，张洁率真而坦直，从她的第一篇小说《从森林里来的孩子》中，我们已经看到了独属于她的感情、色调和灵魂。温小钰开始写作时似乎有点拘谨，以至现在，她的笔法仍然保持着女作家少有的严谨。从某种意义上说，温小钰更接近于宗璞，善于把笔触通向人物的灵魂深处，准确剖析心理，细致描写纤细感情。她和宗璞共同具有那种富有教养而又深知生活的聪明睿智，而她们的笔法，既注意借鉴传统的文学，又从西方撷取艺术的精美，颇似中西合璧。自然，在整个作品格调里，不单是温小钰的，也有汪浙成的。汪浙成说过："温小钰开始是写戏的，作品讲究情节，讲究矛盾冲突；我呢，写过诗，在描写景物和刻画人物时，往往诗情画意多一点。从个人气质来讲，她有激情，浪漫主义多一点；我呢，问题喜欢想得深一些，现实主义多一点。这样互为补充，作品就有了两个人共同的风格和特点。"①这特点，不是他们二人的混合物，是化合物，是结晶体。他们，对客观生活追求真实，从主观说又是那么真诚，真诚地敞开自己的灵魂，表露爱憎，探求哲理，抒写感情、见解和希冀。语言朴实而秀美，格调自然而文雅，在整个艺术氛围上，虽然掺杂一点淡淡的忧郁，但充溢着深情的谦和的明丽的调子。如果要用一句话来概括他们的思想与艺术的格调，我们仍然可以借用作者自己的那句闪光的语言：让别人去容光焕发吧，我们有我们的青春！他们不是趋之若鹜的，而是以扎实的独创的精神，追求他们自己的美文学。

（原刊于福建人民出版社《中篇小说论集》1984 年版）

---

① 王海燕《他俩携手前进》，载《文学报》1982 年 10 月 21 日。

论《土壤》对社会主义文学创作的意义

曾镇南

有一位我平素十分敬重的老一辈文学批评家一再向我推荐汪浙成、温小钰的中篇小说《土壤》，他认为，这部作品，是新时期社会主义文学的难得的收获。他说这部作品是值得从事文学批评的人深入地研究的。而且有不少问题值得提高到马克思文艺理论的高度上来总结。

据我所知，这位非常正直、严肃的老同志是很少对当代文学新作表示这样热情的、几乎无保留的推崇的。他讲到《土壤》时那种激动的神色给我留下了深刻的印象。待到我有机会把《土壤》找来细读了一遍之后，我益发感到他对《土壤》的高度评价是多么正确了。时间真是最正确的批评家。它使不少曾经炫目一时的作品像浮土一样随风流失，却使那些骨格端翔、肌理密致的坚实之作像肥沃的土壤一样随季繁殖，向人们呈现越来越丰富的皮藏和越来越美丽的色彩。《土壤》正是后一种经得起时间磨洗的厚重之作。

我的这一篇迟到了好几年的评论，想从三个方面来分析《土壤》的思想和艺术成就，并研究一下它提供的成功经验对于当前社会主义文学创作的意义。这三个方面是:《土壤》在反映社会主义现实生活的矛盾方面的直率与准确;《土壤》在描画五十年代社会主义的儿女们的灵魂方面的深邃与精细;《土壤》在爱情描写方面的诗意和美。

一、从诊断人物性格的病状到化验滋生病态性格的"土壤"

《土壤》的故事,是三个在五十年代成长起来的青年知识分子命运、性格在二十多年的风风雨雨里发展、变化的故事。借着魏大雄和黎珍、辛启明之间生活道路的交叉、思想性格的碰撞、感情生活的激荡,作家激动人心地反映了他们所经历的社会生活中尖锐的矛盾和切迫的问题,把五十年代知识分子的社会理想、人生信念和志趣情操提到诗情的境界予以热烈的歌颂。在三个人的遭遇中揭示出一个大时代的风貌和人们的心理特征,这就使小说集中而单纯的艺术结构中包孕了深广而复杂的社会内容。只有分别展示这三个特殊性格中郁结、积淀着的生活矛盾和时代内容,我们才能认识《土壤》反映现实生活达到的深刻性、概括性,认识《土壤》所创造的这个完整的、丰赡的艺术世界的美。

魏大雄是一个有着异常真实和深刻的病态性格的人物,是一个丧失了共产党员的起码品质,为了个人的飞黄腾达可以置党和人民的利益于不顾的政治投机商。作家对这样一个人物当然是怀着深深的鄙夷的。但是,对描写对象的憎恶并没有使作家让人物过分地受他们自己的主观情绪的摆布;他们在对人物的病状作出准确而严峻的诊断之后,就把人物放到他独特而又带有普遍意义的人生历程和生活环境中去，放到特定的现实关系中去，从人物性格的"病灶"开掘下去，洞幽烛隐，把那些致病的、深深埋在社会"土壤"中的"菌株"一一剔出，放到马克思主义真理的阳光下来曝晒。由于作家采取了让人物各自吐露心曲的写法，这就更便于把握人物在特定环境、场合中倏忽多变的心理事实。这种写法运用在魏大雄这样一个反面人物身上，更是产生了一种欲自辩护而恶德愈彰的特殊效果。和这类反面人物往往写得简单化、表面化的作品不同，《土壤》之写魏大雄，可以说是宛曲毕现、声态并作、神韵飞动的。这个性格的发展，蕴含了十分耐人寻味的社会内容。

如果客观地看问题，那么应该说，青年时代的魏大雄、世界观还在发展的魏大雄，并不是一开始就像后来当了先进农场场长的魏大雄、世界观已经凝定的魏大雄表现得那样恶劣的。即使是名利熏心、世故奸猾的中年时期的魏大雄，当他回想起五十年代的大学生活，也流露出一种真实的怀念之情："那个时候，人人富于展望、生气勃勃，心地多么单纯，除了学习，没有别的要操心的事。一切都非常之好。"在当时生气勃勃的、刚刚在祖国大地上展现的社会主义建设的蓝图的鼓舞下，在当时那种青年人之间团结友爱、积极向上的集体主义气氛的濡染下，魏大雄也分明有着五十年代青年知识分子共有的那种信念和热情，这也是不奇怪的。虽然这位比一般同学年长，担任着班长、支委等社会工作的魏大雄，早就在"操心"着自己毕业后的出路，暗暗创造留北京的条件了。但这种个人主义的算计，在正常的情况下，即使没有受到抑制而得遂心愿，对于社会来说，无非是便宜了一个庸人，可以说是有小害而无剧毒的。但是，恰恰在魏大雄的个人主义潜滋暗长的时候，我们国家的社会主义发展道路发生了很大的曲折，党和国家的政治生活发生了一些不正常的情况。反右斗争的扩大化以及接踵而来的所谓反对右倾机会主义的错误斗争，对整个社会生活产生了极大的破坏性。社会政治气氛陡然严峻起来，人们之间的相互关系紧张起来，"运动"给予人们的心理压力，把人们正常的是非感、道义感和美感压下去，正常的思维中断了，明摆的事实居然失去影响人们判断真善美与假恶丑的雄辩的力量，正直的人们或者缄默，或者也被虚幻的为真理而战斗的正义感所驱使站到了"运动"的前列；而一部分本来就企求着"表现"的机会以博取荣名私利的人，更是大显翻手为云、覆手为雨的本领。他们的雄辩战胜了事实，政治斗争的短暂的功利需要高于真理，也高于社会主义的民主和法制，这真是新中国社会主义制度发展史上的一个悲剧。在这样的社会条件下，在不正常的政治需要下，产生了邱副书记这样完全不顾事实、只根据上面布置下来的要求反右倾的"恪守原则的职业革命家"，也产生了魏大雄这样虽然违心但却开口按指挥棒定的调子给同窗好友上"敌我"的纲的"积极分子"。对辛启明进行残酷斗争的导火线是从一份实习总结的争论开始点燃的。客观存在的事实和主观规定的斗争"需要"展开了猛烈的斗争，结果是"需要"完全压倒了事实！平心而论，虽然打着个人主义的小算盘但毕竟还是未曾入世的雏儿魏大雄，刚开始时出于良心的不安和常识的拘限，也曾挣扎着向邱副书记陈述不同看法，多少也为辛启明讲了几句公道话；但是，随着"运动"的升级，在邱副书记最后通牒式的严厉警告下，魏大雄为自己个人的前途计，不能不放弃真理，屈从权力了。他虽然因为屈从而"心里充满着一种从未有过的痛苦、压抑和屈辱的感觉"，但他从辛启明的下场中却非常"透彻"地"体会到权威的力量"，清楚地看到坚持真理、敢于冒犯政治潮流的人所要付出的沉重的代价。不正常的政治斗争，给魏大雄上了不正常的人生第一课，剥夺了他手里还掌握的一点真理，洗掉了他脑子里仅存的一点对事实的朴素的尊重，使这个原来就有些个人主义心计的青年彻底地告别了青年时代的纯真，走上了向政客发展的第一步。严酷的政治斗争环境，也使他的个人主义染上了牺牲朋友的血腥味，不再是有小害而无剧毒了。环境怎样改铸性格，这里是可以看得非常清楚的。

"运动"需要辛启明成为敌人，他就得成为敌人，这个可悲的事实给予魏大雄的教训是反面的戒惧；但随之而来的毕业分配中魏大雄因为政治上的红而留在部所属管理局这个事实，却给他一种正面的鼓励，使他"忽然间看出了一条人生道路"，即走吃政治饭的实惠的道路。以后，三年困难时期的主动要求回家乡；由于西行列车上的"艳遇"而成为地委书记的女婿；"四清"中大显身手，雄心勃勃的表演，都是这位领悟到知识无用的"知识分子"走这条以"红"取利的道路的实践。但是，"文化大革命"的风浪打断了魏大雄平稳的发展道路，他一时也陷入了困境。岳父吴根荣成了"黑帮"，被抓走了。这时的魏大雄，又一次处于人生的十字路口。他思索着应付眼前事变的对策。辛启明因为有个不法资本家的叔祖父而受到特别严厉的打击的事实，使他对自己即将受到"黑帮"岳父株连感到恐惧；而辛启明的命运，又使他推测岳父很可能也是同样下场:"运动需要他成为'走资派',他就得是,而且一辈子都得是下去,甭想有出头之日。"这种推测使他绝望。恐惧和绝望促使他做了反戈一击的丑恶表演。他这样度过了人生航程上遇到的第一次惊涛骇浪。

魏大雄的这种投机取利的性格一旦形成,就必然支配他的一切活动:既支配他在政治生活中看风使舵的表演,也支配他在经济建设中弄虚作假、祸国殃民的行径。当然,使他在欺骗党、欺骗国家的道路上加速地滑堕下去的,又是一种特定的不正常的政治需要:所谓建设大寨县要大见成效的"需要",经由地委张书记的口说出来,就成了凌驾于一切经济规律之上的政治原则了。张书记"启发"魏大雄提出农场总产四百万斤的那一场谈话,竟和二十年前邱副书记"启发"魏大雄给辛启明上纲的那一场谈话一样,都是以人的主观需要来任意役使客观事实,役使政治真理和经济规律。在这里,歪曲事实、说假话战胜了实事求是、说真话,不正常的政治需要压倒了党和人民的真实需要,而魏大雄的投机夤缘的病态性格,恰恰是在这种种不正常的政治需要的压力下铸成的,魏大雄思想上的个人主义是使他变得如此恶劣的内因,但诱使他性格发生怵目惊心的病变的社会政治条件则是不容忽视的外因。作家相当准确、细腻地把握住了魏大雄性格发展的思想轨迹,对他的内心世界与现实生活的微妙联系作了精细的透视,作为一个知识分子,魏大雄对自己走过来的生活道路以及他在这条道路上"明白了的东西",即主动适应"需要"才能青云直上、左右逢源,否则就会头破血流是一种"透底"的理智的认识并以此自鸣得意的。当辛启明要求他应该不惜撤职也要向党如实反映情况时，魏大雄仰天哈哈大笑说："真是天真得可爱，我的老同学！我场长当得好好的，又没有犯错误，为什么凭白无故让人家给撤了？就算把我魏大雄撤了又怎么样？还会有别人来，张大雄、李大雄，也许总产不是四百万，变成五百万！因为什么？需要！"这话出自魏大雄之口，当然有自我辩解的意味，然而这话里揭示的令人痛苦的事实，难道不值得我们深思吗？作家的成功，不仅在于写出了魏大雄"这一个"独特的病态性格，而且在于他们直率地对滋生这种病态性格的社会生活"土壤"作了化验。而这是需要忧国忧民的热肠，艺术家的勇气和思想者的胆识的。

无疑，在魏大雄这个生活的得意的骄子身上，是凝结着作家对我们社会生活中令人痛心的消极现象的长期观察的。在我们的社会主义制度下，存在着滋生魏大雄这样的"黑刺蓟"的土壤，这是一个严峻的事实。直率地反映这个严峻的事实，会不会把问题产生的根源归结到社会主义制度本身，从而伤害我们热爱的社会主义制度呢？当然不能说没有这样的危险。这里的关键，在于作家对我们社会主义的现实要有全面、准确的认识，并以这种科学的认识作为驾驭艺术思维的骏马的缰绳。我们看到，《土壤》在揭示社会积弊，反映社会矛盾方面，是既尖锐、直率，又全面、准确的。作家锋利地解剖了魏大雄的病态性格，描绘了由于社会政治生活的不正常，造成了需要人们说假话的情势和条件，使得学识平平的个人主义者魏大雄有可能扮演了咄咄逼人的英雄角色。但是，对环境尤其是促使人物行动起来的具体政治环境的描绘，对需要魏大雄的那种社会土壤的化验，都是放在一个更大的社会主义的生活环境中来进行的。滋生魏大雄的那块带菌的"土壤",只是辽阔的社会主义田野的一部分。作家通过对辛启明、黎珍、吴场长、刘子磐、玉玲等社会主义的优秀儿女们的描写,展开了十分广阔的社会主义生活的朝气蓬勃的画面,把社会主义生活的氛围写得非常浓厚,把社会主义、党、祖国在人们心目中的信念写得非常充分,把党和人民的需要、社会主义制度发展的需要的正义性写得非常庄严,并通过情节的发展,气势磅礴地显示了历史的光明前途。这就把直率地揭示生活真实的严峻性和全面把握生活全局、把握时代前进趋势的准确性较好地结合起来。事实上,邱副书记、张书记们口里说的那种逼迫魏大雄就范并鼓励他歪曲事实的"政治需要",并不是党和人民的需要,不是社会主义制度的需要。毫不隐讳地揭露这种"政治需要"的虚妄性,恰恰是为了引起人们对扭转党风不正的迫切性的注意,恰恰是为了割去崭新的社会主义制度身上的部分腐肌。这正是社会主义文学的战斗的职责之一。我们的社会主义文学,就创作的整体而言,当然是必须以歌颂社会主义的光明面为主的。但这种歌颂,不应该是虚饰的浮词,也不应该是概念的演绎,而必须是在真实地反映社会主义道路的曲折性,真实地描写社会主义现实的矛盾中进行的有力的歌颂。它和准确地描写我们社会生活的阴暗面是不矛盾的。在这方面,《土壤》对魏大雄及其依附的社会"土壤"的鞭辟入里的描写,是会给人以启发的。

二、画出了五十年代社会主义的儿女们的美丽灵魂

在《土壤》的结尾，由于"帮产田"问题被揭露和辛启明的彻底平反而陷于窘境的魏大雄，玩弄了"金蝉脱壳"的伎俩，靠着"需要"他这种人的张书记，反而趾高气扬地提升到管理局走马上任去了。而辛启明和黎珍，却默默地留在伊赫沙漠，收拾魏大雄"杀鸡取蛋"、摧残地方留下来的恶果。当魏大雄坐的越野吉普风驰电掣般驶过时，黎珍对为她鬓边的缕缕银丝而慨叹的辛启明深情地说：

"让别人去容光焕发吧，我们有我们的青春。"

这是非常充实、非常正直地生活过、工作过的人才能有的一种宁静的自豪，深沉的自信，含蓄的欣慰。黎珍的话，不能不使我们回想起她和辛启明走过来的生活道路；正是这生活道路的延伸、扩展，构成了《土壤》广阔的生活画面、崇高的思想境界、瑰丽的时代色彩和深沉的悲壮情调。借着辛启明和黎珍的形象，作家画出了五十年代社会主义的儿女们的美丽灵魂。

辛启明和黎珍，是属于五十年代的知识分子。他们身上的那种时代特征是异常鲜明的。作家在刻画这两个人物性格的典型特点的时候，有意识地突出了他们作为"五十年代人"的自豪感，并对当代青年由于种种复杂的原因而失去五十年代青年的某些美好的东西表示惋惜和遗憾。在辛启明和黎珍的形象上，大概融进了作家自己的某些精神气质和生活经验吧，他们被描绘得那样真挚、动人，似乎有一种美好的怀旧的

情愫，像彩色的丝线一样萦绕着他们。是的，这是在五十年代度过青春时期的很多作家共有的一种怀旧情绪。那社会主义祖国立国之初的辉煌的时代色彩，那人民刚刚走出地狱之门迎来解放的喜悦和自豪的时代感情，那对祖国社会主义建设事业的赤诚的向往和崇高的责任感，那人与人之间健康、明朗、纯净的同志关系，是怎样地使人怀恋呵！怀旧，当然多少有些伤逝的怅惘，尤其是看到那美好的一切后来却被践踏、被丢失、被搁置，甚至被嘲弄的时候；但是，当生活的发展出现了新的转机，一切被玷污的美好的事物正在逐步恢复的时候，这种对五十年代的怀旧情绪，实际上就成了一种对未来的强烈信念的曲折表现，是对美好的岁月、美好的事物、美好的人生的一种呼唤，因而也是一种现实的战斗情绪。因此，辛启明和黎珍的形象，虽然是从历史的堆积层中挖出来的人之瑰宝，但他们给予人们的，却不仅仅是对历史教训的沉思，而是唤起人们现实的为社会主义事业而战斗的执着的信念，引发青年一代对应该怎样走自己的人生之路的思索。

辛启明是一个异常正直、强韧、深沉的知识分子，是对党、对社会主义祖国怀着纯洁的挚爱感情，在任何逆境下都忠实于共产主义理想的共产党员。他是在五十年代接受了党的教育，从当时社会主义的现实中汲取了健康的思想营养，从而确定了自己无产阶级的世界观和共产主义的人生方向的。辛启明热爱农业科学。他认为"没有比改变我们社会主义祖国的自然面貌更美好的职业了"。"让沙漠中开出良田，让祖国每一寸土地都覆满沃土"是他毕生奋斗的神圣事业。他有热情、才华和真诚，但也有一点孤僻、忧郁和矜持。和一般搞自然科学的学生不太关注社会问题不同，辛启明是执着地要用他学到的马克思主义的观点去分析社会生活中的事实，从而丰富自己对真理的认识的。这种坚持实事求是，敢于讲真话的思想特点，这种忧国忧民的热肠，就使他在"反右倾"运动中成了"敌人"。他以一种赤裸裸的直率去拥抱生活中的事实，不能容忍任何形式的障眼法和诡辩术。他尊重客观实际、坚持真理的力量，其实也是从党关于实事求是的一贯教育中获得的。即使在那些被诬为"反党"的言行中，也渗透着辛启明这个典型性格与社会主义的现实环境，与党的深广的思想影响的血肉联系。

在生活中遭受到第一次挫折时，辛启明多少还是有一种年轻人的单纯的。出于对党组织的信赖，在黎珍的恳求下，他违心地承认了"错误"，真诚地相信着：承认错误会得到宽宥，虔诚改造能换来信任。于是他在伊赫沙漠埋头苦干起来。我们看到，处于惩罚性的强制劳动中的辛启明，仍然能够在内心感受到作为"第一批拓荒者"的豪情。后来，当他回顾这一段住帐篷和地窨子的艰苦的拓荒生活时，还情不自禁地把自己那一代人的勇气和毅力与住上红砖房却表演过一次"大合哭"的知识青年们做过自豪的对比呢。对改造大自然的社会主义建设的热爱，冲淡了他受冤屈的阴郁心境。而且，他很快得到了严肃而又慈蔼的红军老干部吴场长的关怀，感受到社会主义的建设队伍的温煦了。他以默默的创造性的工作，作为治疗精神痛苦的唯一良药。而吴场长给他讲的那个至死还蒙冤受屈的老文书的故事，则在他的精神世界中点起了一柱火炬，激起了他一种从未有过的无比崇高的悲壮情怀，使他懂得了："原来，不仅革命的道路是曲折的；革命者的一生更曲折。"辛启明在逆境中，也找到了和革命传统的精神联系，获得了一种主动接受革命试炼的思想准备。在"文化大革命"中，他的科学实验工作遭到破坏，他的精神受凌辱，肉体被毒打，甚至被目为有"神经病"，但他仍然以一个共产党员的姿态和一个科学工作者的忠诚继续着改造大自然的工作。可以说，他一生中最困难、最屈辱、最阴暗的岁月，是和踏踏实实的社会主义建设事业胶结在一起的，也就是在这样漫长的、默无声息的平凡工作中，他不仅获得了内心世界的充实，也获得了农场广大群众的爱戴和尊敬。在偏僻的伊赫沙漠深处，他成了结实的大地之子。这也是很多五十年代的知识分子在遭到反右扩大化之害后走过来的带有普遍性的道路——在惩罚性的劳动中真正实现了劳动化和群众化。他们之所以能这样做，是因为他们在五十年代就树立了对于社会主义建设的神圣的使命感。五十年代是一个建设的年代，创造的年代。社会主义建设是最瑰丽的事业，为它而工作着是美丽的；这种作为建设者而向社会奉献一生的信念，这种作为建设者而谨严地恪尽职守的工作态度，正是五十年代人的特点。而辛启明，是典型地具备着这种特点的。

辛启明终于盼来了新时期的阳光。虽然被历史证明是正确的人暂时还处于劣势，而被历史证明是错误的人还在振振有词地宣称自己一贯正确，但历史的洪流已经开辟出了新的流向，辛启明已经从这新的洪流中汲取到新的战斗力量了。他已不再仅仅是埋头苦干的建设者了，他那为共产主义的理想、为党的原则而斗争的战士的本能苏醒了。他的目光，不仅仅专注于优良绿肥的培植、土地休耕轮作的安排、土壤的改良，更是焦灼地关注着党和人民共同操心着的那些阻碍社会主义前进的社会问题了。他从魏大雄的好大喜功的蛮干中觉察到一种疯狂的、令人不安的东西，看到了农场会重新沦为千里赤地的可怕前景，他挺身而出，站到历史的前台上来战斗了。他既要顶住魏大雄的威压，又要忍受被蒙蔽的群众的围攻和殴打；他既要克服因黎珍的出现而引起的爱情上的巨大精神痛苦，又要战胜长期苦战中不免泛上心头的疲倦感和沮丧感。但他毕竟已经在苦难的历程中成熟起来了。他意识到：改造自然的土壤固然重要，但改造社会的土壤更加重要。于是就义无反顾地投入了与谎言的斗争中。我们看到，辛启明这个五十年代的青年学生，经过近二十年的人生历练，已经具备了犀利地剖析社会问题的马克思主义的政治头脑了。这从他在平反大会上针锋相对地驳斥从极左跳到极右的魏大雄对社会主义制度的诬蔑可以更加清楚地看出。魏大雄借辛启明的平反说："……值得深思的是，像老辛这类骇人听闻的冤案并不是个别的，到处都有，比比皆是。我们一直自称生活在最先进的社会主义制度中，从这点来说，我们连封建主义都不如！"对此，辛启明义正辞严地回答："误伤好人、冤枉好人，古今中外都有，社会主义国家也很难避免；但是对错误采取实事求是的态度，'有错必纠'，这却只有我们的党才能做到。粉碎'四人帮'，党正在纠正过去的错误，医治自己的创伤。不错，正是现在，需要我们比任何时候都更加爱护党，维护党！"辛启明的话，激起了全场热烈的掌声。他说出了共产党员们的心声，人民群众的心声。我们从这段对党充满深情，对历史充满辩证的认识，掷地作金石声的话中，看到辛启明政治上的敏锐、稳定和成熟，这种敏锐、稳定和成熟，应该说也是属于作家的。在《土壤》写作的 1979 年，能够这样从党的立场全面地观察问题，准确地处理笔下的人物的作家，必须承认还不是很多的。这里，无产阶级的世界观，社会主义的信念，共产党人的党性立场对于创作的指导作用，是可以看得非常之明了的。

同样是五十年代的儿女，黎珍的形象具有和辛启明、刘子磐共同的很多东西，她也是那样正直、善良，热爱自己的工作，怀抱着美好的信念；她也是把自己的生活和共产主义理想结合在一起，却一直走着坎坷的人生之路，受着命运的折磨。但是，这个人物比起辛启明，带有更多的个性特点，她的灵魂，也被展示得更为精微细腻。她有着更多的使读者动情的东西。

当黎珍作为部视察员在魏大雄精心布置的汇报会上表现出非凡的精明和严密时，魏大雄不能不大为惊讶、刮目相看了。他认识到，生活的锻炼，"把她从一个沉溺于幻想的知识分子，一个柔弱的浪漫主义者，变成了一个精于计算、脚踏实地的、强悍的实际工作者了"。魏大雄看到的当然只是黎珍变化的结果，但作家精妙的艺术描写，却向我们显示了她内在的心灵历程。

黎珍的青春时期，是沐浴着理想的霞光，闪烁着幻想的虹彩，颤动着欢乐、激动的弦音的。她曾不无遗憾地谈到八十年代的部分大学生对农业科学的鄙薄，说："他们没有享受过当年我们阅读达尔文著作时的激情；他们也不了解，我们每一个人都曾自诩为未来中国的米丘林。"那时，生活的道路上，爱情的道路上，似乎有带露的鲜花摇曳着向她点头，欢迎她纵情地向前奔跑。在五十年代那种温馨的大学生活氛围中，她几乎达到了青春幸福的顶点。然而，严峻的考验来了。她的恋人辛启明转瞬之间成为"敌人"，她闻到了人与人关系中某种"隐蔽的、强烈的带着某种血腥味的东西"。以她的单纯柔弱，她无法理解这一切。她怀着善良的愿望，在辛启明受批判时虔诚地进行自我检查，努力从灵魂深处严酷地剖析自己，唯恐放过一丝细小的思想污垢；并且劝辛启明承认错误争取宽大处理。然而，生活的发展严酷地轰毁了她的愿望，辛启明被留在了沙漠中，而且和她永远告别了。她被人生路上的第一个恶浪打蒙了，进入了一种痛苦的精神麻木状态。她以一种无所谓的态度接受了刘子磐的求婚，过了几年非常消沉的生活。为祖国的富强而奋斗的伟大目标似乎被她淡忘了；学生时代的献身精神，要让祖国大地覆满沃土的黄金般的理想，也好像变成遥远的往事。事情就是这样：如果把精神郁闭在自我的小天地里，无休止地咀嚼着一己的痛苦，而没有找到和祖国、人民的宏伟的建设事业的精神联系，那么，即使是像黎珍这样曾经充满梦想的纯真的、热情的少女，也不能扬起生活的风帆，而显出某种苍白和渺小。直到刘子磐回国，他们夫妇一起作了南国之行，在子磐的帮助下，黎珍才逐渐打开了眼界和心胸，经历了一次"精神上的复活"。她认识到："在我们四周，生活也并非十全十美，有时头上也会出现乌云，但我们亲爱的祖国毕竟为大多数人摆脱了受奴役、被欺凌的悲惨处境，这是一个伟大的进步，而且还在为人们开辟越来越美好的前景。"对祖国的命运，人民的状况，现实的面貌的这种全面的、健康明朗的认识，说明黎珍已经超越了自我的痛苦，把自己的命运和社会主义祖国的命运连结起来思索了。而这种思索，是导致她"精神复活"的契机。在这里，黎珍这个五十年代知识分子内心世界的变迁，被注入了极其丰富和意味深长的时代内容。但是，厄运很快降临，子磬突然永远失踪了。失去辛启明，黎珍只有痛哭和迷惘，没有也不敢有愤怒；但失去刘子磬，黎珍却愤怒了。怒火灼干了她的眼泪，她被震动得清醒过来了。在灵魂深处，她对那些任意宰割党和国家的健康肢体，任意残害善良人民的头面人物产生了深深的怀疑。这是伟大的愤怒和怀疑，因为这不是黎珍一个人的，而是属于整个民族的愤怒和怀疑。这一次精神上的觉醒使黎珍彻底告别了少女时代的柔弱。她没有因子磬的失踪而像十年前那样大病一场，陷入精神危机；不，她"既没躺倒，也不哭泣，每天照常上班，照常工作"。这种平静，说明她已获得一种驾驭自己的生活之舟的力量，一次精神上的复活，一次精神上的觉醒，笔墨不多，却有力地勾勒了黎珍精神上成长的历程。当她在粉碎"四人帮"后来到伊赫沙漠时，她已经成长为一个眼光锐利、意志坚强，具有高度的原则性，甚至有几分强悍气质的科学工作者了。作家在对她的视察活动的精细描绘中，圆满地刻画了这个性格。

作为一个被孩子的思想状况困扰着的母亲，黎珍比辛启明更多地也更深细地思索着五十年代青年与八十年代青年的差别。她有着比辛启明更浓郁的怀旧情绪，从对爱情的态度到吃"小灶"时内心的惶惑不安，从对农学专业的看法到对生活中"关系学""实用主义"的憎恶，她都如儿子小军所指责的，表现出十足的"五十年代人的想法"。她的这种鲜明的"五十年代"特征，也使这个性格在错综复杂、斑驳陆离的现实中显出一种纯洁的美。黎珍，是属于那种到老也还保持着青春的活力，保持着少女的纯真的女性。这样的女性在生活中很少，但的确存在着。

她们那未泯的童心和对美好的信念的执着，常常使人感动得眼睛湿润。这样的女性，是值得作家用诗的笔调来描绘的。

紧紧地联系着社会主义时代的典型环境，成功地塑造出辛启明和黎珍这两个社会主义知识分子的典型性格，这是《土壤》最主要的成就。在这两个五十年代社会主义儿女的灵魂中，作家汇聚了五十年代到八十年代我国社会生活中那些最基本的、长期起作用的社会主义的因素，集中了我们生活中最美好的东西。这就使他们对这一伟大的社会主义时代的反映，虽然不回避阴暗面和血腥，但却响彻着一种悲壮的、乐观主义的调子。在辛启明和黎珍身上，我们看到生活中积极的、健康的力量怎样在曲折的历史道路上前进着、凝聚着、壮大着；看到了中华儿女对党、对社会主义的信念是怎样被全部的生活实践支撑着、充实着——即使是他们经历的苦难的历程，也是引向社会主义胜利的光荣的历程。

三、爱，是为了使人更美好，使人生更瑰丽

爱情描写虽然不是《土壤》这部涵纳着巨大的社会生活容量的气象浑厚的作品的主要内容，然而却可以说是这部作品最能拨动读者心弦，使读者浸润在一种美的情操和浓郁的诗意中的重要部分。在描写社会主义时代知识分子的爱情生活方面，《土壤》所创造的美和诗意，是显得特别突出的。

爱情，是人类感情生活的一种最强烈、最诚挚、最执着的现象。它点燃了古往今来无数骚人墨客的创作情绪。几乎没有一个洞悉人类感情

世界的奥秘的文学大师不曾尝试着去表现这种微妙的感情现象。也几乎没有一个想涉足文学领域的新手能够对这种感情现象无动于衷。因此，爱情描写，成了文学创作的一条最拥挤的曲径，历来都是尝试者众、成功者寡的。我们的社会主义文学，在进入新时期之后，冲破了"四人帮"设置的爱情禁区，呈现了一番群芳吐艳、万喙振声的局面。在这些描写爱情的作品中，由于作者的修养、识见、手段的差异，遂显出深浅、高下、优劣、美丑的不同。有的一进入人类爱情生活领域，就目迷五色、耳乱八音，虽然浓墨重彩，急管繁弦，热闹香艳，但浅尝辄止，了无新意，甚至流于俗滥；有的则把爱情抽象化，奉为至上，尊为永恒，远离尘世纷争，不食人间烟火，虽然通篇咏叹，满纸哲理，高士骑云鹤，幽人独往来，但读得多了，亦难免不生倦意；只有那些从社会的见地入手，高屋建瓴，抉微发隐，借写爱情以表现人的情操，以发露人的全般灵魂，以洞见社会生活的演进轨迹，以揭示正确的人生方向者，才能独奏异曲，沁人心脾，以其深邃的造意，将人引入纯洁崇高的精神境界。《土壤》的爱情描写，就领有这种标格高远的笔意。

辛启明与黎珍之间的爱情，是《土壤》故事情节演进的主要线索。作家在描写他们动人的爱情关系时，把他们的社会理想、精神情操、审美趣味和盘托出。爱情是洞见人的灵魂最秘密的窗口，亦是反映社会风尚、时代特征最显豁的通道。《土壤》的作者，是非常善于打开这一窗口与通道的。

我们首先看到，在描写青年时代的辛启明和黎珍的热恋时，作家的笔是充分放开的。丁香花的阵阵暗香，静夜里双双起落的脚步，"让祖国每一寸土地都覆满沃土"的共同志向，闪闪发光的眼睛久久地相互凝视，五月的夜色中如醉似狂的、尽情的奔跑，启明星下的亲吻……这一切，像热烈的爱情奏鸣曲，惊人地炽烈，惊人地美。这样纯洁、美好的初恋，是和作家心目中的五十年代那个鲜花怒放、歌诗荡漾的时代氛围相配称的。如果没有"沸腾在胸间的眼花缭乱的美好未来和激荡在血管里的无穷力量"，辛启明和黎珍的热恋能那样富有诗意和热力吗？飞翔在他们头上的爱神的透明的羽翼上，闪耀的正是五十年代绚丽的光影呵！这样的爱的讴歌，和小说对明朗、健康、生机勃勃的社会主义生活的讴歌是一致的。爱情的副旋律就是这样从属于社会前进的进行曲的主旋律。在经过二十多年分别，经受了那么多磨难之后，辛启明和黎珍在星光下又走到一起来了。那关于启明星的诗一般的对话，像回旋曲一样又响起来了。两颗微微发颤的心，又一次会合在那篇关于土壤学的论文上。青春的激情凝定了，结晶为中年人成熟的、丰饶的爱的果实。作家的笔变得含蓄了，没有感情的尽兴的奔驰，却有简洁的、意味深长的艺术处理。在这里，辛启明与黎珍的第二次携手同行，和八十年代的行进步伐也是合拍的。失去的爱情重新获得了，失去的美好岁月又重新回来了。八十年代的中国，借用一位诗人的语言来说，不正是一个"寻回来的世界"吗？时代的转机，像披在辛启明和黎珍身上的曙色一样，不是在这重放的爱情的鲜花上辉耀着吗？

辛启明和黎珍的爱情，不仅反射着时代的光彩，而且还反射着社会主义社会中人们高尚的道德面貌，美好的共产主义情操。作家似乎是意识到自己的艺术描写对现实生活中那种庸俗"爱情"的自私算计的冲击力的。黎珍对辛启明的爱，是真正排除利己打算的真诚的爱。她说：

"在我们那个年代，姑娘们都还没有理智到冷酷的程度，对自己爱人身上的有利和不利因素，事先都仔细地逐条加以算计，比较和权衡。……是的，那个时候的女孩子，不考虑爱情中的'取'和'予'；或者说，我们在爱情中，愿意多多地'予'而无所'取'，为了爱情可以自我牺牲，这是我们理解的爱情。"在黎珍看来，爱之所以是神圣的、美好的，就因为它是无私的、奉献的、给予的。她对辛启明，就是这样去爱的。当辛启明遭到厄运时，她和他共同分担了受委屈的痛苦。在漫长的岁月里，辛启明的身影一直珍藏在她心里。而她对爱情的理解，也一直保持着"五十年代人"的纯洁的看法。所以，当她发现辛启明一直在等待着她时，尽管她已经鬓边银丝缕缕，她也有一般母亲不愿意孩子在艰苦的地方生活的心理，但还是为爱情作出自我牺牲，毅然留在了伊赫沙漠。同样，辛启明对黎珍的爱，也是一种为了对方的幸福可以自我牺牲的爱。当辛启明被发配到伊赫沙漠时，他最揪心的是觉得对不起黎珍，辜负了少女的一片深情。他说："唉，在我们那个年龄，人们把爱情看得多么宝贵，多么圣洁；一旦把命运同心爱的姑娘结合在一起，就要求自己在一切方面、一切事情上都变得美好起来，绝对不能对爱情有丝毫的玷污和辱没。"这是多么真诚的倾吐！正是这种对爱情的无私的理解，使辛启明作出了离开黎珍的决定。为了黎珍一生的幸福，他要独自忍受无爱的痛苦。辛启明对爱情的这种自我克制的力量，来自他对爱情在人生中的位置有一个正确的认识。对于一个把为人类造福视为自己最高的人生目标的人来说，爱情，永远是附丽于他所献身的事业，而不可能是至高无上的。当辛启明因为与魏大雄弄虚作假的行为斗争的需要，因为要击穿关于他和玉玲之间的流言蜚语而决定与玉玲结婚时，他在内心对即将离去的黎珍说："……让我们彼此忍住内心的悸痛吧！好在生活还由许多其他部分组成，比起狂热的把感情看得高于一切的青年时代，现在毕竟要容易多了。"虽然我们可以对辛启明的这一决定持某种保留的看法，（没有爱，仅仅是为了斗争的需要就提出和玉玲结婚，这对玉玲不也是一种伤害吗？）但辛启明克制住自己对黎珍的感情的那种精神力量，仍然是令人感佩的。只有生活中的强者才能有这种伟大的克制。

爱，是为了让对方得到幸福，也是为了使自己变得更加美好。爱，应该是促进爱恋的双方为人类的进步事业、为祖国的社会主义建设献身的助力，是使人生放射出瑰丽的光彩的一种燃烧剂。——这样一种带着"高尚的共产主义伦理的性质"[①]的爱情观，像莹洁的星光一样照耀着《土壤》中的爱情描写，使这些爱情的篇章充满了美丽的诗意。辛启明与黎珍的久历磨难终于如愿以偿的爱情是这样，刘子磐对黎珍的爱情、玉玲对辛启明的爱情也是这样。刘子磐对黎珍的爱情，着墨不多，但使人动情。他一直悄悄地挚爱着黎珍，猛烈的爱情在他心中躁动，折磨着他。但是，当黎珍和辛启明一起站在他面前时，他为这一对和谐协调的恋人祝福，"自动引退了"。后来，黎珍陷入了精神麻木的状态，出于"愿意替她遮挡一些生活的风雨"的心愿，他才向黎珍提出求婚。他的爱，给黎珍生命的磨盘注入了一股活水，把处于消沉状态的黎珍提升到胸怀祖国、放眼世界的崇高的精神境界。玉玲对辛启明的爱，则是一个普通

---

① 陈涌《现实主义问题》，载《文艺报》1982年第12期。

的农场女工纯朴、深情、无私的爱。出于劳动人民朴实的理智和稳定的是非感，她对被诬为"精神反常"的辛启明怀着深切的同情和理解。她默默地照料着辛启明的生活，把温暖给予这个孤寂的知识分子。她的爱是属于劳动人民的那种温厚的、博大的爱。当她知道辛启明的心已另有所属的时候，她忍住了自己内心痛苦的颤动，坚决地从辛启明的生活中退出；同时，仍然支持他的事业，主动挑起了组织柳编社的担子。这个失恋的普通劳动妇女，在对待爱情上，表现出多么崇高的思想境界！如果把辛启明与黎珍的爱情比作贯穿《土壤》始终的苍凉、悲壮、绚美的爱情交响诗，那么，刘子磐与黎珍、玉玲与辛启明这两段爱情故事则是两首强烈的、拨动人心灵弦索的抒情曲。它们交叉回旋，共同奏出了《土壤》的严肃、圣洁的爱情主题，创造出充满美和诗意的艺术境界。

有一位著名的小说家愤慨于当代生活中庸俗、势利的观念对爱情的玷污和亵渎，她借一个凄婉动人、至死靡它的爱情故事，喊出了人们积郁已久的心声："爱，是不能忘记的"。这个带有强烈的理想主义色彩的故事，在我们的社会生活和文学创作中产生了深远的影响，引起了持久的争论。在某种意义上，《土壤》的作者也以自己创造的爱情故事参加了讨论。他们描写的爱情故事，既有现实主义的深刻性，是从现实生活的丰厚土壤中培植出来的强韧的植物；又有浪漫主义的理想色彩，是在共产主义理想的阳光下开放的人类精神的花朵。在辛启明、黎珍、刘子磐、玉玲的爱情生活中，概括了社会主义社会人们美好的精神面貌，反映了社会主义的现实生活走过来的曲折的道路和光明的前途，燃烧着无产阶级独特的伦理热情。纸上苍生歌哭真，人间情愫启后人。透过

《土壤》中的爱情描写，我们听到了一个热情如火的声音：爱，是不能忘记的；更加不能忘记的是：爱，是为了使人更美好，使人生更瑰丽！

（原刊于《当代文艺思潮》1984 年第 3 期）

曾镇南

著名文艺评论家。中国社会科学院文学研究所研究员，《文学评论》原副主编。曾任第八、九届全国短篇小说奖评委，第四、五、六届茅盾文学奖评委，中宣部"五个一工程"奖论证专家。

在正确而宽广的道路上

张　炜

浙成、小钰：

二位好！大概不会想到我会在你们故乡浙江的一个小岛——佛国胜地普陀山给你们写信吧！此刻，我的窗前面对佛顶山，有棵硕大繁茂而又枝柯形同虬龙的树，从墙头崛起，以它绿荫荫的枝叶，遮盖住我窗前的蓝天，但耳畔却总不绝地传来千步滩碧波万顷的天风海涛，传来那如鼓，如钟，如千军飞突、万马奔腾的潮声。

我和谢冕是联袂来这里给中国当代文学研究会举办的讲习班讲学的。心里总记挂一件事，就是《钟山》的副主编徐兆淮同志约我一定写篇文字谈谈你们的创作。实在惭愧，你们送给我的书，一本又一本，足见这些年你们在文学园地耕耘的勤绩。可是，除了中篇小说《土壤》早就拜读，厚厚的一本《别了，蒺藜》直到这次旅行前才把它读完。这一方面是因为我总有杂事缠身，忙忙乱乱；另一面，这些年我国文学空前繁荣，新涌现的作家灿如繁星，新出版和发表的各种作品更浩如瀚海，使我益发感到要读的作品太多，而能读作品的时间又太少了。但这回终算把你们的大部分作品读了。你们早就要我谈些意见，在京时二位或开会或路过，见面总也匆匆，无暇畅叙。现在难得在讲学之余，有几天闲暇，才提笔写这封长信。

记得 1956 年，当我们还是莘莘学子，汇聚在北京大学同学创办的文学刊物《红楼》，你们似乎都是写诗的，而我则练习写小说。浙成以他高大魁梧的身材，写出感情相当细腻的抒情诗，令我感到惊异。而小钰更多才多艺，她在朗诵诗歌方面的才能，就如同她打排球的才能一样，很快便全校闻名。我们还一起创作过剧本。当时，我们都立志献身文学，都想当作家。时间过得多快呀！眨眼间几近三十年过去了。我没有成为作家，却当了文学评论工作者。所以看到昔日的同伴真正成了作家，心里总是高兴的，好像自己也分享了一点作家的光荣似的。读你们的作品，无论是《土壤》还是收在《别了，蒺藜》中属于不同时期创作的篇章，我总充盈着一种欣喜的心情，因为从这些作品中，可以清晰地看到你们的成长，看到你们艰难迈越的脚印，看到你们是走在一条正确而宽广的道路上。

对于文学，如今已有种种的观点和看法，从"反映现实"到"自我表现"，从"干预生活"到"干预灵魂"，或谓文学是"象征"，或说文学是"符号"，更有论述和证明文学是"商品"或"半商品"的。但在我们这一代人心目中，文学总是人民的崇高事业。我们都不会忘记车尔尼雪夫斯基的名言——文学是"生活的教科书"！我们更牢记斯大林关于"作家是人类灵魂的工程师"这句精辟的话。是的，人类从野蛮到文明，业经产生的深刻变化，远古祖先是想象不到的。走向文明的过程，人类精神世界的不断丰富、不断变得更为高尚和美好，文学艺术的熏陶实在建立了功绩。人类创造了文学艺术，反过来，文学艺术又发展了人类的审美观念、审美情感和整个审美心理机制。在这个意义上，没有美的发现和创造，便不会有文学艺术。而所有的艺术门类中，文学之所以特别重要，不单因为它美，还因为作为语言的艺术，它能"笼天地于形内，挫万物于笔端"，比所有的艺术门类表现的对象都要丰富，具有广泛而深刻的现实认识的意义。而且潜移默化，诉诸人们的心灵，给读者以思想伦理等方面的教育。它始终与人类的未来，与人民的切身利益密切相关，非殊"雕虫小技"，实乃影响及于当世和后代的令人钦敬的伟业。我以为，你们的创作走在正确而宽广的道路上，首先是因为你们牢记作家的崇高职责，具有自觉的历史使命感。在你们创作的篇章中，或者借用系统理论的词语——在你们的作品系列里，给我印象最突出的便是始终追求美的创造，追求现实生活的真实反映，追求思想性与艺术性的统一，追求以优美的形式、语言，表达出富于生活真理、哲理和伦理的精神内涵来，启迪读者思考。你们的心总与时代的节拍、人民的心声相通。

当然，作为具体作家，你们的题材同其他作家一样受到自己生活的限制。大都市和草原，知识分子（包括知青）和牧民，是你们所熟悉的，在你们的作品中得到生动的描写。内蒙古草原，这是广阔的天地。大学一毕业，你们便自愿到呼和浩特去工作，多次深入草原，说明你们对草原、对草原上的蒙汉人民的热爱。你们把自己的创作激情首先献给描写草原的作品是不奇怪的。草原的壮美风光和牧民的骁勇淳厚，在你们的散文中最先得到生动的描画。现在收在小说集《别了，蕨藜》中的大部分篇章和中篇《土壤》的背景，也是草原。但在内蒙古这片广阔大地上，沙漠气象站新来的女气象员（《白云之歌》）、兴安岭大森林忠于职守的青年兽医（《苏林大夫》）、牛耳河中舍己为人的放木工人（《喧闹的牛耳河》）、奋战在城市工地上的女建筑工（《妻子同志》）、怀着豪情奔赴包钢却在爱情上蒙受欺骗的女音乐家（《琐屑的故事》）、自愿来到荒野小站工作的铁路学校毕业生（《小站》）等广泛的场景和人物，也都进入你们的笔端。而都市的生活，无论北京还是呼和浩特，更是你们所深悉的，不少作品写到这方面的生活，也都饶有新意。足见你们有着比较广阔的生活视野和游刃有余的多副笔墨。尽管，你们早期创作的某些短篇，内容略嫌单薄，构思过于巧合，艺术表现上也更多人工雕琢的痕迹，但响彻所有这些作品的主调，无疑是昂扬的，奋发的，可以说，每篇小说都是对于社会主义时代新的生活和新的人物的衷心赞歌，也是对祖国大自然的热烈颂曲。在这些作品中便显示出你们才能的特点：善于从前进的生活脉搏中，开掘出富于社会意义的思想和主题；又能用相当曲折的故事去展现人物的命运和性格；更擅长在人物的背景上，如同水彩画般描绘出鲜丽、明亮、富于色彩感的自然景色。记得还在大学时，小钰编故事的才能便让我惊叹，她的才思的敏捷就像她说话一样，带着响亮、欢快的银铃一般的笑声，滔滔不绝，仿佛不假思索。这跟浙成的持重和冷静的沉思结合起来，就把你们对生活的敏锐的艺术感觉更好地升华为具有幽深内容的艺术构思。你们的语言表现也是出色的。我不知道这主要应该归功于谁。或者是得力于你们轮番加工，一道又一道添加色彩的缘故。这不是一般的白描式的语言，而是充满激情、恰当地有力地表现出艺术感觉的语言，抒情、机智、凝练，富于想象力和艺光彩色！

在你们的作品中，迄今我所读到的，毫无疑问，《土壤》是难得的力作。它的获奖不是偶然的。我曾经写过一篇短文赞扬它，也决非出于对同窗的恭维和偏爱。这个中篇是你们第一部有分量的作品。它是历史反思的结晶，也是艺术探索的勇敢标记。写作前，小钰跟我谈过这篇作品的素材和初步构思。当时我觉得故事挺有趣，你们想着力刻画的农场场长也颇有典型的新意。但我没有料到你们会把它写成那么一部成功的作品，既有深厚的历史容量，又有令人难忘的人物形象，风格和语言又如此清新、凝重、优美！魏大雄、辛启明、黎珍都写得有立体感，仿佛触手可及。小钰过去曾说，最使她苦恼的是不知该怎么描写英雄人物。我看，辛启明、黎珍这样的人都属于当代英雄。你们对他们的美好、崇高的心灵的赞颂是有力的、感人的。这两个人物，也许不像魏大雄的形象那样有着现成的原型。他们作为典型形象更多的是在艺术虚构中孕育的。但并不虚假。这样的一代青年，在五十年代我们的许多同学中都可以找到踪影。现在有种论调，说什么"英雄的时代已告结束"，文学应该描写"普通人"。固然，我也主张描写普通人，但我同样主张要写英雄人物、写社会主义新人。因为现实生活中这样的人物何止成千上万！把英雄人物神化是不可取的。但在艺术描写中，把人物的丰满而复杂的内心世界充分展现出来，既写他们的欢乐，也写他们的痛苦，在真实而尖锐的现实矛盾中去突出展示人物性格和情感的光辉的一面，是完全可以把人物写活，写得栩栩如生、感人肺腑的。至少辛启明和黎珍形象的成功塑造，便是一个有力的证明。

自然，比较起来，这篇小说中给读者印象更深的是魏大雄的形象。他确实不是简单的反面人物。这个貌似豁达大度，肯带头苦干，也有工作魄力的农场场长，实则口蜜腹剑，笑里藏刀，灵魂十分卑鄙。他能够厚颜无耻地学舌共产党的词句，骨子里却是极端损人利己的个人主义者。为了自己升官向上爬，任什么他都可以叛卖——包括爱情与友谊。这种人物在十年动乱至今天的现实生活中，都不是罕见的，他们是社会主义肌体的赘疣和癌肿，其根须深深扎在新旧交错的特定时代的历史土壤里。他们头顶上也沐浴社会主义的阳光雨露，骨子里却从旧社会的腐烂尸体中汲取有毒的养分。你们写出魏大雄的复杂性格，写出他的心灵发展的辩证法，让读者感到这个新型野心家确确实实是活生生的存在。小说中魏大雄的形象，比之小钰原先给我叙述的生活中的原型，是更为深厚和典型的了。把这样的人物添加到我国文学的典型画廊中来，无疑是你们的一个可贵的贡献。

当然，《土壤》的出现，与新时期整个思想文化背景的变动、与席卷中国大地的整个社会生活的深刻变革分不开。在经历了十年惨痛的动乱之后，整个民族都在沉思历史的经验和教训。人们在舔舐身心的创伤的同时，都迫切地期待着向社会主义四个现代化阔步迈进。伤痕文学、反思文学和改革文学，有类相互交错和交替的三重奏，构成了新时期不同阶段的文学的主旋律。这三种音响，实际上体现着新时期的时代精神，支配着广大作家和人民群众的心理机制。而《土壤》可以说是相当充分地体现了上述时代精神。它既是对社会主义曲折历史的深沉反思、对十年动乱累累伤痛的含泪控诉，更是渴望四化进军的有如响亮号角般的战歌。小说在艺术表现方面采用多元第一人称的富于内心抒情、便于坦露内心奥秘的创新尝试，应该说也与这时期整个思想解放、艺术民主的大潮分不开。

《土壤》作为你们的创作进入一个新阶段的标志，相伴而行的不仅有《白沙杏的故事》《积蓄》《错位的扣子》《日落时，歌声不会西沉》《宝贝》等题材相异却又莫不焕发浓郁生活气息的反映新时期现实的短篇；而且有《春夜，凝视的眼睛》《苦夏》和《别了，蒺藜》等思想和艺术都相当成熟，在题材开掘、人物塑造和风格镕铸方面，都让读者耳目一新，尖锐地触及时弊，探讨社会主义道德伦理的中篇。这是你们的才华喷发的时期。像度过严冬的蓓蕾迎来了春天，尽情绽放一样，你们那一篇又一篇如花的新作，络绎不绝地涌现于新时期的文坛，当然并非偶然。如果没有长期的生活积累、思想磨砺和艺术锻冶，就很难做到。

也许是因为进入中年，阅世已深，也许是时代的文学潮流使然，这时期你们的琴弦已不再像早年那样一味弹奏热情的生活赞歌和美好心灵的颂曲。你们这时期的新作，差不多都把尖利的揭露和由衷的褒扬较好地结合起来。仿佛你的手持一柄双刃解剖刀，把腐肉剔除给人们看，也把健美的肌肤拂拭出亮光来。显然，你们更加强烈地意识到作家的社会职责和历史使命。因而，更为自觉也更加勇敢地、爱憎分明地去战斗，去暴露黑暗、歌唱光明，去干预生活，更去干预灵魂。

我的声音从来粗犷豪放，

诉说起人民的苦难好似烈火烧荒；

我的热情从来充沛浓重，

唱起幸福的新生活就像野马脱缰。

　　《日落时，歌声不会西沉》中的说书艺人小扎木苏的上述歌声，在一定意义上，也正是这时期你们的小说创作的写照。尽管你们的歌声并不都粗犷豪放，但你们对人民苦难的深切关注，你们讴歌幸福新生活的遏止不住的热情，在这时期的所有作品中，都给读者留下深刻的印象。十年动乱中人民的苦难、创伤和新时期人民迎来的欢乐、希望，共同编织在你们的艺术图画里；昨天和今天，悲剧和喜剧，丑恶和美好，卑鄙和崇高，都交集在你们的笔端。现实主义在你们的新作里，明显在深化。描写性格的准确和深刻，表现人物关系的复杂和典型，开掘思想主题的严肃与深沉，都比过去有大的长进。《积蓄》中那一对"位卑未敢忘忧国"的寒酸而爱国的中年知识分子夫妇；《错位的扣子》里"文革"中莫名其妙、因缘际会被提起来当县委副书记，如今却落魄街头、以缝补扣子为生计的令人为之嗟叹的女知青；《宝贝》中那过于受宠而性情乖戾、自私冷酷的宝贝女儿，都刻画得相当生动而又发人深思。至如中篇小说《春夜，凝视的眼睛》所着意塑造的女哲学工作者左丽，她早年下乡与后来牺牲了的牧民苏伦扎布在草原萌生的爱情，回北京成为哲学研究生后缺乏爱情的苦恼和终于决定"女追男"的勇敢，写来都入情入理，揭示了八十年代新女性怎样突破"门当户对"的传统观念的婚姻观，而把自己的命运牢牢地掌握在自己手里的具有典型意义的生活真实。这篇小说是抒情的、悲壮的，充盈着诗意却又让人为之肠断气振！从中，人们不仅看到新人的成长，也听到历史脉搏的突突跳动。《苦夏》是十足的现实主义佳作，把父母为子女考试的操心写得淋漓尽致，充满了人情味和世俗相，令人读来心灵为之颤栗！这种从小处着眼，对于社会普遍性问题的鞭辟入里的揭露，实为近年针砭时弊的小说中相当引人注目的。

《别了，蒺藜》这部十多万字的中篇，应该说，是你们继《土壤》之后的又一部精心结构、内涵丰富的作品。从母题上看，它似乎属于文学里非常古老的"弃妇"型。但小说里的女主人公盛小霞（盛夏）已非通常意义上的"弃妇"。在她身上伸展的命运，凝结着新的时代内容。这位作为知青上山下乡的少女，在那动乱年月与谢冬这样的高干子弟邂逅，又由于共同的爱好学习的志趣，互相爱上了，甚至发生了关系、怀了孕。然而，谢冬因父官复原职回城，上了大学，尽管他不是喜新厌旧的薄情公子，而是善良的真正深爱小霞的好青年，但他们的爱情之路也横亘着似乎不可逾越的障碍——谢冬把小霞接回家里，他妈妈却对小霞不感兴趣，连小霞情意殷殷、千里迢迢特意捎给她的土豆也不屑一顾。这位太太关心的是要给儿子找一个门当户对的、哪怕思想境界庸俗的媳妇，儿子与母亲冲突起来了；另一方面，盛小霞也完全不适应那种高干公馆规矩森严的豪华生活，在精神上她感到一种无形的威压，使她不得不回到乡下去。但是，即使她回到自己家里，腆着肚子的未婚姑娘也不堪舆论的凌辱和父母的见谅。

我不知道你们怎么构思的这个故事，是有生活原型，还是纯属乌有的虚构？但我感到这故事既真实又典型。如果故事仅仅到此为止，也许说不上你们有太多创造。因为类似的情节，这时期文学中已有不少人写过。何况这类悲剧古来多有。你们的高明之处在于把故事再往前推进，非但在古老的悲剧篮子里装进了崭新的历史生活内容，把矛盾冲突从个人品格脱开，升华到社会问题上来，尖利地揭露和抨击了至今仍在我们时代存在的"门当户对"的腐臭的封建传统观念；而且你们把盛小霞这个迹近"弃妇"的弱者变为新时代的强者，她只身回到乡下，在极其艰难的境况下不独把孩子抚养大，而且没有放弃学业，终于以优秀的成绩考上了大学。更有深刻意义的是，你们又为她设置了生活道路上的新的障碍，对于强者，生活总是苛刻的。她的录取尽管得到系主任郑教授的首肯，但在谢冬母亲"夫人外交"的压力下，校教学部黄副部长为了把名额留给谢冬的妹妹，却以盛小霞年龄过大又带个小孩为借口，拒绝她入学。这样便给读者揭开了作品的又一层内涵，把笔锋刺向广大群众所痛恨的现实不正之风。小说的结构也相当巧妙，开篇就是已成为大学教师的谢冬参加迎新，他认出前来注册入学的盛小霞。于是，整个记忆之瓶在谢冬心里打开了，往事如烟，由隐而显，一场场、一幕幕，历史的风云，情感的纠葛，社会的矛盾，家庭的冲突，纷至沓来。那小站的相遇，那农垦兵团的生活，那高干公馆的氛围和那些夫人、小姐之类的浅薄、无聊，自以为高贵，实则精神贫乏、令人恶心的种种表现……都写得妙极，活灵活现，毕肖之至！小说展开的细节、情节和人物，为读者构织成一幅绮丽而又悲怆，时空错位而又脉络分明，令人肠断而又意蕴深沉的画图。结尾煞在谢冬追到车站，寻找离去的小霞母子。他终于在小霞的女友小戴的柜台后面见到了自己的儿子。他不顾小戴含有怨恨的阻挡，把已经三岁的孩子招唤出来，紧紧抱在怀里。是的，此情此景，读到这里，铁石人也会潜然泪下。我非常欣赏这一段描写，既简洁，又抒情，像诗一样。整个情境的想象都十分真实动人！大团圆吗？不，你们又棋高一着，写下了这样的最后一段话：

就在不远的墙犄角后面，小霞全身淋湿了，躲在那里失声痛哭。

又是恼人的滂沱大雨、密密的雨帘，像那一次一样。肩上挎的还是那个发白的军用书包，里面装着刚从书店买来的数学教学参考书。不过这一次不是为了他，而是为了远在外地的自己的学生们。

刚才目睹了这一切，她多么想不顾一切地飞奔过去。几年来，一千多个日日夜夜，她不是也盼望过有这么一天！少女的热恋、妻子的钟情、母亲的慈爱，都在驱使盛夏忘掉过去的一切，从躲着的地方走出来，快走出来！只消往前迈动一步，谢冬就能看到自己！但，她还要想一想：现在尽管谢冬父母打发儿子来找她了，但她已经越来越清楚地意识到：她和谢冬之间存在着的差距，并不是一二个人态度的改变所能改变的。即使他们同意接纳她进入到那个家庭，她也不会幸福。因为那里的一套生活方式和待人处事的原则，她学不会。她又不愿意放弃自己的种种爱好、习惯和志趣。所以她还要冷静地想一想。可怜的小霞，拔除心中的蒺藜不那么容易，她除了柔情充溢，还有一点做人的尊严……

我不怀疑，这个结尾肯定是你们几经争论、深思熟虑后才定下来的。自然，这样处理，比廉价的团圆要好，盛小霞和谢冬的悲欢离合，确实不仅仅是个人情感好恶的问题，它反映了更深刻的社会问题。小说的这种结尾发人深思。它启迪读者去探寻这类社会问题的症结，去驰骋自己的想象，去追求人的尊严而鄙薄那凌辱人的尊严的一切。同时，也正是这样的结尾，给盛小霞这样美好、皎洁、坚强、自尊的女性形象，涂上了最后极有光彩的一笔。她鄙弃谢冬家庭那种难以忍受的氛围，她的自重和自尊之所以可贵，这其中固然蕴含着人民群众对某些高级干部家庭那种脱离群众的"贵族式"生活的严正不满和批评，并且还显示了在社会主义年代成长起来的新女性，由于能够自食其力而不必依附任何人，她对于维护人的尊严的觉醒乃属历史的必然。

在新时期文学中，人的重新发现，人的价值、尊严、权利的重被尊重，已成为文学思潮的有力组成部分。实际上这也是历史生活的必然性发展。共产主义作为解放全人类的学说，在一定意义上，它正是最彻底的人道主义。社会主义人道主义作为处理人与人关系的伦理准则，应是马克思主义不可分割的一部分。然而，十年动乱中对于人性的蹂躏、对于人的尊严与权利的肆意践踏，使社会主义遭到极大的损害和扭曲。因而，粉碎江青反革命集团以后，特别是党的十一届三中全会以来，重新确立社会主义人道主义的伦理原则，便成为重建社会主义精神文明的一项重要而迫切的历史任务。许多作家在自己的作品中都为此发出呼吁。你们把《别了，蒺藜》的整个构思，提到维护人的尊严的思想高度，把自己的声音加入确立社会主义人道主义的历史召唤中去，这不但是适时的，也是体现了历史卓识的。我以为，盛小霞和谢冬在一定条件下还可能结合，他们并非注定要分离。当然，也可能从此各奔东西。你们把结局留给读者去想象，也就是把问题留给读者去思考，这确实比写出肯定性的喜剧或悲剧的结局为好。

文学创作最富个人的印记。因为作家不是像照相那样去再现现实生活，而是通过自己独特的感受、独特的摄取生活的角度去把握和提炼素材，并且又充分发挥自己独特的禀赋、才情、气质，去剪裁构思、敷墨陈彩。它确实是一种独特的创造性精神劳动。在这样的劳动中，两个人合作是不易的。在文学史上，两人合作而获成功的作品便相当罕见。而你们两口子却成功地进行了合作，这固然说明你们有共同的志趣，也说明你们的艺术才能和风格并非彼此扞格，相反，由于共同的生活信念和艺术追求，彼此扬长补短，相得益彰。夫妻作家共同合作，源源不绝地创作出一系列作品，这在当代文学史上便是佳话一桩。听说达理也是夫妇两口子，他们也是北大毕业的，岂非北大的光荣么！

在普陀，适逢《啄木鸟》编辑部在这里举行笔会，承蒙于浩成同志的邀请，见到了古华、中杰英、朱春雨、张昆华、冯苓植、竹林等许多作家和我们的同行雷达。相谈之下，作家们都说创作越来越难。近几年我国文学引起了全世界的注目。许多作家的作品，包括不少青年作家的作品，被先后翻译到国外去。中国文学正在大步走向世界。那么，拿出什么样的作品去满足我国人民和世界人民的需要？这不能不是作家们所要思考的。搞创作的同志都想突破前人，突破自己，没有思想和艺术上的突破，在浩如烟海的文苑中，确有湮没的危险。你们恐怕也会有同感吧！但我以为，突破又必须顾及自己的基础，顾及固有的传统。就你们的创作而言，我希望首先在题材方面要进一步突破。固然，每个作家难免都有自己耕耘的特定领域。不过，这领域应该可以扩大。小钰虽仍在大学任教，必定要分出不少精力于学术，渐成已成专业作家，条件要更好些。但你们毕竟都还年富力强，应积极地寻找一切机会去扩大生活面，特别是要多见识目前各条战线的改革及其使人们精神世界产生深刻变化的沸腾生活。文学的题材虽然什么都可以写，但一个作家如果要使自己的作品成为时代的真正的镜子，就不能忽视当代生活中的主要矛盾和冲突，不能忽视千百万人普遍关心的重大社会问题。你们一向对新的生活、对历史前进的脉搏跳动具有高度的敏感和激情，这是十分可贵的。它使你们有极好的主观条件去开拓新的生活领域，去发掘新的具有重大意义的题材，去告诉全世界：八十年代的中国人是怎样生活和希望怎样生活的。

其次，我以为你们要继续把典型人物形象的塑造放在艺术追求的第一位，特别是在你们所熟悉的草原牧民和知识分子群中，要发掘出更多具有历史深度的典型人物来。魏大雄、辛启明、盛小霞以及左丽等，都是你们的发现和创造，是属于带有作家独特纹章印记的典型形象。一篇作品哪怕是写好写深写活一个人物，让读者过目不忘，那就是成功的。小说固然要触及社会问题，但小说家的主要笔力恐怕还是要放在人物刻画上。人物及其相互关系，其本身就带着社会问题。把人物写深刻了，对社会问题的反映也就愈见深刻。你们有的作品，立意虽好，但人物下功夫不够，因而给读者印象不深。按说，你们是完全有条件把人物写好的。

再次，艺术表现方面不妨思想更解放些。《土壤》和《别了，蕨藜》等作品，在艺术上皆有创新。但你们基本上还是沿着现实主义的视角去表现生活。虽然你们笔下的现实主义已是富于革命理想和激情的革命现实主义。不过我觉得，艺术的天地理应更广阔，现实主义也应更开放。八十年代的中国处于全方位开放的态势，中西文化的交汇必将撞击出远比五四时期更加灿烂耀目的火花。在艺术方面也如此。我并不主张作家一定要效法卡夫卡的怪诞、效法马奎斯的魔幻现实主义，或者一定要写意识流、生活流，把现代主义的种种都加以模仿。只是我觉得艺术尽管应该反映现实，却不能要求它等同于现实。作为人类的美的创造，文学艺术也是作家作为创作主体的对象化的产物。艺术和文学都决不应只限于按照生活的本来面目去再现生活，而应该继承、融汇和发展人类业已创造的种种艺术表现手段，去创造出新的美、新的给人留下难忘印象的艺术形象。因而，在艺术表现方面，你们还不妨作更多更大胆的探索。当然，这样做时，我也希望你们继续保持对于优美风格的追求，并适当考虑到不同民族文化心理机制的对应。

文艺理论有所谓"悖论"之说。实际上曾在美国出现过的"反文学"观点，近年也见诸我国文坛。文学观念正在演变，正向多元化发展。点化文学"回归自然"者有之；倡导文学"寻根""溯古"者也有之；还有主张小说可不写典型和性格，只写人的情绪与心态；更有断言文学应远离政治，写些身边琐事、地方风土或最具恒久性的稳定题材如男女爱情之类才是上上等。与这些新说相比，我的某些见解也许会被人视为"陈旧"。不过文学观念既在多元化，我的想法也不妨添为一"元"！

这封信真是够长了，仿佛信马由缰，在草原上游荡一样，想到哪里便写到哪里。作为率直的读后感，用信息论的话来说，也算是你们创作的一种信息反馈吧！老同学当不会见怪。窗外的树丫上，有两只松鼠正在追逐、跳窜，隐现于茂密的枝叶之间。而天风海涛，海涛天风，仍然如鼓，如钟，如千军飞突、万马奔腾……就此搁笔，遥致南天的敬礼！并祝你们今年在文学创作方面获得更丰硕的成果！

紧紧握手！

张　炯

1985 年 7 月 30 日

（原刊于《钟山》1986 年第 6 期）

"土"与"洋"
——试析四篇当代中国小说里的一个常见的主题

林培瑞 (Perry Link)

"土与洋",这题目有点太大了吧?

"土"——乡土的,传统的,中国的;"洋"——外国的,现代的,城市的,在二十世纪中国历史的广阔道路上,攻守交互,两相撞击。事实上,这不但是中国的问题;许多在发展中的国家,或被帝国主义侵略过的国家,都面临这个问题。在中国,也不但是现当代的文学家经常关注的一个主题,而且是自鸦片战争以来,近一百五十年间的整个中国思想史面临的一个头等重要的问题:如何面对西方的进入?如何对付"洋"的威胁?从十九世纪末"洋务运动"的主要人物张之洞提出"中学为体,西学为用",再到"五四"以后胡适的"全盘西化"(但同时"整理国粹"),鲁迅的"拿来主义",一直到1949年以来毛泽东的"古为今用,洋为中用",十年"文革"的批判"封、资、修",以至1983年间的"清除精神污染",最近中国知识界的"文化热",李泽厚提出"西学为体"引起的广泛争论，等等，几代人关心的大致是同一个问题。这个大问题，不但政治领导人在意，知识分子热衷，而且中下层的都市居民、平头百姓似乎也都在关心。就我过去的研究范围举例，在主要是面对都市平民读者的鸳鸯蝴蝶派小说中，从徐枕亚的《玉梨魂》（1914）到张恨水的《啼笑姻缘》（1930），中间常常贯串着这样一个"三角恋爱"的故事：一个男青年，面对两个或许能成为对象的女性：一个新派，一个旧派。故事的主旨常常是怎样认识新派新潮，主人公的最后选择却往往是旧派的女性。这一类的鸳鸯蝴蝶派小说，至少潜藏了这样两个大的历史内容：第一，用现代语言来说，它本身就是平民百姓用以认识"新派"、认识"洋"的一个"信息渠道"；第二，如果把它整个看成一个隐喻，故事里的男青年即是中国，男青年的选择即是"中国向何处去"。

于是，这个问题之大，令人不禁想进一步把它引申到诸如"传统与现代化""民族性与西化""革新与保守""封建与革命"等博大精深的话题上去。但是，在本文的讨论中，笔者不打算在"土""洋"之间加进任何道德褒贬的含义；对"土"与"洋"的概念解释，也不打算采用如上述的引申义，而乐意采用更为"本色"的（本体性的），在中国人日常生活中约定俗成的"理解"。即"土"，一是指"当地的""本土的"——如"土人""土话"等；二是指"落后的""不开化的"——如"土包子""土政策"等；三是指与"洋"作对比的事物——如"土布"（中国产的布，与"洋布"作对比）、"土博士"（中国培养的博士，与"洋博士"作对比）等。"洋"，一是指"从外国来的"——如"洋火""洋葱”“洋人”等； 二是含有“漂亮的”“时髦的”“现代的”意思——如“摆设很洋”“写法很洋”等；三则带有某种“虚假的”“油滑的”“不可靠”之意，如“洋派”“洋玩意儿”“假洋鬼子”等。

囿于见识与资料来源，本文准备采取“解剖麻雀”的办法，只选取张贤亮的《灵与肉》，汪浙成、温小钰的《积蓄》，王蒙的《夜的眼》，古华的《爬满青藤的木屋》这四个当代短篇小说，试图分析：围绕“土”与“洋”这一主题，中国作家们各各采取了怎样一些认识角度？表现了哪些方面的现实关注？可以从中提出一些什么值得探究的问题？

张贤亮的《灵与肉》（后改编为电影《牧马人》）是一个为人熟知的故事：一个在外国发了财的“洋”父亲，回中国接他的在边远农村劳改了十几年的“土儿子”，出国去继承产业，其中引发的种种思绪、种种对比。本文的分析之所以从《灵与肉》开始，是因为小说中关于“土”与“洋”的描写，对比得最强烈，主题意识也最鲜明——虽然有点过于“罗曼蒂克”——文中的穷与富、都市与乡村、中国与外国、“灵”与“肉”随时随地都有着黑白分明的“反差”对比。让我试从四个方面去举例剖析：（1）“土”，即是朴素，简单；“洋”即是阔气，有排场。同时父子俩带的小袋子，许灵均的是“人造革提包……里面装着他的牙具和几个在路上吃剩下来的茶叶蛋”；许文的是“三Ｂ牌烟斗，摩洛哥羊皮的烟丝袋，金质打火机和镶着钻石的领针”。（2）关于“美”的对比。“土”的美是自然的美，真实的美，“清晨，太阳刚从杨树林的梢上冒头……他骑在马上，在被马群踏出一道道深绿色痕迹的草场上驰骋，就像一下子扑到大自然的怀抱里一样”。“洋”的美则显得不自然，虚假，甚至好笑：密司宋"红黑相间的丝衫衬上罩了件淡紫色的开襟毛衣，下面配了一条灰色薄呢裙子。经秋天的阳光蒸烤，素馨花的香气更浓烈了"。"有几对男女跳起奇形怪状的舞蹈……面对面像斗鸡一样互相挑逗……就这样来消耗过剩的精力"！（3）灵魂上的深浅对比。"土"是有"根"的，精神上是很有深度的："只有秀芝栽的两棵白杨树高耸在一片土房子的屋顶上面，静静的，一点也不摇曳，仿佛正对她全神贯注地凝望着一样"。"洋"的虽然漂亮，有吸引力，但没有根，很"隔"——虽然"掀开了一个广阔的世界"，但却是一个"陌生的"、不可理解的世界。（4）精神上的愉悦感的对比。"土"是家，是你向往的地方；"洋"不是家，会令人觉得不自在。"放牧员给他带来了那么熟悉的、亲切的感觉，和跟父亲与密司宋在一起时所有的那种压抑感迥然不同"。

在以上四个层次的对比描写中，《灵与肉》隐约地对"土"生活和"洋"生活表露了一个双方面的理论：看起来舒服，应该让人高兴的"洋"生活，实质上不是很愉快的。相反呢，"土"生活虽艰苦和穷困，实质上是最会带来精神上真正的愉悦与充实。"在和风、和雨、和集结起来的蚊蚋的搏斗中，他逐渐恢复了对自己的信心"（笔者注意到，这是当代中国作品中一个相当普遍的观念，如孔捷生的《南方的岸》、王安忆的《本次列车终点》、张承志的《黑骏马》，都有类似的情绪流露）。

应该怎样理解这种对"土"生活、"洋"生活的"理论"呢？是反映客观现实呢，还是要阐明一种作者认为正确的人生态度呢？笔者在中国农村住的经验很有限，没有资格从自己的经验出发，但是，跟中国农村的"土"吸引力对称的，不能不承认现代都市对人们的吸引力。不管是在 1949 年以前或以后，上海、天津、香港等城市的人口一直在向上；"文革"后，被下放的知识分子都争着想回城。假如搞一个民意测验，看有多少住在农村里的人认为"和风雨、蚊虫搏斗才是真正愉快"，不知道百分之多少会投赞成票？中国农村的客观现实，《河的子孙》《绿化树》《肖尔布拉克》的作者张贤亮先生当然是很清楚的。我想他写《灵与肉》的目标，不是要给我们报告一般人的态度，而是要向一般人的日常看法挑战。一般人更看重物质现实，而不看重精神灵魂——作者的目的，是描写"应该怎么看"，而不是"通常怎么看"。在这里，作者的道德褒贬是鲜明的，结论也是明确的：在"土"与"洋"之间，作者给予主人公（也包括读者）的只有一个抉择：或去或留，非黑即白，非此即彼。

把《灵与肉》这个明晰的道德结论与汪浙成、温小钰的《积蓄》作一个比较，是颇为耐人寻味的。与《灵与肉》相比，《积蓄》不是一个为人熟知的作品，但故事的架构仍旧是中国小说读者所熟悉的：一个女大学生，面对两个男同学的追求，一个"土"（搞唐诗研究），一个"洋"（有华侨亲戚，后出国）。女大学生选择了前者。若干年之后，"洋"学生作为外国学者回中国旅行讲学。夫妇俩拿出了全部积蓄（六十元）招待他吃了一顿饭，"这个客请不请，却关系到我，一个中国知识分子的体面，关系到我们的荣誉和自尊。为了我们国家的'国格'，我不能没有这点自尊"。然而，积蓄花完后，夫妇俩却为此发生了一场冲突："'我——我没出息？我是没——没出息！那你当——当初，为——为什么不——不跟江文浩走——走呢？'如莹呆住了。她浑身哆嗦，用陌生的眼光盯视着我。半晌，把抓在手里的孩子朝我这一边一推，掩住脸，冲出门去……"

《积蓄》中把是否请"洋"学者（仍旧是华人）吃一顿饭，上升为"国格"问题，至少我们外国读者会觉得有点牵强突兀。但是，《积蓄》较之于《灵与肉》，提供了对于"土"与"洋"的抉择上一个更为现实主义而多面的认识角度。本来，从主题需要出发，《灵与肉》所强调的"理想目标"（"土"的精神的需要高于"洋"的物质需要）是无可厚非的，但是，它对于"土"的、艰困的现实所作出的毫无困惑的结论，所表现出来的"神圣的"满足感，却漠视了巨大而严酷的世俗现实所提出的问题。——《积蓄》正视了这个问题，并写出了主人公面对这个问题的一些困惑。作者没有简单地对"土"与"洋"作出褒贬结论，而是正面写出了"洋"学者、同辈人江文浩在物质上（包括事业上）的成功，对于这一对"土"夫妇在精神上、心理上造成的压力。固然，女主人公并没有后悔自己当初的抉择（这一点是与《灵与肉》相通的），小说的长处在于并没有交给读者一个简单的、非"土"即"洋"或非"洋"即"土"的答案，也没有图解一个理想、一种观念。如果套用前面对于《灵与肉》的分析，《积蓄》是着力写出了"通常怎么看"，而引导读者去思考"应该怎么看"，却把结论与答案隐到了文外的。只是，小说结尾出现了一个出来调解家庭矛盾的"党委书记"，显得多余，似成蛇足。

王蒙的《夜的眼》与古华的《爬满青藤的木屋》（以下简称《木屋》），与上面两篇小说的不同特点，是把"土"与"洋"的对比思考引到中国本身的社会环境之内。代表"土"与"洋"的是中国人生活的两面：《夜的眼》是"土"的人（从边远小镇来的人）到了"洋"的环境（大

都市);《木屋》则是"洋"的人 (城市青年) 到了"土"的环境 (山林)。

与《灵与肉》《积蓄》相似,王蒙在《夜的眼》中写出了"土"与"洋"的巨大差距。引小说的第二段:"大汽车和小汽车。无轨电车和自行车。鸣笛声和说笑声。大城市的夜晚才最有大城市的活力和特点。开始有了稀稀落落的,然而是引人注目的霓虹灯和理发馆前的旋转花浪。有烫了的头发和留了的长发。高跟鞋和半高跟鞋,无袖套头的裙衫。花露水和雪花膏的气味。……一个边远的小镇,那里的路灯有三分之一是不亮的……但问题不大,因为那里的人大致上也是按照农村的日出而作、日入而息的古制而生活的……人们晚上都待在自己的家里抱孩子,抽烟,洗衣服,说一些说了就忘的话。"

笔者注意到,在这篇很难复述情节、主要是一个"土"地方的人在都市夜晚的内心独白的小说里,篇幅不长,主人公来自"边远的小镇"却重复了九次之多。"土"与"洋"的对比是无处不在的,"这么多声音,灯光,杂物都堆积在像一个个的火柴匣一样呆立着的楼房里;对于这种密集的生活,陈杲觉得有点陌生,不大习惯,甚至有点可笑。……在边远的小镇晚间听到的最多的是狗叫,他熟悉这些狗叫熟悉到这种程度,以至在一片汪汪声中他能分辨哪个声音出自哪种毛色的哪只狗和它的主人是谁"。同样是对于"土"的熟悉,对于"洋"的陌生。直到主人公走进了"洋"屋子之内,"只有床头柜上的一个装着半杯水的玻璃杯使陈杲觉得熟悉、亲切,看到这个玻璃杯,就像在异乡的陌生人中发现了老相识"。写出了"土"与"洋"的强烈反差之中一个微妙的结合点,一种微妙的心理反应 (笔者很喜欢这个"玻璃杯"的细节——王蒙小说中常常有这种似乎是不经意的，却别致、含有深意的"闲笔"）。

表现在《夜的眼》中，和"土"与"洋"相对应的主导比喻，则是"羊腿"与"民主"。来大城市一周，陈杲到处听到人们在谈论民主，在大城市谈论民主就和在那个边远小镇谈论羊腿把子一样"普遍"。但总的来说，城里的年轻人谈民主都有点太抽象、太茫远、太理想化了（这一点倒有点像《灵与肉》里描写"土"的美一样）。陈杲考虑："这个会上的发言如果能有一半，不，五分之一，不，十分之一变为现实，那就简直是不得了！"反过来，边远人的"羊腿"言论都非常具体、实在、迫切。（要是说《灵与肉》里的"灵"就是"土"，那《夜的眼》里的"土"也包括"肉"。）陈杲对民主与羊腿的结论是："……但是民主与羊腿是不矛盾的。没有民主，到了嘴边的羊腿也会被人夺走。而不能帮助边远的小镇的人们得到更多、更肥美的羊腿的民主则只是奢侈的空谈。"在这里，"羊腿"与"民主"平行地摆到了读者面前，显得同样重要。如果说，《灵与肉》中表现出一种"非洋即土"的主题意识，《积蓄》中表现的是一种直面"土""洋"差距时的困惑，《夜的眼》中所着意的，则是一种"亦土亦洋""土洋兼容"的旨意。如同其他涉及"土"与"洋"抉择主题的中国小说一样，《夜的眼》也把"中国向何处去"的大主题隐在文外，引导读者去思考。引导读者思考的问题，与其说是"土"与"洋"孰优孰劣的老问题，不如说是"温饱"与"民主"孰先孰后（或怎样同时追求）的问题。这问题显得更实际一点。

《夜的眼》和古华的《木屋》都把"土"与"洋"引到中国边境以内，把它看作中国生活的两部分。但《夜的眼》的主人公陈杲对于"土"总是感到更舒服，更顺心，更偏于对"土"的乡情、乡风、乡俗的价值认同。而在《木屋》中，作者似乎更偏于对"洋"——对于现代文明的价值认同。

《木屋》里头，代表"洋"方面的人物是"一把手"。城市知青，读现代书，懂科学，还有一个神秘的"黑匣子"（收音机）。在作者笔下"古老幽深的森林腹地——绿毛坑"里，是这样一个"一洋二土"的鼎足局面。盘青青与王木通夫妇分别代表着两种"土"——盘青青是自然、纯真、清新的"土"，王木通则是冥顽、愚昧、保守、落后的"土"——"土豪""土皇帝""土霸主"的"土"。"王木通冷笑着说：'我是老粗，他可是个老细！如今这世道就兴老粗管老细，就兴老粗当家！你李幸福（"一把手"）嘛，莫要忘记领导放你进绿毛坑，是来接受教育、改造的！'说着他晃着粗大的身坯走开了。脚下咚咚响，仿佛一步能踩出一个坑来！"在这个王国里，"土"（封建愚昧）不但是"洋"（现代文明）的主宰，更是凌驾于"土民"们（盘青青、小通、小青们）头上的太上皇。王木通可以"安内攘外，双管齐下"，为所欲为。但同时，他一直感到"一把手"对他的威胁（因此得"攘外"）。如同一切古今中外的政治独裁者一样，王木通对外面是格外敏感的。但，对"洋"的进入，王木通在小说里只代表一种"土"的反应。代表另一种"土"的盘青青，对"洋"的态度是完全不同的——开朗，感兴趣，想认识。小说中有一些句子能够同时反映这两种对"洋"的"土"看法。例如盘青青帮"一把手"洗衣服时："背着男人替另一个后生子做了件事，这算生平头一回。每个人都有这种使人浑身颤栗的头一回。"从"土皇帝"王木通的角度看，这是一种叛逆，一种"卖国"；从"土民"盘青青的角度看，一样的动作却是一种觉醒，一种解放。

《木屋》贯穿着不少允许多层次的理解而且发人深省的好句子。当年鲁迅喜欢把旧中国比喻为"铁屋子""黑屋子"；古华的小说里的"青藤""木屋"也就可以看作是封建积习重压下的中国的象征。那场骤起的山火（虽艺术上有点太突然，太情绪化）则是"文化大革命"的一个显明的隐喻。"山火"当中，盘青青与"一把手"这一对"土""洋"结合的精灵飞走了，失踪了。（熟悉中国佛教神话的读者还可以联想到"凤凰涅槃"的故事：凤凰被烈火焚毁，却在焚毁中获得了新生。）对"土"和"洋"的问题，作者的结论似乎是：只有"洋"的力量与"土民"的觉醒拧结在一起，"绿毛坑"里才可能出现真正的新生的契机。［这个答案还可以借用"三角"关系去理解。上面提到鸳鸯蝴蝶派和《积蓄》里的三角恋爱故事，固然不一样，但相同的一点是：做选择的人物最后选的都是较"土"的对象。但"瑶家阿姐"盘青青，同样面临着一个"土"（王木通）与"洋"（一把手）的抉择，却抉择了后者。］

代结论

作为一个"洋鬼子"学者，去分析中国小说中的"土"与"洋"，似乎很有一点"自投罗网"的意思。"土"与"洋"这张罗网实在太大，恐怕任何结论性的评价在本文中都将是吃力不讨好的。那么笔者不妨提出几个疑问就教于方家，以取代"学术八股"中必不可少的综述、总论吧——

（1）即便从四篇小说看来，"土"与"洋"都并非只是简单的两极。

"土"有不同意义的"土","洋"也有不同类型的"洋"。那么，从大的方面说，中国一二百年来面临的多方面、多层次的这个大问题，是不是"土"和"洋"（或任何的两极）能够包含的呢？人们（"人们"包括中国朋友，也包括外国人）常常习惯于把复杂的问题一刀切成两端："中"与"西"，"传统"与"现代"，"封建"与"革命"，"左"和"右"，"保守派"与"改革派"，等等。前几年还有"革命派"和"反动派"，"好派"与"屁派"等。但自始至终现实都是多面的；"两极"观念够丰富吗？（当然，笔者也许应该带头自我批评："土"与"洋"的选题似乎也支持"两极化"吧？）

（2）尽管"土"与"洋"是一个可以成为对比的两极，但，是否一定是一个相互矛盾、不可兼容的两极？一个完全的"另一个世界"（见《灵与肉》)？（笔者更喜欢古华和王蒙的分析："土""洋"的对比不应该被认为是"你死我活"的矛盾——假如可以成为一个对比的话。毋宁说"土"与"洋"其实相当于人性的基本需要；为了满足这两个需要，似乎也得保持平衡。"土"得太多要"洋"，"洋"得太多要"土"。盘青青向往"一把手"经历的山外世界，但洛杉矶的居民每到周末都要到山里露营；沈从文的小说专写湘西土中国，读者却是大城市知识分子；中国农民认为白面才是"细粮"高级品，美国市民则认为杂粮黑面包更加可口喜人……例子不胜枚举。）

（3）与上题相关——假如"土"与"洋"的对比成立，这种"土""洋"的抉择是否只是中国（或者发展中国家）特有的问题？抑或是全人类共同存在，所有国家所有民族随时都要面临的问题？因此，关于

"土"与"洋"的讨论（或者包括所有可以称之为"问题"的讨论），是"内外有别"抑或是"内外无别"？

——恭候指教。

（原刊于《文艺报》1986 年 11 月 22 日）

林培瑞

美国汉学家。1976 年获哈佛大学东亚语言博士学位。加利福尼亚大学洛杉矶分校东亚文化系中文教授。

乐为人民鼓与呼
——评获奖中篇小说《苦夏》

马遂英

　　汪浙成、温小钰合著的《苦夏》，描写的是涉及千家万户的学生升学考试。作者站在时代的高度，严格忠于生活，攫取、提炼了生动的典型情节，创作了耐人寻味的作品。作者怀着火扑扑的心，真诚地看取生活，以艺术家的勇气，暴露了当前升学考试中尚存的某些问题。在提出这些问题时，作家是把生活作为一个整体来考虑的，是以客观的、冷静的态度去分析的，是为了进一步引起社会的广泛重视而展现的。

　　《苦夏》以敏感的触角接触了很多问题，但由于作家是以风趣、幽默的笔调来抒写的，写出了一幕幕"喜剧中的悲剧"，所以丝毫没有压抑、郁闷的感觉。人们往往在轻松地笑过之后，去回味、思索它深沉的内在意义。

　　作家没有仅仅停留在对某些社会现象的反映上，而是透过这些生活表面现象，勾画出各种人物在竞争中的不同表演，从而表露自己鲜明的爱憎。他们希望自己笔下的人物"那些琐琐碎碎的烦恼，可叹又可气、可笑复可悲的经历能够为人知晓，引起关注与沉思"，却并没给人物涂上虚伪的色彩，掩饰他们的弱点乃至错误。由于作家对知识分子的生活十分熟悉，对他们的困难和苦衷有深切的了解，所以对沈金一一家在竞争中的遭遇和不幸，写得有声有色，字里行间流露出同情和叹息。作家努力执着地追求率真的美，严格地以生活的逻辑和人物性格的逻辑进行描绘。作家的笔下，沈金一夫妇是两位好老师，他们在自己的岗位上发挥着中年知识分子的重要作用。就是在孩子们考试的这段生活中，他们也在不断走向新的认识。老沈买鱼受伤后，他由家乡的翠竹联想到考试弊病造成的人才浪费，决定向上级反映；邻里的孩子高考前突然生病，老沈夫妇帮着忙乎一早晨，竟忘了给自己的孩子带"准考证"；杜萍在儿子考试前一天，为了寻找她的学生，整整用去大半天时间，又拿出钱留给学生的家长。这些，都是他们主导思想的展现。而客观现实，又造成了他们的自私自利。对此，作家则又给以必要的揭露和批评。为了孩子，他们或完全扔下了工作，或把私事都挤入"八小时之内"，这已是错误的，而在教育子女时，以不好好学习就去"当临时工"相威胁，甚至为了孩子的利害，不顾道义上的是非，反对重考，就更是私心的爆发。然而，这是对他们思想历程的真实、客观的刻画，不如此，人们看不到他们关乎自己切身利益时心理上的矛盾、思想中的反复，不会相信这人物存在的真正价值。作家正是通过揭示他们的自私自利带给子女的危害、带给工作的影响，阐明了自己的观点："要进步，要鼓励先进，就不能没有竞争。可我们是在社会主义条件下的竞争，要讲道德、讲原则。"

诚如作者所说，在作品里，他们"写的是问题，但着眼点还是在人物"。他们致力于人物塑造，把笔触伸向人物的心灵深处，沿着人物性格发展的轨迹刻画，展示了对人物的理想观念。佳佳是一个生活的弱者，她只能以沉默咀嚼失败带给她的苦果。因而她需要赶快订出切实可行的计划，去改变那种状况。华华刻苦用功，也叩开了重点高中的大门，但他冷酷、自私，这正暴露出对这"思索的一代"如果听之任之，不正确引导，"就会造成一批只顾自己、对其他一切都漠不关心的利己的年轻人，它将深刻地影响到我们的社会"。而玲玲则是作者寄寓着希望的人物。她盼望着去做大自然中"愉快的夏天"的宠儿，也能在哥哥的"威逼"下刻苦地学习，当没人给爸爸送饭，她又能"鼓起勇气"，去出"远差"。在升学考试中，虽然遇到意外的事件，她却考得了好成绩。父母的满意，并没使她坦然，她看到了大多同学哭哭啼啼，认为"光一个人好有什么意思"，无私地提出了重考的要求。在现实这张严肃的"试卷"上，她取得了更好的成绩，在品格、意志、道义和风格上，首先及格了。作家从对比中展示了人物的思想境界，从玲玲身上我们看到了未来与希望。

　　作家乐为人民鼓与呼。经过这次评奖，《苦夏》必然会引起更多读者的注意，产生更广泛的影响。

（原刊于《内蒙古日报》1988 年 4 月 10 日）

马遂英

曾任内蒙古自治区《实践》杂志编辑部主任、编审。

也说"土壤"

李红梅

在 1990 年岁末的文代会上，获悉作家汪浙成和温小钰的小说《苦夏》《土壤》成为获奖作品。发表于 1980 年的《土壤》，表现了中年知识分子坎坷曲折的生活经历以及他们之间不同思想的交锋。汪浙成在谈到《土壤》时，向大家简述了一个故事。

他们在内蒙古生活的时候，温小钰的一个获释出狱的学生来看望他们（他因错案而入狱）。出狱后的学生没有了以往的开朗和健谈。他沉郁地向老师叙述狱中的经历和见闻。当时，他和一个年轻的死囚被关在死囚牢房里，死囚绰号青头，长年剃着泛青的光头，性情冷酷暴戾。极刑宣判后似乎并没有影响他的情绪。一次，青头在监狱里捡到一本破杂志，没有封面，一篇小说开始的几页也被撕去。在临上刑场的前几天里，青头百无聊赖中读起这本杂志，读完后，青头无言地沉默；临刑的前夜，他突然对同室的伙伴说：如果我早一些有机会读到这样的书，也许不会有明天的结果，那本小说，不知道有怎样的一个开头？……死囚青头，记挂着小说未知的开头，走向了刑场。

温小钰那出狱后的学生，四处查寻，最后发现，青头读到的小说就是老师的作品《土壤》。

文学的使命、作家的责任，这些无数次被讨论过的话题，却在这样一个边远的城市，这样的一个夜晚，被表达得如此深刻。那个学生的叙述，永远地留在了汪浙成夫妇的记忆里。

人们天性中那些闪光的东西，常常被生活的现实无声无息地湮没。汪浙成只是希望他们的作品能唤起人们内心深处所有美好的情愫。

汪浙成和温小钰的作品，来自他们生活的土壤。从北大的未名湖畔到内蒙古的风雪草原，从美丽宁静的西子湖畔到汪浙成的老家奉化，从他们这一代知识分子磕磕绊绊的生活到人们心灵深处的世界，哪儿都有他们对生活的记述和思索。

《土壤》中广袤瑰丽的大漠生活，融入了他们自身的经历和感受，每行文字中透出来的都是对生活的热爱和投入。几十年的艰辛辗转，使他们拥有如此丰富的人生经历，也就拥有了像《土壤》这样一部又一部的成功之作。生活无限，创作无限，愿汪浙成和温小钰在新的土壤里有更大的丰收。

（原刊于《联谊报》1991 年 3 月 29 日）

李红梅

曾任中国政协杂志社社长，人民政协报社社长，中国政协文史馆馆长、研究员。

汪浙成温小钰小说论

沈文元

他们是一对夫妇作家。还在北京大学学习期间，就各自发表作品了。

二十多年来，他们或合作，或单写，先后出版的集子有《大兴安岭人》(剧本)、《第三碗奶酒》(短篇小说集)、《土壤》(中篇小说集)、《别了，蒺藜》(中短篇小说集)、《草原蜜》(散文集)、《心的奏鸣曲》(中篇小说集)等。其中，中篇小说《土壤》和《苦夏》曾获得第一、第二届全国优秀中篇小说奖。近几年发表尚未收进集子的还有五六个中短篇。此外，他们还写有报告文学和数十篇文学评论。温小钰还搞翻译，曾与人合作翻译出版长篇小说两部。仅从上述篇目，已可以看到他们的勤奋、才华以及长期艰苦耕耘所结出的丰硕成果。

纵观汪浙成温小钰的创作(这里主要谈他们的小说创作)，给人的突出印象是：坚持从生活出发，并敏锐地把握时代前进的脉搏；具有自觉的历史使命感和社会责任感；牢牢立足于革命现实主义基础，同时，艺术上又"尽量开放、尽量多样、尽量活跃地吸收和改造各种表现手法"(见《草原蜜》)。

生活，是全部创作耸立于其上的基石

如果将他们大学时代发表作品算作创作准备期的话，那么从 1962 年开始到"文革"前，则是他们创作的处女期。

发表在《上海文学》1962 年 10 月号上的《小站》是他们的第一个短篇小说。此后，又陆续发表了《苏林大夫》《妻子同志》《白云之歌》《琐屑的故事》和《喧闹的牛耳河》等短篇小说。其中，《白云之歌》使两位年轻作家开始为文艺界所瞩目。这些创作处女期的作品，虽然从创作思想看，显得天真和单纯，艺术表现上也还难免稚嫩，但都有浓郁的生活气息，"响彻所有这些作品的主调，无疑是昂扬的，奋发的，可以说，每篇小说都是对于社会主义时代新的生活和新的人物的衷心赞歌，也是对祖国大自然的热烈颂曲。"（见《钟山》1986 年第 6 期）。

然而，这些作品在"文革"中却被批判为写"中间人物"。从此，他们被迫搁笔了。但对于一个作家来说是没有可以浪费的时间的。在那个窒息创作生机的年代，他们仍然注意积累生活，积累感情，注意观察、分析种种的人和事，有意识地做着收集、积聚、贮存和孕育的工作。

历史新时期的到来，给汪浙成温小钰的创作带来了转折性的变化。经过长期的酝酿、积累，随着十一届三中全会获得的创作上的新生和解放，他们的"思想敞开了，情绪涌现了，储存的形象释放了"（见《草原蜜》），他们的创作出现了第一次"井喷"。这第一次"井喷"的标志就是创作了异峰突起的力作、他们的第一部中篇《土壤》。

几乎与《土壤》同时或先后发表的还有短篇《白沙杏的故事》《日落时，歌声不会西沉》《积蓄》《错位的扣子》《宝贝》等。这些作品，虽然题材各异，切入生活的角度不同，但都真实、深刻地反映了新时期的生活。如果说，两位作家创作处女期的作品将生活看得过于单纯，过于透明，那么经过十年动乱，生活的进程和思想的磨砺，使他们向着更深刻、更成熟的境界进取，他们努力通过自己的作品反映出生活本身的复杂性和多面性，而不再满足于对错综复杂的社会生活作简单化的认识和表现。

两位作家在完成《土壤》的写作、出现第一次"井喷"之后，意识到今后的"喷发"要比第一次困难得多，而要获得新的力量，必须在生活和艺术上有新的积累。于是，他们给自己作了一个所谓"徘徊"的安排：先不忙写早已孕育着的重大题材，而"用自己身边眼前的生活材料，所快所痛的人物事件，所忧所思的社会矛盾"，写一些中短篇，再寻找新的喷发口。

其实，在这所谓"徘徊期"中，他们的创作无论在思想还是艺术上都有明显进展，现实主义在明显深化。这一时期最早的中篇《别了，蕨藜》《苦夏》《春夜，凝视的眼睛》等，或者尖锐地触及时弊，为教育和培养下一代发出呼吁；或者探讨社会主义的道德伦理，肯定人的价值、尊严；或者塑造理想的新人，追求思想的自由和哲理性。在这些作品里，他们更有意识地作了一些艺术表现方法上的学习和试探。这些学习和试探，更使他们的作品让人耳目一新。

然而，艺术表现上的摸索新路，在他们看来，仍不能根本解决问题。他们认识到，指望出现第二、第三次的"井喷"，就必须不断充实自己的生活库存，更新自己已有的知识。

　　两位作家不仅积极地寻找一切机会扩大生活面，去"叩开各种生活的门扉"，而且始终保持对新的生活、对时代前进脉搏的高度敏感和激情。他们继续以极大热忱关注知识分子的生活和境遇，关注下一代的教育培养，又以更大热情投入到当前改革生活及其在人们精神世界产生的深刻变化，各种新事物、新矛盾都及时地成了他们注意表现的文学题材。

　　中篇《吉符》写人性的异化与复归，歌颂1982年宪法对知识分子地位和权益的肯定；《心的奏鸣曲》写了五十年代和八十年代两代青年人理想和幸福观的碰撞，并含蕴更多的现实社会内容和作家的思考；《白花苜蓿之蜜》写了离休老干部的失落感和重新寻找生活中的位置；《似瀑流年》着重表现对人生命运和价值的某种感悟；《葵花地女郎》则对农村妇女命运给予极大关注；《小太阳的苦恼》写了独生子女由于父母过分溺爱而感到的压抑，提出了民族素质的严峻问题；《灰绿红黑交错的早晨》写到了社会主义"狱卒"的生活；《戈壁大叔否定之否定》则表现传统的民族品格和淳朴民风在历史变革中的依违困惑，并精彩地描写了沙漠地带大自然原生状的风光。短篇《江河之水》写大学评定职称在知识分子中激起的心灵波澜；《名都溷考》则以颇多幽默的笔致描写了改革中人的某种心态，让人看到改革进程的步履艰难。这些作品，写了城市和农村，机关和学校，边疆和内地，也写了监狱这一

"大墙王国"。可见，作家的生活视野和题材领域在进一步扩大。而在每一个领域，作家都专注地谛听生活前进的足音，关心人们普遍关心的社会矛盾和问题，有力地回响着现实变革和前进的波涛。他们又仿佛"手持一柄双刃解剖刀"（见《钟山》1986 年第 6 期），犀利地切入生活，将生活肌体的正面与负面、溃疮和鲜嫩的肌肤都展示出来，力求更真实、更立体感地反映生活。

把自己的声浪，加入到呼号、呐喊的大合唱队中去

汪浙成温小钰在一篇创作谈中说："忧天下之忧，虽说是政治家必备的品德，也应该是文艺工作者对自己的基本要求。"（见《草原蜜》）他们还坦诚表明："作为一个不甘心与社会现实拉开距离的作者，愿追随前辈们，把自己微弱的声浪，加入到为建设高度精神文明的祖国而多方提醒、建议、呼号、呐喊的大合唱队中去。"（见《草原蜜》）

检视汪浙成温小钰的创作，首先给人突出印象的就是他们那种崇高的历史使命感和自觉的社会责任感。这种使命感和责任感，使作家表现出敏锐的思想感受和可贵的艺术勇气，他们总是关注现实生活中出现的各种重大的社会矛盾和问题，用自己的作品反映人民群众的思想、感情、意志和愿望。他们的心总是与时代的希望和人民的心声相通。

在相当长一段时间里，知识分子在生活中被规定为依附的地位，在文学作品中也只能作为被批判的对象出现。粉碎"四人帮"以后，知识分子问题理所当然地成为新时期作家竞相关注的问题和表现的题材。《土

壤》作为一部直率和准确地反映了社会主义现实生活的厚重之作，包含着深广的思想和社会内容，而它的突出成就在于成功地塑造了两种不同类型的知识分子形象。辛启明、黎珍和魏大雄，他们都是五十年代的大学生，但他们后来所走的是两条完全不同的生活道路。辛启明性格正直、强韧、深沉，有一副忧国忧民的热肠，在任何逆境下都对党、对祖国怀着挚爱的感情，关键时刻，坚持实事求是，敢于讲真话，始终忠贞于理想和爱情。黎珍同样有一个美丽的灵魂，在遭到一连串打击后，也没有失去理想、信念和责任感。魏大雄则正像自然界中的"黑刺蒿"，以自我为中心的实用主义成为他一切行为的杠杆，靠弄虚作假、投机夤缘而登龙发迹。作家在谈到创作《土壤》的契机时说，在相当程度上受到大自然生态规律的启发，由自然界"黑刺蒿"和绿肥作物不同的生长情况，他们强烈地感受到把两种人物写出来，"对形成他们性格的土壤加以辨析的意义：改造自然土壤固然重要，但改造社会土壤更重要"。

以知识分子为主人公，直接反映知识分子问题的作品，还有中篇《吉符》、短篇《积蓄》《江河之水》等。《吉符》歌颂新宪法对知识分子地位和权益的肯定，但它主要写了在长期极左路线影响下，知识分子人性的被扭曲和异化。工程技术人员裴光，学生时代是一个热血青年，五十年代中期走向生活以后也曾经一帆风顺，正在这时，那场众所周知的运动来了，他在北京的哥哥剧作家裴景被打成右派后自溺，他则因曾向报社写过批评领导的信而闯祸，幸亏得到当年曾一起参加焊接技术表演的李师傅、后来是李书记的保护，才被留在"人民内部矛盾"里。但荣誉、入党、出国三桩喜事，顷刻之间都烟消云散。他哥哥给他的最后留言是："要夹起尾巴做人！"李书记的忠告也是这句话。经过这次人生历程上的风云变幻，裴光变得谨小慎微、没有棱角了。从此，裴光就照着自己同自己拧着劲的原则行事，把我变成了"非我"。在灾难接连不断、内心极其苦恼的逆境里，他倒产生了一种安全感。十一届三中全会以后，随着知识分子政策的落实，接二连三的喜事临门：评定职称、当劳模、分到新房、买电视机中奖，百分之二的调资又有他。面对这密集的好运，他不但不敢放胆高兴，反而顿生忧虑。直到三年以后，什么祸事也没有发生，裴光的自我感觉才起了很大的变化，又逐渐地变成了他自己。裴光的形象虽然缺少辛启明身上的那些理想色彩，没有辛启明那样坚强和成熟，但他们具有某种中国知识分子相同的气质。这部中篇对于知识分子人性被扭曲异化及其复归的描写是非常真实而深刻的。短篇《积蓄》写了一对"位卑未敢忘忧国"的中年教师，为了接待大学时代的同学——美籍华人，终于花掉了省吃俭用存下来的一笔可怜的积蓄。作品对中年知识分子的生活境遇和爱国热忱的描写，感人心弦，堪与谌容的《人到中年》相媲美。

在两位作家的笔下，无论是辛启明、黎珍、裴光，还是那对中年教师，尽管他们境遇坎坷，经济拮据，但他们热爱生活，执着于事业不改初衷，始终同祖国和人民共鸣着心声。他们不是强调向生活索取什么，他们认为更重要的是给予，是奉献，是自己对社会应负的使命和职责！短篇《江河之水》里那位在职称评定中受到不公正对待的大学教师罗家瓒，在出去买油条时通过同女清洁工曾师傅和资料室管理员秦大姐的一番交谈，内心作一番比较，内心的不平也得到了自我疗救。显然，这里的"比较"就是思考对生活索取还是给予！

在汪浙成温小钰的作品中，另一类引人注目的题材是关于培养教育下一代的问题。这方面，不仅有获得第二届全国优秀中篇小说奖的《苦夏》，还有短篇《宝贝》，以及另一个中篇《小太阳的苦恼》。《苦夏》写了一个家庭在炎夏连续三场考试中的辛酸与烦恼，把父母为子女考试的操心写得淋漓尽致。短篇《宝贝》刻画了那个因过于受宠而性情乖戾、自私冷酷的宝贝女儿杨杨。因为对祖国的下一代爱之深，痛之切，对他们身上的缺点特别感到不能容忍。写杨杨这个人物的目的，就在于"通过她，把自己在这一类孩子身上观察到的使人不安的一切，诉诸父母、教师、党团工作者，诉诸社会，以期引起大家的关注"（见《草原蜜》）。中篇《小太阳的苦恼》则从一个全新的角度探讨独生子女培养问题，把它提高到关乎民族素质的问题来看。小说写的是父母们的盲目溺爱，使独生子女们感到压抑，不能自由成长。那个独生子伟伟，在父母亲和把他看成眼珠子的爷爷的交叉重叠作用下，"一直生存在一个牢不可破的必然王国内，像在网里一样，失去了自由"。而那个见人笑就要哭的天天更是一切人都要围着她团团转！作品呼吁，我们得努力拨开父母们盲目的溺爱的云翳，才能让小太阳发出更大的光和热！

改革、开放是我们时代的主旋律。揭示改革过程中的现实矛盾和各种人物的心态，这是两位作家着重表现的又一类题材。属于这一类题材的，有中篇《白花苜蓿之蜜》《心的奏鸣曲》《戈壁大叔否定之否定》，还有短篇《名都涸考》等。《名都涸考》写一个出版社编辑为编印一张"本市公厕示意图"需要的资料，走访了市卫生局、环保局、城建局、报社、消防队、市委、市府，后来搞清人口已逾百万的中等城市只有五十个正规公厕，为此又通过报社记者陈君请特级教师梅老作人大提案，新建公厕终于作为市政决议通过，但在设计方案上发生争执，选址又遇上无法突破的难题，最后组成"出国考察经济发达国家公厕问题代表团"，代表团诸公从东半球到西半球，又从北半球到南半球地逛名都，考涸情，新建公厕的事就这样拖延着，不了了之。小说以诙谐幽默的反讽笔触，抨击了官僚主义的顽症，从一个侧面展示了改革过程的艰巨和复杂。在《心的奏鸣曲》中，作者以深情的笔墨描绘了理想主义一代的俞洁美好的心灵及其在当前现实矛盾面前感到的困惑，女儿圆圆和方方作为八十年代的青年一代，有自己的理想追求和生活方式，她们对母亲青年时代为理想而牺牲现实感到难以理解。但这两代人之间仍有共同的是非善恶标准，她们对不正之风都深恶痛绝。她们之间的"代沟"也不是无可逾越的：对五十年代理想主义的一代，正像圆圆的对象萧天写的报告文学中所比喻的，是"有缺点的大象"；而俞洁也看到了在圆圆玩世不恭的外衣下，包藏着热心、体贴和关怀。

中篇《白花苜蓿之蜜》是两位作家又一篇感受敏锐、及时反映现实问题的用心之作。作品细致逼真地描写了一个离休老干部的处境和心态，写了他的莫可名状的失落感以及在生活中对自己和现实的关系作重新调整。

随着离退休干部的日益增多，离退休干部问题以及老年问题，已成为普遍的社会现象，成为应该引起注意的社会问题。作品关于钟百川从"官"成为"民"后，在普通老百姓中间逐渐调整到适当位置的描写，虽然不无"诗意"，但仍有启迪意义。

汪浙成温小钰的作品关于爱情婚姻和妇女地位问题的题材处理是很有特色的。他们的爱情描写，多从社会的视角切入，写爱情与表现人的情操、灵魂相联系，以揭示正确的人生方向，将人引入纯洁崇高的精神境界。他们创作处女期的《妻子同志》和《琐屑的故事》就具有这种特色。"爱，是为了使人更美好，使人生更瑰丽。"《土壤》的爱情描写，就格调高远，令人赞佩！在中篇《别了，蒺藜》《春夜，凝视的眼睛》《葵花地女郎》和《似瀑流年》等作品中，有关爱情婚姻和妇女地位问题的描写，都高屋建瓴，有深沉的思考。《别了，蒺藜》不仅揭露和抨击了至今在我们社会中仍然存在的"门当户对"的封建传统观念，而且把整个构思提高到维护人的尊严和人格的思想高度，有丰富的多层内涵，并塑造了盛小霞这样一个美好、坚强、自尊的女性形象。《春夜，凝视的眼睛》写了女哲学工作者左丽的两次爱情故事，第一次爱上一个比她大十岁的蒙古族牧民苏伦，第二次爱上青年工人张雨，这两次恋爱都是违反世俗观念的。她最后决心"女追男"的行动，表明了八十年代新女性的婚姻观——"婚姻恋爱中妇女们应该破除对男子的依赖性，改变只能选择各方面优于自己的男子作对象这一传统观念。"（见《草原蜜》）这篇小说写得抒情而悲壮，洋溢着诗意和理想化的辉光，让我们看到了一代新人在成长。《似瀑流年》对爱情婚姻与人生价值和人的命运作了富有哲理性的思考。陈盈与蓝风当年同是朝气蓬勃的中学生，他们在长途汽车上邂逅又匆匆告别，约定三十年后再见。如今陈盈作为"贵夫人"为安葬高干丈夫的骨灰来到大山深谷，在当年的"蓝记鸡毛店"旧地重游，看到记忆中的万能少年蓝风仍是一个自谋职业者，顿生无限感慨。作品揭示了：人生总是有缺陷的。要紧的是，在任何情况下都要把自己的最大能量发挥出来！像蓝风探究瀑布的灵魂那样，小水珠在绝望的跌落中，也要创造美，表现美，散发出力量！《葵花地女郎》描写了农村妇女在改革年代的命运变化。十一届三中全会以来，农村开始摆脱贫困，随着改革开放的进程，富裕的物质生活甚至超过了想望，农村姑娘成了现代化的时髦女郎。但是，由于封建传统思想的根深蒂固和文化的落后，农村妇女在恋爱婚姻和家庭方面还不能掌握自己的命运。当年，许春牛的大儿子许丰收娶了个下乡知青苏凌云，板奴妈因为穷，为两只鸡蛋生了气后，苏凌云回城去了。如今，许春牛家成了冒尖户，儿媳盼盼的身价却因为生了个女孩而一落千丈，许春牛因为有了钱他要向计划生育挑战，弄得儿子钱粮两头受气挨骂，看来问题解决不了，盼盼又要回娘家去，作品提出了在农村破除封建传统观念的艰巨性和重要性，提出了精神文明建设的重要性。

两位作家为"增加阅历"闯入了"大墙王国"。汪浙成发现当年自己教过的一个大学预科班的学生几乎都成了当地监狱和劳改农场的各级管理干部。他们成年累月地和犯人一起钻山沟、锁深院，甚至牺牲自己子女的前程。这些社会主义"狱卒"的工作、思想和情操，使两位作家"大受感动"！于是他们写了中篇小说《灰绿红黑交错的早晨》。这个中篇又是两位作家对"大墙文学"别有思考的一部作品。他们在《叩开各种生活的门扉》一文中说："我们并不想写一部关于劳改干部的赞美诗，……但是，如果'大墙文学'这一品种能够成立，那么在描写错误地被打入逆境和苦役中的人们，描写他们的节操、品行、不屈不挠的意志和心灵壮美的同时，对管理他们的人们的深层心理状态，也理应给予同样的关注和重视，他们的苦恼、欢乐、迷惘以及人道主义精神的折光，也应该吸引作家们的目光和笔触。"

这部中篇有生动的情节和完整的侦破过程，但它不是以情节的曲折惊险取胜的公安侦破小说，也不是以犯罪和犯罪主体为对象的法制文学，更不是以刺激性情节吸引读者的通俗传奇小说。作为严肃文学的社会小说，作品从社会的、政治的、道德的、文化的角度观察"大墙"这一社会现象，而又着重写了劳改干部的令人可敬的工作和他们的命运、他们的精神风貌。周慎父子的形象是感人肺腑的。作家以主要笔墨刻画的新一代劳改干部周和平确是一个新人形象。假如没有周慎父子这些人在岗位上，我们的人民便不能安心睡觉，我们的城市生活也不能正常进行。周和平在新婚前夕，为了追捕逃犯，来不及与未婚妻辞别，最后竟在大年初一的夜晚牺牲在抓获逃犯的地方。这是一个多么令人灵魂颤栗的悲壮场景！

小说对于不正之风和社会弊端的揭露也是尖锐而深刻的。罪犯米隆的犯罪及其越狱有着多种复杂原因。流氓团伙的头目钱小军策划集体斗殴后，团伙成员郭振生被判死缓，而钱小军因为是钱主任的公子，却被判无期徒刑。后来"严打"开始，郭振生被判死刑，而钱小军却一再被减刑，直至以精神病的伪证保外就医。在这里，法律对待不同阶层的人还没有做到一视同仁。周和平长期苦口婆心在米隆心里唤起的那点良知，却被钱小军的保外就医全部毁于一旦。同时对待犯罪的儿子，退休工人朱师傅和钱主任一家又是多么鲜明强烈的对照！小说中关于劳改干部子女出路的议论同样尖锐地触及时弊："世袭"目前成了各行各业的现象。劳改干部甚至成了"劳改世家"，他们的婚姻出路除了找当地农村的老实疙瘩的闺女外，便只好互相联姻！因为劳改单位去不了好地方。他们的工作辛苦、危险，而且待遇低。

历史感与美的追求

作为革命现实主义作家，汪浙成温小钰的作品在题材开掘和主题提炼方面，注重历史和道德意义的揭示，注重对社会生活作深沉睿智的思考。纵深的历史感是他们新时期创作的一个明显特色。

这种历史感首先表现在作家重视人物和人物活动于其中的环境的深刻联系上。《吉符》中工程技术人员裴光，从一个朝气蓬勃的热血青年变成一个谨小慎微，寡言少语，像旧社会的小公务员，甚至思想上笼罩着某种宿命论的阴影。这种人性的扭曲直接导因于五十年代中期以后的历次政治运动，正是那个非人道、非人性、歧视知识和知识分子的特定历史环境的产物。而随着政治历史环境符合人道人性的正常化，"他又变成了他自己"。可见，人性的扭曲与复归，其深刻的根源存在于政治历史环境的变化之中。这种历史感还表现在不少作品都有相当大的时间和空间跨度。两位作家大多数中篇中的人物命运和情节发展，往往要延伸几个不同的历史时期，又往往将都市和边疆、机关和农村相连接。这种广阔的时空跨度，为人物性格发展和表现某种复杂的社会历史现象提供了有力背景。像《似瀑流年》中"贵夫人"陈盈对人生命运和价值的感悟，正是在三十年后旧地重游的强烈时空反差中才得以产生，才真实而感人。即使是短篇，如《白沙杏的故事》《日落时，歌声不会西沉》，主人公的命运遭际，也都跨越和连接着几个不同的历史时期。

　　两位作家创作中的历史感，不仅反映了作品的生活容量和揭示了人物性格发展变化的依据，而且鲜明地表现了作家那种坚实的历史乐观主义。这种历史乐观主义不是简单的"忆苦思甜"式的表现手法，而是建立在对生活辩证认识的基础上，建立在揭示生活本身固有的客观规律而显现出来的历史发展的必然趋势上。无论是描写历史的曲折还是表现新时期的生活，作家都信守真实性的原则，追求说真话。在描写"左"倾错误和极左路线造成的危害和创伤之时，仍有坚韧不屈的灵魂和"民族脊梁"式的人物；表现新时期的生活，作家同样具有清醒的头脑。《土壤》中的魏大雄，是弄虚作假成为飞黄腾达必由之路的那一段时间里常见的人物。但与此同时，生活中也存在着大量辛启明那样埋头苦干的人，正是他们，一面背负着历史的重压，一面锲而不舍地坚持理想，向着祖国的繁荣昌盛作悲壮的进军。而这两种人的命运又常常是交织在一起的。随着历史新时期的到来，魏大雄式人物的结局也并非简单的身败名裂，退出历史舞台，相反，他忽然想出了个"一石三鸟"的主意，注定还要得意一阵子。这是历史的警告，更是历史的真实！

　　两位作家创作中的历史感又是同使命感相联系的。作家在对人物命运和生活事件的纵深开掘中，提供了一幅幅历史反思图，但作品中的人物决不停留在追悔与沉思上，他们总是以"积极入世"的态度对待生活，他们的思想和行动体现出"给予"和"奉献"的精神!

作为革命现实主义作家,汪浙成温小钰的创作并不追求大开大合、曲折离奇的情节,也不描写少有常情、性格乖戾的人物,他们追求对生活的真实反映和表现。在人物塑造和细节选择上,注重情感发掘的精微体验和抒写,这是他们创作的又一个明显特色。

在他们的作品中,对五十年代大学生和青年的理想情操与精神风貌,常有最生动感人的描写,这当然同他们自己的生活体验和感情积累有关。不管是辛启明、黎珍,还是裴光或《积蓄》中的那一对中年教师,他们都没有做出惊天动地的伟业,他们受到的挫折、遇到的生活矛盾,在那种环境条件下似乎也很平常。但在他们身上无不闪烁着一种可贵的感人的情愫,爱国精神,执着于事业,忠贞于理想和爱情。虽然"他们对待一切都过于认真,这就注定他们无法生活得轻松自在",然而,这一切又是如此感人。当我们在《土壤》中读到辛启明打开床头小柜的门,向玉玲展示镜框里年轻的黎珍的照片时,我们能不为他们心灵之纯洁、爱情之忠贞以及他们的特殊处境而感动得潸然泪下吗?《心的奏鸣曲》中的俞洁,当她独自一人偶尔从录音机里听到两个女儿关于希望她结婚的对话时,腮边流下了泪珠。我们也为她们两代人之间的理解与隔膜而深受感染,有一种既惋惜又甜蜜亲近的激动!《积蓄》中那对中年教师的双胞胎哥俩,为了省下买冰棍的钱,拎着凉开水上学,小弟跌破玻璃瓶后不肯接一毛钱,仍要自己带水的这个细节,读到此谁都要鼻酸气噎!至于那些哲理性的抒情描写,如《白花苜蓿之蜜》的结尾处钟百川等三人沉浸在那片嗡嗡的、迷人的酿蜜声中,《似瀑流年》

里那位高干夫人对大瀑布灵魂的感悟，也都是作者饱蘸激情的抒写！

汪浙成温小钰的创作特别注意有意识地作一些艺术表现方法上的学习与试探。在《别了，蕤藜》中，"时时由客观描写转入主人公内心的主观表现，不仅通过内心独白，而且通过让客观事物在主人公主观屏幕上的映像、显现，来变化叙述的角度，增强作品的立体感；同时，通过主人公的意识活动、联想，来使情节获得过渡和跳跃，以较快的节奏推进"，这一试验的收获是，认识到"意识流"手法的长处和弱点。在《苦夏》中，则"追求一种非常写实的风格"。《春夜，凝视的眼睛》"本来想写成散文化的无情节小说，想看看在小说中诗意与哲理该怎样结合，能结合到什么程度。但在写作过程中发现，不可能完全摒弃情节"（见《草原蜜》）。在这个中篇中，作者还刻意追求叙述的流畅、抒情，美和思想的自由与哲理性，并努力写出一些理想化的东西。

其实，在艺术形式和表现手法上，两位作家可以说每篇作品都有自己的追求，力图不重复自己。除较常用的第三人称全知视角外，他们还往往在同一部作品中经常变换人称视角。《土壤》用的是三人自吐心迹的多元第一人称视角。《似瀑流年》将现在的"贵夫人"和当年学生时代的陈盈以第一、第三人称交替使用。《白沙杏的故事》通篇用对话写成。《积蓄》则用第一人称讲述故事的形式。《吉符》《心的奏鸣曲》通篇用倒叙法。《戈壁大叔否定之否定》用整理采访录音的多变场景。《名都漫考》则是叙述与评点相结合。

汪浙成温小钰是艺术个性比较鲜明的作家。他们小说风格的基本品质在于：清新优美，深沉凝重。因为生活和艺术视野比较开阔，加上题材选择和主题确立的不同，这种基本品质在具体作品中又是多变而独具异彩的。比如，《土壤》显得崇高、壮阔、深沉；《春夜，凝视的眼睛》则抒情而充盈着诗意；《白花苜蓿之蜜》既冷峻又温馨，既犀利又抒情；等等。

作品风格是作家艺术个性的外化，这里面集中反映了作家的艺术态度和生活态度。汪浙成温小钰作为革命现实主义作家，他们总是自觉地把文学看作是人民的崇高事业，重视作品的社会效果和"教化"作用，重视作品对现实深刻的批判精神，同时又不断地追求艺术的美和生活的真，追求真善美的和谐统一，这是他们的作品在总体风格上又显得深沉凝重的原因。

关于当前的创作，两位作家的自我感觉是：以发表《土壤》为标志的第一次创作"井喷"以来，至今仍处于"徘徊"期，第二次喷发高潮还没有出现。显然，这是一种严格要求的自谦。几年来，他们络绎不绝地写出十几个中篇又几个短篇，这些新花佳作已为新时期文坛添光增色，功不可没！当然，要说两位作家自《土壤》以来，在创作上还未有重大突破，还未出现有相当震撼效应的作品，这大概也是符合实际的。对这种情况，原因可以从不同方向思考。但从有利于寻找"新的喷发口"来看，还得期待两位作家努力超越和突破自己。在我看来，一是要进一步拓展文学观念。在当今文坛思潮迭起、流派纷呈以至成多元"无主流"的状况下，革命现实主义作家自然尽可以继续走自己的路，但也应该不拒绝容纳和吸收新的文学观念。比如，在反映生活注重揭示社会和道德意义的同时，也应重视更具普遍性的人生、人性内容的揭示，重视民族文化心态、历史文化积淀的发掘和选择，增强自己作品的历史文化意识。二是在艺术形式和表现手法的探索上，应该更放胆些。汪浙成温小钰的近作虽一直有意识地注意艺术表现上的学习和试探，但探索的动作幅度似乎还不足以突破一些基本定势。

两位作家的创作优势是明显的。目前，他们除不断地有中短篇佳作奉献外，还正在从事重大题材的长篇创作。经过长时期的酝酿和积贮，我们有理由期待，他们创作的第二次喷发高潮将尽快到来！

（原刊于学林出版社出版的《湖畔论稿》，1997 年版）

沈文元

浙江开放大学副教授，浙江文学院特邀研究员。

汪浙成、温小钰小说创作论

李光龙

从青春歌唱到现实揭示

夫妇作家，文坛并不鲜见。汪浙成和温小钰就是有名的一对。

在文学创作具有"个体性"特征时，合作形式对双方显然有着特殊的要求，而不是呈现为一种简单的相加关系。它要求合作双方的默契与沟通，个体间的差异和分歧则通过交流而同化为双方都认可的因素或干脆被抹平。这种"合二为一"的写作方式规定了合作者在思想、立场等方面上的一致，而文学观念的一致尤其是合作的基础。汪浙成、温小钰北大求学时的浪漫爱情是其合作的先声，尤其温小钰 1960 年毕业义无反顾地奔向内蒙古为和先她去大草原的汪浙成生活在一起时，忠贞不渝的感情从此就将他们牢牢地粘合在一起。文学创作上的合作也成为生活合逻辑的结果，尽管他们也有各自的创作，但两人在文章中通通署名为合作的做法，我相信这已不是一个署名的形式问题了。于他们而言，这是心意相通的心灵的汇合与交流。形式因其意义的特殊而流光溢彩。

汪浙成这样表述当初走上文学道路的情况："一天晚饭以后，我们在郊外散步时爬上铁道，蓦地，一列火车从身边掠过：辉煌明亮的车窗，还有映现在车窗后面的一张张年轻的笑脸。火车很快过去了，我们望着车尾的红灯在薄暮中渐渐远去，心里陡地涌起一阵惆怅：我们觉得人们都在快乐地奔向充满阳光的地方，却单单把我们冷落在这荒无人烟的塞外了。"[①] 这种"心理失衡"的感觉成了汪、温合作的第一篇短篇小说《小站》的直接心理动力。汪浙成的说法"这就是人生，这就是命运。而决定我们命运的却只是邂逅中一列寻常的列车"[②] 倒仅是自家之言。因为没有对生活的现实感悟及由此引起的创作冲动，即使天天看见火车也会无动于衷。其时，浪漫主义的报国热情因国家三年困难时期物质的极度匮乏弄得一点浪漫情调也没有了。从绚丽梦幻的追求到清醒现实的回落使得两人冷静地面对生活，因而采取文学的言说方式表达自己的感受成为他们理所当然的选择。《小站》刊出后并在中央人民广播电台朗诵播出，反响热烈，读者纷纷来信。初创的巨大成功坚定了两人从事文学创作的信心，他们确定小说为创作的主攻方向。

　　正当他们在文学天空中振翅飞翔时，史无前例的"文革"风暴将一切击得粉碎，汪、温二人的前期创作被迫中断。这不仅是汪、温两人的不幸，也是那个时代文学创作者的不幸。

　　汪浙成、温小钰1980年重返文坛后，笔触对准的是有着自身亲历

---

① 　汪浙成《留下，就是补偿——我的自传》，《作家》1990 年第 11 期。
② 　同上。

原型的知识分子。对他们来说，这是他们最为熟悉也是最深知其思想的群体。这种首当其冲的选择一直在他们的创作中延续着。载于1980年第2期《收获》的短篇小说《积蓄》写一对知识分子夫妇招待回国探亲的外籍华人（与他们同学且与女主人有感情纠葛），而家庭经济的困窘寒酸又使这对夫妇不想在外人面前露穷。为不显露寒碜，他们将辛辛苦苦积攒下来买电视的积蓄花在了饭店里，既大方周到又没露困窘之象，让原来的同学还以为他们"真幸福"。面子尊严维护以后经济亏空的现实却导致了家庭间的矛盾，还得做善后工作。小说最大的成功在于毫不讳饰地描写了当代知识分子在生存境遇上捉襟见肘的尴尬情况而具有了一种悲剧意识。在"越穷越光荣""苗正根红，三代贫农"的无产阶级意识下，"穷"成为引以为豪的精神资本，"穷"并不与悲剧等字眼挂上钩。这种自欺欺人的意识在"十七年"文学中并不鲜见，这实际上是一种脱离现实的虚假浪漫主义和乐观主义。新时期小说的可贵精神就在于对这种虚假浪漫主义的否定与揭露上，在于对现实生活的正面逼视上。在这一语境中，因贫困引起的生存困窘与尴尬无疑失却了原先的浪漫诗意而具有了悲剧性质，直面贫困也无疑令人感到痛苦。当"左"的风气还弥漫社会，当要求为社会主义的美好生活唱赞歌的论调还大行其道时，汪、温这种对真实生活的客观展示则体现了作家不讳实、不隐言的良知和勇气。鲁迅说："只有真的声音，才能感动中国的人和世界的人。"[1] 汪、温二人的"真的声音"首先就为作品取得了独立的品格。

---

[1] 鲁迅《三闲集·无声的中国》。

灵魂的深度开掘与广泛的现实关怀

为汪浙成、温小钰带来隆重声誉的是荣获第一、二届全国中篇小说奖的《土壤》和《苦夏》，而尤以《土壤》更为厚实。

无庸置疑，当时大部分小说对事件的关注居于非常重要的地位，对于有过亲身经历的作家来说，将人异化为非人的惨痛往事还有着刻骨铭心的记忆。在这种格局下，人物一般只起着"席勒式"的传声筒作用而失去了丰富的个性。汪、温小说从起始至此，对"事件"的重视与关注还大于对"人物"的关注。《土壤》显然是一个非常明显的转向。这部以知识分子为描写对象的中篇，诉说的是三个在五十年代成长起来的青年知识分子的命运、性格在二十多年的风风雨雨里发展、变化的故事，借着主人公魏大雄、辛启明、黎珍生活道路的交叉、思想的碰撞、感情生活的激荡，作家激动人心地反映了社会生活中尖锐的矛盾和迫切的问题。这样有着"右派情结"的小说并不少见，但它的不同一般在于汪、温两人将笔触及到了人物的内心深处。从思想到灵魂的自我暴露、自我坦白与追问使小说显得厚重与深刻。小说采用的叙事人称无疑起到了很大的作用。小说采用三个第一人称，让魏、辛、黎自吐心曲，这种叙事人称的运用当时并不多见，同谌容《永远是春天》套用两个第一人称，王蒙的《布礼》《蝴蝶》采用意识流一样在当时都曾让人耳目一新。纳塔丽·萨罗特在其著名论文《怀疑的时代》中说："现在小说的主要问题在于从读者那里收回他旧有的储存，尽一切可能把它吸引到作者的世界中来。为了达到这个目的，把第一人称'我'作为小说的主人公，是既有效又容易的办法，无疑也是出于这个原因，小说家经常采用这种写法。"①很显然萨罗特把第一人称"我"的叙事推到了本体论的崇高地位。虽然汪浙成、温小钰没有在萨罗特本体论意义上进行纯文本叙事实验，但他们这种叙事策略的成功尝试却达到了揭示人物灵魂的目的，让人得以窥见三个知识分子的灵魂及性格发展历程。

魏大雄是一个颇具深度的人物，他可算是一个政治投机商，可为了个人飞黄腾达置党和人民利益于不顾。作者并没有将其简单化，而是令人信服地写出了他从一个尚具正义感的大学生到一个利欲熏心的个人主义者的转变过程，将其转变与当时的政治现实紧紧联系起来，使人看到了在运动"短暂"的功利需要下人性的蜕变及真理、民主与法制在运动冲击下如何失却自身的真实，再现了一个颠倒的时代。魏大雄的逐级提升并不在于其同于常人的逢迎，而是在于他的果断、大胆、内行和魄力，连全场最难治的刺儿头也从内心佩服他。可以说，从一开始，魏大雄是以一个令人喜欢的角色进入读者头脑中的，他有专业知识，又有领导才能，能身先士卒刻苦耐劳，但这一切都是在满足其私欲的前提下进行的，因而危害就更加可怕。为满足上级放卫星高产需要，身为农场场长的他不顾沙漠休耕的特点，明知会把辛苦建起的农场毁于一旦，还是全部种上粮食以求产量上扬。知识分子"知其不可而为之"的坚定精神遭到了现实的嘲弄与反讽。这样，感时忧国的辛启明和坚韧善良的黎珍对其做法的反对在当时的政治气候条件下就令人钦敬，各自的性格在同

---

① 《西方文艺理论名著选编》（下），北京大学出版社 1987 年版，第 246 页。

魏大雄及其代表的政治势力的矛盾冲突中凸现出来。三人思想、灵魂的自我坦露使人感觉到真实之外，那针对现实的自我反思尤令人感到深刻。像这样触及灵魂凸现人物性格的作品当时并不多见。而像魏大雄这样正反兼具、颇具深度的人物更是汪、温对新时期文学画廊的一个独到奉献。

《土壤》的独特还在于汪浙成、温小钰对小说结局的处理。当魏大雄留下的烂摊子要由辛启明、黎珍二人来收拾时，他本人却靠着因"需要"他这种人的张书记提拔趾高气扬地到管理局上任去了。对于习惯于有一个"光明"尾巴的读者来说，这样的结局未免令人扫兴。作者对魏大雄的价值评判是很明显的。但他们并没有遵从自己的主观愿望也没有遵从读者的心理期待来一个"恶有恶报"式的处理。

这显露了作者艺术眼光的高明。他们在创作谈中说："当人物真正在作品中生活的时候，就会出现一些出乎预料的情况，产生新的情节。比如当魏大雄得知自己过去的丈人吴根荣即将来视察工作时，我们本打算让情节急转直下，让他在成功的高峰前被揭露，以他的身败名裂作为小说的收煞。但是这样写却怎么也办不到，已经在作品中生活着的魏大雄不答应。他忽然想出了'一石三鸟'的主意，他终于卸下担子溜掉了。"[1]这种由不得创作主体主观愿望的人物行为，实际是文学创作已趋成熟的表现。莫里亚克说："我们笔下人物的生命力越强，那么他就越不顺从我们。""若他顺从地做了我们期望他做的一切，这多半是证明他丧失了自己的生命，这不过是受我们支配的一个没有灵魂的躯壳而

---

① 汪浙成，温小钰《草原蜜》，浙江文艺出版社 1984 年版，第 210—211 页。

已。"① 魏大雄按着自身性格的逻辑发展和社会实际需要注定了他不会从现实中退场。他的暂时乃至长期存在是不可否认的事实。这不仅在当时，既在今天也有着现实的针对意义。汪、温对魏大雄的"无可奈何"显示了创作中的自觉状态和艺术感知力。当然这篇注重人物灵魂开掘的小说也有其不足之处。虽然三个第一人称的交替使用在客观上避免了创作者的过多介入和干预，但作者对生活发表见解的热情有时越过了主人公而直接表现在文中，多少增加了小说"呐喊"意味。联系作家实际及当时社会环境，我们有必要予以充分的理解。

两种写实的比较及思考

汪浙成、温小钰从投身文学初始起，就没有考虑过要呆在纯艺术的象牙塔中去营造他们自己的精神乐园。知识分子感时忧时的良知和责任感促使他们投身于火热的现实生活并从中汲取艺术营养，去关注、去思想并用文学的言说方式表达出来。他们的每一篇小说都是在现实中酿造出来的文学之"蜜"。从上述对其小说的读解来看，这"蜜"在有甜味的同时，也有着强烈的苦味和辣味。可以说，强烈的社会责任感，敏锐的艺术感知力和尖锐的现实批判性是他们小说的特点。这与他们对现实生活的见解不无关系。他们这样表述道："文学艺术本来是人类认识世界、改造世界的一种工具，是'艺术地把握客观世界的方式'。人类通

① 《20世纪世界小说理论经典》（上），华夏出版社1995年版，第220页。

过艺术对自身的肯定，是以人对客观世界的掌握为前提的。所以文学作品在获得它的美学价值之前，要先获得它的认识价值。无论认识价值还是美学价值，唯一的根据是生活。生活，这是我们的根本出发点，是我们的全部创作活动耸立其上的基石。"①这无疑是传统的现实主义创作观。需要指出的是，文学以生活为基础，但并不是以它为目的。文学依赖现实，是社会生活反映的观念，实际上只揭示了文学赖以成立的诸多关系中的一种关系，即文学的资源问题。对这一观念不折不扣地信奉和实践可能从两个方面斫伤文学。首先是限制了主体的想象与创造功能，将生活经验等同于文学创造中的想象性经验，主体的创造性功能被限制起来；其次是文学主题的教条化，对生活的过度依赖易使创造者忽视人物的主体性、创造性，把人物和社会、性格同环境的关系简单化教条化，从而降低其审美意义。汪浙成、温小钰并不是没料到过分拘泥于生活的不足，他们从重登文坛起就一直在进行着多样化的探索。主要表现为在艺术手法与技巧上的借鉴与运用。从《土壤》的叙述人称的探索，到其后《失落》《似瀑流年》《元勋》等时而全知时而限制的交叉叙述人称的运用与"心理现实"等意识流的借鉴，都给小说增添了不少味道。有时甚至令人眼花缭乱扑朔迷离（如《失落》）。然而他们的这种探索时时为其占据强势地位的传统现实文学观念所消解，仅仅成为一种微弱的叙述策略而被运用着。因而他们的探索并不是很大胆，往往点到为止，没有很快地形成一种特殊的风格，所以有时即使运用了"先锋"的手法，但

---

① 汪浙成，温小钰《草原蜜》，浙江文艺出版社 1984 年版，第 248 页。

小说并不具备先锋的特征。称他们为传统的写实小说作家名副其实。

同是写实，汪浙成、温小钰这种传统的写实与八十年代后期出现的"新写实小说"显然有着明显的不同之处。主要表现在对生活即日常生活的经验世界的关系问题上，两者有着不同的把握方式；或者说，二者都试图真实地描写生活，摹写日常经验，但由于两者"真实观"有差异就既存在着摹写程度的不同，也存在着摹写性质或方式的不同。前者是要在真实生活层面上追求"本质性"的价值，是要在日常生活中透露作家的观念、信念和价值判断。因而对生活经验的日常性面目未必会给予充分的重视。而后者的"新"恰恰在于对生活日常经验的注重，对于未经严格理论梳理的、松散的生活日常状态给予了更大更高的热情而津津乐道于"豆腐""白菜"。如果说前者是在"过滤"基础上对现实生活的观照，则后者是原汁原味地给予再现。汪、温的传统写实小说有着作为知识分子对自身文化定位的倾向，即"上下求索"的社会批判和在"启蒙"意义上的人文主义立场。他们固然没有板着脸孔作"代言人"或"说教者"的姿态，但他们对社会的感悟与忧虑在行文中却时时显露出来。他们相对于生活的自觉提升赋予小说"审视"生活的能力，使小说有着诗情和理想。这与"新写实小说""冷也好热也好活着就好"的简单认同决不相同。"新写实"没有理想与精神对世俗性生活的超越、改造与征服，谈不上理想主义与人的主体精神的张扬，在一派貌似真实的"生活就是这样"与世俗生活合逻辑对人的改造面貌下，其精神与价值观念的退却与萎缩显露无遗。因而俗，世俗乃至庸俗成为其主要精神特征，失却了社会理想和终极意义上的人文关怀。而这种失去了的因素又恰恰是传统现实小说所固有和坚持着的。虽然从阅读经验上来说，"新写实小说"因为没有任何精神上的"障碍"而显得非常朴素和平易近人，但其建立"精神高峰"企图的被取消已在渐渐失去文学应有的理想主义意义。而在时下以市场为机制运作的商业社会中，人们需要的不仅是表层生活世俗图象的展示，更多的是能引人思索、感奋的精神食粮。汪、温二人所持的文学理想或许显得有点"落后"和"不合适宜"，在一味还原生活或仅仅是个体喃喃自语的现实格局下，他们的文学理想和信仰就显得异常急需和难能可贵了。正是在这一点上，对汪、温二人小说作品的读解分析才有着最大的现实意义。

遗憾的是天不假年，正当这对文坛伉俪携手共进时，病魔使得温小钰于1993年离别了几十年风雨与共的亲人，只留下汪浙成在文学之路上踽踽独行。对汪浙成来说，人生的悲痛无过于此了。行政工作的繁忙和不轻易落笔的严肃态度使他没有立即将生活感受形诸文字。目前，已摆脱行政工作的汪浙成有了更多的时间来思考与酝酿。我们期待着他创作出更好的作品。他也一定会这么走下去。因为他知道，在世界的远方，温小钰那双春夜的眼睛在深情地凝视着他。

（原刊于《宁波高等专科学校学报》1999 年 9 月第 11 卷第 3 期）

李光龙

宁波大学科学技术学院教授。

有关《土壤》的几封来信

屠岸来信

浙成、小钰同志：

《土壤》拜读完毕了。

我深深地感谢你们。你们为广大读者写了一本好小说，你们为出版社提供了一本好的出版物。

我不说是"杰作"，那样会有吹捧的嫌疑。我说这是优秀的小说。优秀，用这个词儿，我认为我是诚实的。

我读稿有一个习惯，就是做札记。否则，我的记忆力老是要跟我开玩笑：看了后面，忘了前面。但是看《土壤》，我一个字也没记。因为有一股力量催迫我不停顿地看下去，一直到看完。

一股什么力量？我想，那是一股艺术的力量，一股思想的力量。也许，那是生活的浪涛冲激的力量，希望的火花撞击的力量……

我祝贺你们，祝贺你们辛勤的劳动取得了可喜的成果。

说真话！这是亿万人民的要求，这是中华民族新长征提出的要求，这是四个现代化能否实现的关键。你们用艺术形象喊出了这个要求，这是人民的心声。

你们针砭了长期以来存在于我国政治生活中的痼疾，你们鞭挞了贪婪，自私，"关系学"，以及一些人灵魂中丑恶的东西。你们情见乎辞，你们声泪俱下。你们歌颂了在种种逆境中坚持真理的顽强精神，你们赞美了美好的、崇高的情操，勇气，自我牺牲，与人民血肉相连，高瞻远瞩，大无畏……你们热情洋溢，你们高歌猛进。

这是从现实生活的深厚土壤中生长出来的一棵劲草。尽管用了三个人轮流"第一人称"的形式，作品是现实主义的。那一股力量，也可以叫做现实主义的力量，或者魅力！

有思想深度。解剖刀犀利地剖析了社会生活的若干侧面。在读者面前展现了严酷的现实生活的画面。这种痼疾，决不能再任其损害我们共和国的肌体了！！但依然给人以希望，给人以信心……

辛启明、黎珍、魏大雄三个人物形象是成功的。即使一些次要人物，如吴根荣，玉玲，以至小军，若梅，都有成功之处。

浙成同志一日来访，恰巧我不在。未能当面畅谈，是憾事。

我觉得，作品还有一些次要的地方要商讨。

我们社里对稿件实行"三审制"。现在是我一个人在说，有"一言堂"的危险。但，我看完稿件之后的激动心情，又使我不能已于言，使我立即给你们写这封信。

总之，上面写的只是我个人的意见。可能有不对的。稿子正在请《当代》编辑组的同志看。他们看后将会提意见。但我估计，恐怕不会有根本性的不同意见。

热烈地握你们的手！

屠岸

1980 年 9 月 4 日

见到时鲁同志时，请代问好。

他能调到内大，是好事。

张韧来信

汪浙成同志：

　　您给人民日报郑荣来同志的信，我已经拜读了；温小钰同志托杨世伟带给我的问好，我已敬聆了，谢谢。

　　我是你们作品的一个热心的读者。从学门而论，你们二位是我的"师哥""师姐"；从同行来说，你们陆续发表的短篇，我是喜欢的。特别是《土壤》的问世，标志着你们创作上的突破，也是当前中篇创作的一个深入。你们对我那篇小文章过誉了，实在不敢当。其实，我在学步，我常希望得到你们的帮助。

　　至今我还感到遗憾，我对《土壤》的艺术感受和理解还是浮浅的。虽然我在几篇文章都谈到这篇辉光闪耀的作品，篇幅和能力都未能允许我谈透。特别是我看到江苏出版社编的 1980 年中篇小说选，因为《土壤》字数较多而未能收入，尤感遗憾。

随信寄去刚刚收到的《光明日报》，我这篇谈中篇小说的文章，即是文学所1980年文学年鉴的中篇部分。谈到《土壤》的文字，更是微不足道，全篇限止在五千字，甚憾！

即颂

撰安

张韧
五月十日字

谷应来信

亲爱的小钰：

昨天晚上读你们的《土壤》，直读到半夜一点，很兴奋，直到三点多钟才睡着。我很喜欢这篇东西，它自然，亲切，接触了过去和现在的尖锐问题，但并不悲观，也不呻吟个没完。这一点，正是你们和眼下许多作者的不同之处，我是赞同你们的。对祖国怀有真正情爱的人，是应当为她的将来变得美好而不怀私心地去干。如果像启明、小珍这样的人很多，那么，我们的国家也就有很多希望了。《土壤》一开头就能抓住人，结尾也很好。只是中间有的议论，似乎稍嫌多了点。这篇东西写得有沙漠味，也是它与众不同之处，那几处关于沙浪、沙漠中的湖和枝叶的描写很美，使我都向往那个荒凉而又丰美的地方了呢……这篇东西比《积蓄》更好，《积蓄》我也喜欢的。总之，亲爱的朋友，你们已经到达一个作家的成熟时期了。今后十年内，你们会连珠炮似的"放"出一篇篇东西来。我相信，你们会是文坛上的长跑健将，而不是某些人那样的五十米短跑手。

召开有关儿童文学的座谈会，我们头头已同意我去。萧平昨天来封信说他也去。从成都登峨眉、青城，到山城，顺江而下，经三峡到武汉，是一次很不错的旅游呢。但在开会之前，我必须把"湖上的星"（少年聂耳）的初稿弄出来。明年可能给我三四个月的创作假，主要就是完成这一项。我有些担心，因为虽是写历史人物，如写不出新意来，将会白费牛劲。现在的读者是很"挑剔"的，他们的爱好有时令人哭笑不得，但写出的东西仍然是他们判分数。

妈妈来信说汪去昆明开会了，称赞汪是个"极其亲切、风趣的人"。妈妈很夸奖你们两人的合作、和谐。夸奖得我都要吃醋了呢。上月去京，吴叔叔刚从内蒙古回来，很高兴，说如何在你那里吃饭，并很得意地讲述他曾到蒙古包中小坐片刻……老爷子最近心情颇好，骂人也少一些了。

亲你！体仁问候。

应

1982 年 12 月 24 日

田炳信、武宝瑞、杨志今、胡端宁来信

温老师：

您好。在 1980 年第 6 期的《收获》上，我们几个同学惊喜地读到了您的中篇小说《土壤》。是啊，短短的二十多年，一茬又一茬高粱、大豆一样朴实而又自然的真话的土壤，发生了出人意料的变化，也许是强大的西伯利亚的寒流侵袭的缘故，也许是乱砍乱伐、无人绿化的缘故，像沙漠一样可怕的谎话的土壤取代了真实的土壤，随着季节的寒风，刮起了一场又一场黄风、龙卷风，破坏了稻田一样纯洁的心田，摧毁了花园一样美的心灵。这一切，如今都过去了。虽然辛启明、黎珍在这块土壤上顽强地生活了下来，可是，这块土壤上的另一个顽固的颗粒——魏大雄，如今不还是揉在我们共和国的眼睛里，沾在时代的肌肤上，我们为辛启明、黎珍的不幸流下了同情的泪水，但也对魏大雄这种人的存在而感到气愤。温老师，魏大雄是给我们留下印象最深的人。原因大概是他太真实了，像他一样的人，不还时时潜伏在我们的生活中？

温老师，您以犀利的目光，寓意深刻地在"土壤"这个极富想象的名词上，为我们挑剔出了魏大雄这种沙粒一般的人物。引起我们的深思，提醒人们的注意。温老师，本来要说的很多，可是临近期末考试了，只好以笔代言了。昨天刚刚考完了马列文论，过几天考古典文学，看来，在"学年制"的土壤上，也只能滋生我们这种死记硬背的大学生。温老师，等考完了试，我们几个同学，一定要和您谈谈，谈谈您从流逝的时光中拽回的辛启明、黎珍、魏大雄这三个人物形象带给我们的启迪和思索。

祝您身体健康！

学生：田炳信、武宝瑞、杨志今、胡端宁

1981 年

刘玉清等来信

巴盟杭锦后旗三道桥公社新建大队社员刘玉清：

《土壤》写得好，我读每一章都觉得有动人之处，很真实。魏大雄这个人物生活里是很多的，我们的文学作品过去好像还没有这样反映过，辛启明、黎珍、玉玲也都写得很好，黎珍送别辛启明、黎珍和玉玲会见这些地方我都掉了眼泪。

内蒙古大学中文系青年教师吴文堂：

《土壤》很好，看了之后很激动，你们一定要多写，多写！读了你们的作品，感到有勇气触及时弊，锋芒又并不外露，藏而不露，内在的分量是很重的。……希望你们更勇敢、更有力地写下去。

内蒙古大学中文系讲师鲁芸生：

《土壤》我看了两遍，还要再看一遍。平常我跟你接触不多，但你不知道，你们的每一篇作品我都读的。我觉得《土壤》写得最好，恕我直言，其他作品，包括《积蓄》在内，都不如它。我很感动，一看辛启明，就想起了自己（这位老师1957年"反右"时受挫折，下放基层，不久前才调回学校任教），那些年的生活真像噩梦一样，一想起来就难受，所以一边看辛启明，一边就哭了。但辛启明心里是有劲的，做到像他那样很不容易，我们大多数被错划的人，能从厄运中挣扎出来，就凭心里的一股劲，我们是相信党、热爱党的，这一点你写得很好。另外，作品形式新颖，这一点印象特别突出，让人读得下去，虽然有很多议论，但并不枯燥。我也很佩服你们关于土壤改良方面的专业知识，出乎我的意料。听说你们为写这个作品还啃了《遗传学》，你们是严肃的人。

包头师范专科学校数学系教师崔德明：

《土壤》一口气读完了，一直读到半夜，很久睡不着。魏大雄写得特别真实，也很深刻。这种人现实生活里太多了，基层干部很多有不同程度的魏大雄气……你看，他有干劲，平易近人，干活很在行，又有专业知识，年富力强……可就是这样一些人把我们国家给败了。越想越让人难受。你们这样揭露他们，让大家看清楚，很有意义。

呼市邮电局营业员张穗敏：

《土壤》我看了，很好，看得放不下。我最喜欢辛启明和黎珍了，在我的亲戚和邻居当中，就有几个这样的人。魏大雄也写得好，可他太坏了，我不喜欢他。我给每一个来买杂志的人都推荐这个作品，他们有的看了以后告诉我说，他们也觉得很好。这一期《收获》不知为什么来得特别多，但销路很好，卖得很快，差不多卖完了。

内蒙古作家协会副主席张长弓：

《土壤》好，这才是真正的精品！我的两个女儿杂志拿到以后就看，一直放不下手，她们说，"比爸爸写的有吸引力多了"。

乌盟文联干部李尧：

读了《土壤》，想了很多问题，确实好，没话说。你们的大学生活真丰富，真幸福，你们所有写大学生活的作品都那么生动、活跃，充满幻想和力量，对你们来说，这是丰富的库藏，读《积蓄》和《土壤》前半部，都让我想起自己的学生时代，青春年华。另外，小说给我启发，在揭露生活中阴暗面的同时，一定要写一些美的东西，写我们人民性格和精神中的美。在《土壤》里和在《积蓄》里一样，这一点非常动人。你们对土壤的知识，简直是专家了，这一点使很多人惊讶。

内蒙古大学中文系七八级学生王正平：

《土壤》是重炮弹，打得很准，火力也猛，我觉得《土壤》的发表不仅是两位老师生活中的一件大事，也是内蒙古文艺界的一件大事。写得最好的是魏大雄，辛启明、黎珍也不错，但是这一类形象近来作品中有了一些，而魏大雄是还没有的。

内蒙古大学现代文学讲师韩公陶：

在这个作品里，魏大雄够得上是一个艺术典型。另外，农场生活、改造土壤你们这样熟悉，前几年经常下去体验生活，特别是淅成在巴盟一带的长期深入起了很大作用。祝贺你们。

《中篇小说选刊》（1981 年创刊号）刊发《土壤》

中篇小说选

- 开拓者
- 祸起萧墙
- 土壤
- 阮氏丁香
  ——《西线轶事》续篇

四川人民出版社

2

《中篇小说选·2》（四川人民出版社 1981 年版）刊发《土壤》

《电影创作》（1982 年 10 月刊）刊发《土壤》

七 场 话 剧

启明星

（根据小说《土壤》改编）

编剧 斗兵

山 西 省 话 剧 团

一九八一年五月

1981 年 5 月，山西省话剧团根据《土壤》改编的话剧剧本《启明星》

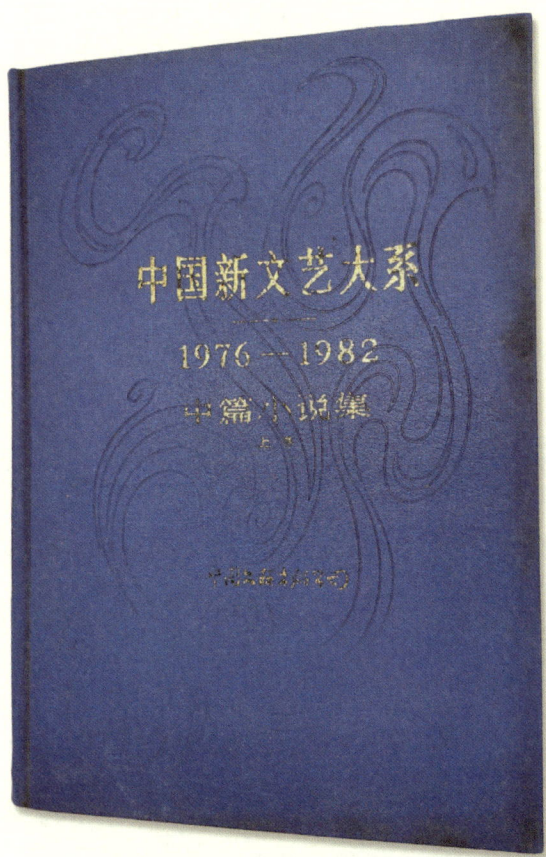

《土壤》收录于《中国新文艺大系》（1976—1982）

人民文学出版社

北京朝内大街166号　　电报挂号2192

浙成：小说同志：

《土壤》我读完毕了。

我深深地感谢你们。你们为广大读者写了一本好小说，你们为出版社推荐了一本好的出版物。

我不说是"杰作"，那样会有吹捧之嫌疑。我说这是优秀的小说。优秀，用此词儿，我认为我是诚实的。

我读书有一个习惯，就是做札记。否则，我的记忆力老是要跟我开玩笑：看了后面，忘了前面。但是俗《土壤》，我一个字也没记。因为有一股力量催迫我不停顿地看下去，一直到看完。

一股什么力量？我想，那是一股艺术的力量，一股思想的力量。也许，那是生活的浪涛冲激的力量，希望的火花撞击的力量……

我祝贺你们，祝贺你们辛勤的劳动获得了可喜的成果。

说真话！这是亿万人民的要求，这是中华民族前长征提出的要求，这是四化现代化能否实现的关键。你们用艺术形象喊出了这个要求，这是人民的心声。

你们都经了长期以来在亭子间国政治生活中的

汪浙成同志：

　　您给人民日报郑学圃同志的信，我已经拜读了；温小钰同志托杨世伟转给我的问好，我已收到了，谢谢。

　　我是您们作品的一热心的读者。从年龄和编，您们二位是我的"师兄""师姐"；从同行来说，您们创作及发表的若干，我是更喜欢的。特别是《土壤》的问世，标志着您们创作上的突破，也意味着中年创作的一个深入。您们对我所的小文章过誉了，实在不敢当。其实，我是常常从您们那里得到您们的帮助。

　　至于我还感到惭愧，我对《土壤》的若干内涵和理解还是肤浅的。若照我这几年来都谈到色彩问题越多的作者，精神和魄力都不够允许我谈这。特别是此时此地我还未能深论的1980年中篇小说这，因为《土壤》学报较专而我的投入尤感惭愧。

　　随信寄去刚才收到的"光明时段"，收是的读书笔记兼杂文，评价是涉及1980年文学革举的中篇部分服务。读到《土壤》的文字，因此似乎是，笔墨限上生王千言，望收！

　　即颂

　　撰安

　　　　　　　　　　　　　　　　傅毅
　　　　　　　　　　　　　　　　胡柏宇

亲爱的小铁：

　　昨天晚上读你们的《土墙》，直读到半夜一点，很兴奋，直到三点多钟才睡着。我很喜欢这篇东西，它自然、亲切，接触了过去和现在的关键问题，但并不叫人去啃哪个硬壳。这一点，也不是你们和别的许多作者的不同之处。我是赞同你们的，对祖国怀有真正情爱的人，是应当为她的将来变得美好而不惜私心地去干。如果象启明、小珍这样的人很多，那么，我们的国家也就有很多希望了。《土墙》一开头就的孤佳人，结尾也很好。只是中间有的议论，似乎稍嫌多了点。这篇东西写得有沙漠味，也是它与众不同之处，那几处关于沙浪、沙漠中的湖和树荫的描写很美，使我都响往那个荒凉而又朴素的地方了吧……这篇东西比《積薔》更好，《積薔》我也喜欢的。总之亲爱的朋友，你们正进入一个作家的成熟时期，今后十年内，你们会连珠砲似地"放"出一篇篇温老师：

谢谢。在80.6期的《收获》上，我们2个同学怀着兴奋地读到了您的中篇小说《土地》。是啊，短短的二十多年，一茬又一茬高粱，大豆一样扎根於自然的肥沃的土地，发生了如此巨大的变化，也许是由于太多西伯利亚的寒流侵袭的缘故，也许是由于过去代无人绿化的缘故，象沙漠一样乔木和灌草的土地取而代之了肥沃的土地，随着季节的寒风，卷走了一村又一村黄叶，光秃秃，破坏了稻田一样绿洁的心田，撼动了花园一样美的心灵。这一切，如今都过去了。当然，英明。黎珍和这块土地之源往往地连结了下来，可是，这块土地之间另一个源头与根源——黎大树爷，如果不还是接纳我们共国和国的即同看罢，治好了战代的创伤，代们为英明。黎珍而不幸流下了同情的泪水，但也对黎大树爷选择，后在老的同辈副巴盟杭锦后旗三道桥公社新建大队社员刘玉说：

《土垠》写得好，我读的每一章都觉得动人之处，很真实。魏大雄这个人物生活里很多的，我们的文学作品过去好象还没有这样反映过，辛启明、紫珍、玉玲也都写得很好。紫珍送别辛启明，紫珍和玉玲会见这些地方都掉了眼泪。

内蒙古大学中文系青年教师吴文堂说：

《土垠》很好，看了之后很激动，你们一定要多写，多写！读了你们的作品，感到有些笔触及时弊，锋芒又并不外露，威而不露，内在的份量是很重的。二位老师，假如将来有一天，你们因文致祸，你们的学生就会把你们

第
二
辑

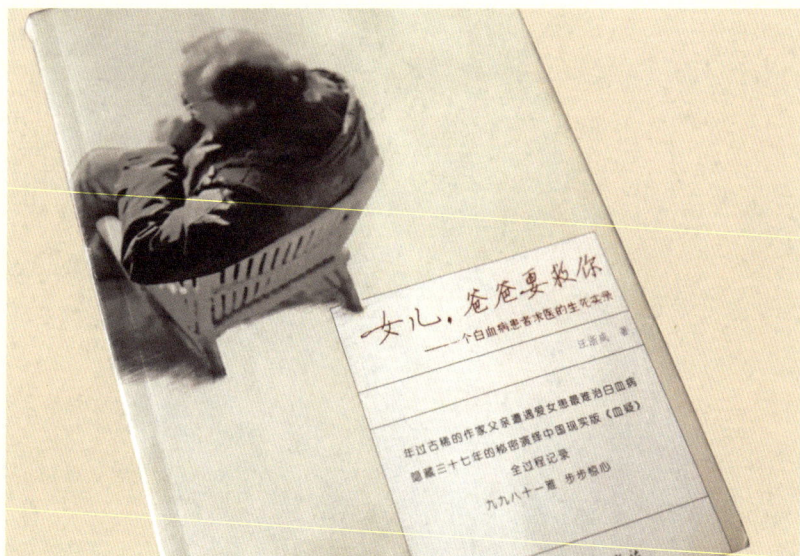

《女儿，爸爸要救你》（人民文学出版社 2013 年版）

"零度写作"的情感力量

——关于长篇纪实文学《女儿，爸爸要救你》

孙 侃

汪浙成老师和我曾经在同一个单位工作，即浙江省作家协会。这句话的准确含义是，尽管汪老师和我都在省作协工作过，但作为后辈的我调入该单位时，比我父亲还年长一岁的汪老师已经退休。而在省作协工作了十一年之后，我又调离了这个单位。我没能获得与汪老师在同一个单位上下班的机会。但在那十一年中以及之后的日子，我和汪老师经常一起参加各类文学采风、研讨会、学习座谈会等活动，我多次向汪老师讨教文学创作方面的问题，交往还是很密切的。五年前汪老师在他所居住的良渚文化村"大屋顶"（良渚文化中心）举行他的新作分享会时，我还有幸成为这场活动的主持嘉宾。汪老师为人为文之高尚品质，始终令我仰慕。

不过，在与汪老师的交往中，我还有一个重要的身份，那就是汪老师"救女行动"的见证者。事情的前前后后，汪老师那番殚精竭虑的施救，众人的全力相助，以及因此事而引发的奇怪的波澜，正好在省作协工作的我可谓亲眼所见、亲身感受。汪老师在创作这部纪实文学作品时，我也很早知悉，翘首以待，作品出版后还参与张罗并参加了研讨会，撰写了书评。汪老师始终视我为理解他的行为、了解此事、读懂这部作品的人，这一点也让我颇感荣幸。作为著名的小说家、散文家，汪老师著作等身、影响巨大，但他一直十分重视我这个后进者的作品分析、阅读感受，这次又特意嘱我撰写这部作品的导读，言辞恳切，我觉得若加以推辞，显然是不恭敬、不妥当的。

一

《女儿，爸爸要救你——一个白血病患者求医的生死实录》这部纪实文学作品的最大特色，是真实客观。纪实文学有其固有特点，其中最重要的一点，是它那毋庸置疑的真实性，每个人物、每个细节都符合客观事实，这部作品完全达到了这一要求。作品开头，作者正在曾经工作过的内蒙古包头避暑写作，朋友们欢聚在沙漠生态科技园，还为他举办了一场接风宴，气氛颇为轻松愉快，但来自杭州的一个电话，说女儿汪泉被医院判定为"血液方面"的病患，要他马上回杭，一切便在刹那间变了模样。这样的开头，不仅扣人心弦，把读者一下子带入这一由喜转忧的情境中，又以它的极度真实，给人一种强烈的、身临其境的阅读感受。

不掩饰困境，不避讳真相，是汪老师创作这部作品过程中一直遵守的宗旨。罹患恶疾后的汪泉迫切需要救助，汪老师本人也准备全力以赴投身其中，但天大的难题接踵而至，一时间让汪老师难以招架：杭州的移植技术是否已是国内最佳？移植血液的供者从何得来？能不能以最快速度找到汪泉的血亲？移植及医疗的巨额费用能否承受？该给汪泉怎样的心理疏导，让她完全配合？……一个个难题摆在面前，亟待解决，已逾七旬的汪老师无从逃避，但他究竟有否能力去破解？读者读到这里，感知情形之急迫，体悟汪老师之难，都会不由自主地替他捏一把汗。

"多少年过去了，汪泉一直不知道自己的真实身世。"在这部作品中，汪泉真实身世被"揭秘"，也是一个重要的"写真实"内容。正是因为汪泉罹患恶疾，起初时为了寻找骨髓捐献者，"汪泉原本是养女"这一真相就再也无法向公众和她本人隐瞒了。对于汪老师来说，这是一件极其痛苦又万般无奈的事。他的亡妻当年为了悉心保护汪泉的名誉，在众人面前千方百计地隐去了汪泉的身世来历，但现在，为了救助汪泉的生命，不得不决然揭开这坚守了许多年的秘密，如同揭开一个早已愈合的伤疤……汪老师在叙写这一段时，把多年前的事实真相原原本本地写了出来，包括致信山西省公安厅厅长求助、众人一起合力寻访阳泉市幸福巷92号，以及阳泉寻亲终无结果的无奈。

在文学创作领域，汪老师最擅长的是小说，他熟知小说的虚构之秘诀，熟稔艺术虚构这一表达手段，他最早的文名，也是因为创作出了《土壤》《苦夏》等一批优秀的中短篇小说而立起来的。但我反复研读这部《女儿，爸爸要救你》，竟未能寻到任何一个可以完全认定的虚构情节或细节，全书自头至尾都是"绝对真实"的，很多段落甚至摒弃了文学作品应有的加工、提炼等方法，而是以"毛坯式"的素材加以展现、堆砌，以期获得扣人心弦、震撼人心的效果。这就让我不由得想起"零度写作"这一文学创作技法。

所谓"零度写作"，最早来源于法国文学理论家罗兰·巴特1953年发表的一篇文章《写作的零度》。这种写作方法，主要是指作者在文章中不掺杂任何个人的想法，完全是机械地陈述。事实是怎么样的，作品表达也是怎么样的。当然，零度写作并不是缺乏感情，更不是不要感情，相反，它是把澎湃饱满的感情降至冰点，让理性升华，创作者从而得以客观、冷静、从容地抒写。无须赘言，这一回投入创作的汪老师，并不是想写一篇出色的小说，更不想把虚构的内容掺入这一部作品中，"真实到底"，就是他投入这部作品创作的圭臬，容不得一丝半点的虚饰，道理很简单，因为只有这样，他才能在作品中淋漓尽致地倾注他对女儿的挚情，才能写出一部感动人心的泣血之作。

二

这部纪实文学作品的另一大特色，是以情动人，反复突出了一个"情"字。这个情，既有父女之情，也有医患之情、朋友之情，以及来自不相识人们的同情、温情、恩情等，在特殊的情境下，这个"情"呈现得更加浓烈、更加真挚。正如汪泉在北京道培医院的主管医生吴彤在本书序言中所言："在汪泉住院期间，仅有年迈的父亲和年迈的姑姑照顾，但家人执着的爱创造了奇迹！""除了家人的爱，围绕在汪泉周围的简直是来自人类的爱的海洋！来自台湾的干细胞捐献者尽管经历丧子之痛，依然充满大爱为素不相识的大陆同胞提供生命的火种。当移植后早期发生致命性感染时，其他无血缘关系者捐献的粒细胞和忘我的医护人员的日夜坚守与救治，使得患者在危难中见到曙光；来自亲友、同事、乡亲和素不相识的人的爱，为这个面临灾难的家庭撑起了一片天！"据此，吴彤医生把最终成功治愈汪泉的全过程，概括为"四个城市，千百双援手"。

《女儿，爸爸要救你》第七章中，汪老师花了较大的篇幅，叙写了众人为汪泉治病而捐款的义举，那一笔笔捐款就是一片片深厚的情谊，就是祈求汪泉早日康复的心愿。其时我在省作协工作，亲身感受了大家为了汪泉慷慨解囊的那番真诚。台湾供者捐献的骨髓已经成功移植，但后期的疗治仍需大笔资金，而此时的汪老师即将囊空，他手中最大的财产，一是赖以栖身的住房，二是他精心保存多年的作品手稿。无奈之下，他决定以拍卖与亡妻温小钰合写的中篇小说《土壤》手稿的方式，解决燃眉之急。

拍卖《土壤》手稿的启事见报后，时任省作协主席黄亚洲等作家认为，应当设法保留这部作品的手稿，而可以向作家等社会群体发出呼吁，号召大家捐款的方式来解决这一问题。在我记忆里，随即，黄亚洲主席以手机短信的形式，一条一条地发给他所熟悉的省内作家，以个人名义向作家们提议，每人向汪泉捐助三千元。在接下来的几天中，不少即便是并不富裕的作家，都踊跃地捐了款。我的捐款是由一名女同事来我办公室取走，并统一交纳的。很多人甚至并不清楚此事的来龙去脉，只知是为了救助一位罹患恶疾的年轻女性，这位年轻女性是著名作家的女儿，只知是为了保住汪老师珍贵的手稿。众人拾柴火焰高。在很短的时间内，较为可观的捐款被汇集到汪老师手中，汪老师万般感动。

印象中，这或许是浙江作家自我发起的最大的一次捐款行动，内中不少感人的情节细节，一时无法道尽。后来，围绕身为在任主席的黄亚洲，能否以个人名义发起捐款，捐款是否还有别的动机等问题，有关方面及个人竟然作出了另外的理解和处置。这显然出乎为救助汪泉愿意真诚付出的人们的意料。但通过此事，我也再次真切地看到了黄亚洲主席提供给他人春天般温暖的毫不犹豫，他的担当精神。在惯于以己度人者面前，再纯洁的心也会被视作污迹斑斑。显然，在众人都在争后恐后表达善意、表达真情时，出现这一不和谐音是多么的不应该！毋庸讳言，在向汪泉无偿捐款过程中，人们显露出来的真情不可忽略，而汪老师也确实做到了这一点。

三

阅读《女儿，爸爸要救你》这部作品，我们还应该关注它在叙述"父亲救女"过程中所反映出来的种种社会实相。作为富有写作经验的著名作家，自然知道这么一部二十万言的纪实作品，不能只是单线条的叙写，不能只是流水账般的机械记录，而必须是多线索、多层面、多角度的文学展示，必须经由这一曲折多舛的特殊经历，展现父女俩所耳闻目睹的社会万象，描述所遭遇的各种莫名对待，进而活生生地展示当今社会的本质，凸现人生之苦、人性之不同、现实之严酷。这与上述"零度写作"的文学创作技法完全是合辙的。

打开这部作品，汪泉治病过程中的曲折故事扑面而来，与这故事相关的情节细节也不断泛涌，两者是同时被我们知悉和感受的。比如白血病作为人体造血系统的恶性肿瘤疾病，其凶险程度超乎人们想象，本书借他人之口，说到有人得知自己罹患此疾，为了"不想让家里人财两空"，就从窗口爬出去跳了楼，这样的例子当然不可能是孤例，所以后来医院不得不把病房的所有窗户都封死了；比如在京租房过程，读来令人唏嘘；比如对汪泉最初的病因分析，"人累体乏"可能是较大的一个原因，但"人累体乏"者哪止汪泉一人，这其实还是个社会问题；又比如在山西阳泉寻找汪泉血亲之前，汪老师"斗胆"给山西省公安厅厅长写信，而厅长真的安排下属来全力配合，令人意外，又符合温情者的做法；还有，为了提醒汪泉注意饮食卫生，两位医生分别讲的两个小故事，尤其是关于为汪泉提供骨髓的台湾供者和多名粒细胞被采集者的感人故事……

这样的写法，一方面能深化这部作品的社会价值，不把它写成普通家庭遭受苦难的个人化记录，更重要的一点，是使作品内容更显丰盈，让读者较为全面、系统地了解白血病治疗的手段、过程和目前所常见的困境，了解患者、家属和医生内心的酸甜苦辣，从而进一步地感知当今社会。事实上，从根本上说，作为一部文学作品，即便是个人传记或以某个人为唯一主人公的经历叙述，也不应该以只写个体故事为满足，"典型环境中的典型人物"这一法则尤其适用于纪实文学作品。汪泉以及她的治病过程只是一个点，当今社会则是一个面。"点"只有妥帖地放在"面"上，才能真正拥有作品的意义和价值。汪老师深谙此理，整部作品不时插入貌似可写可不写的"闲笔"，无疑大大增加了作品的广度和深度，也拓展了作品的格局。

记得这部作品在初稿时，汪老师拟定的主书名就叫《爱比死亡更强大》，我曾为这个书名叫绝，因为它准确说出了汪泉罹患恶疾而又被成功治愈这一故事的真正原因，强调了爱的不可思议的巨大力量。爱的力量确实能够创造奇迹，汪老师在这部作品中所记叙的只是其中一例罢了。在正式出书时，主书名被改成了《女儿，爸爸要救你》。这个主书名让人一目了然，突出了一个"救"字，似乎更能吸引读者的眼球。但我至今仍认为，汪老师的这部力作，说的不单是"救"，更重要的是"爱"，"救"只是"爱"的一种具体行为。不论是汪老师，还是为了救治汪泉而出力的人们，他们的行为只有"爱"才能解释得通。因此，我希望读者始终把"爱"当成阅读这部作品的钥匙。唯有把握住这一渗透在字里行间的内在本质，方能开启真正理解和感悟这部作品和这一当代传奇之门。

孙　侃
知名报告文学作家。

每个人都不是一座孤岛
——汪浙成《女儿，爸爸要救你》读札

颜炼军

孔子说，困而知之。困于病痛，尤其是接近死亡或以死亡终结的病痛，是人类亘古以来一直在承受的阴霾，但这往往也是人思考与开悟的契机。有许多人由于陷入病痛的绝境而求助于宗教信仰，因此获得圣灵的光照；也有许多人将陷入病痛、濒临死亡的体验隐喻化、美学化、崇高化，试图以诗性言说的快感，来缓解疾病的痛苦。因此，关于病痛的治疗与以体验为主题的文学书写，是个从未间断的书写传统。文学有时甚至被当做治病的药方，比如在许多汉赋作品中，文学家就是通过各种故事幻境给重病的王公贵族治病的。当然，更多时候，是给自己治病：几百年前，伤寒病还是人类生命无情的杀手，英国诗人和主教约翰·多恩就曾因患伤寒而写下了《丧钟为谁而鸣》一书，成为历史上著名的"紧急时刻的祷告"，他也因此奇迹般康复了。后来，结核病也长期成为文学家笔下出没的疾病，它几乎成为欧洲浪漫主义和现代主义文学家们的生理特征之一。结核病被现代医学克服之后，各种癌症又开始幽灵般大

规模进入现代人的身体。因为人们谈之色变，它也成为许多文学作品的主题，比如托尔斯泰的《伊凡·伊里奇之死》，就常常被引为描写癌症的文学案例，索尔仁尼琴的名著《癌病房》，则在癌症痛苦的不可忍受与政治压抑及迫害之间建立了隐喻关系。

在中国，近几十年来，随着现代化的深入，城市生活形态的普及，我们生存之物境渐趋恶化，各种恶性疾病与文学写作似乎也越来越结合在一起。由于自身经历及所见，许多作家都把恶性疾病与治疗作为写作主题，可以说，这也成为文学反思现代性后果的一种形态。比如，史铁生、陆幼青、周国平、周大新、迟子建、子尤等，都曾因为自己或亲人的疾病，写出了风格与体裁不一的文本，给读者留下强烈清晰印象。现在，老作家汪浙成先生又给读者献上了一部关于女儿白血病治疗经历的作品:《女儿，爸爸要救你》。由于作者身份与经验的特殊性，这本书具有不同于以往作品的独特价值。

这得从作者的人生阅历讲起。汪先生二十世纪五十年代末毕业于北京大学中文系，属于共和国培养的第一代大学生。他们这一代人文知识分子，在当代中国历史上留下了清晰的面孔。一方面，由于时代的缘故，他们大多是五十年代革命浪漫主义生活美学的信仰者和践行者，是郭小川诗歌中所说的一代"青年公民"。与当时许多年轻知识分子一样，汪先生与他的爱人温小钰女士响应了他们心目中的崇高性的号召，到边疆少数民族地区支边工作，这一去十数年，不经意间便幻化为他们生命中的尤利西斯之旅。汪先生与温女士的爱情、事业与生活，也因此无不充满了令人惊羡、感佩、扼腕的革命浪漫主义气息。另一方面，身处在那个特殊的年代，他们也参与、经历了历史的荒诞、残酷、血腥和疯狂，无一能幸免，都成为时代的受害者。比如，温小钰女士的病逝，就与早年生活条件的艰难有关。此类故事在汪先生早年的小说和散文中处处可以见到。可以说，上述两方面的极端性体验，在晚年的汪先生身上化为一种独特的心智风格。

记得诗人屠岸先生晚年的回忆录叫《生正逢时》，屠岸先生在夕阳中回顾万千往事，充满反讽地发现，他们这一代人经历和见证的历史太丰富了，记忆的仓库里可谓"金银满钵"——可惜有机会和勇气写下回忆的人不够多。某种意义上，"生正逢时"这个词用在汪先生身上也不为过。他先后被命运派遣到京华、漠北和江南，在体制内担任过种种文化职务，他以作家特有的敏感和情怀，参与和见证了当代以来的种种文化风尚和历史的风雨变幻。然而，汪先生也是不幸的，岁月的飘忽起落，不但带走了他的华年与曾经相信的一切，也以死神的无常，打着帕金森的幌子带走了他的爱妻。好在，时代在他身上锻铸的那个浪漫主义苦行者，坚韧地承担了这一切，其中演绎的故事，亦早已成为文苑坊间的生命传奇。

历史与命运在拿走了一切之后，还要继续以更残忍的方式来考验汪先生的信念。就像《圣经》中年老的约伯一样，汪先生在献出青春、爱妻之后，在早年的生活信念及其寄赖的社会历史幻境早已烟消云散之后，已过古稀之年的他，再次被厄运压顶：人类当下面临的撒旦式顽疾——白血病，还要求他献上唯一的爱女——她其实是他们夫妇早年在内蒙古捡来的弃婴，是他们生命与爱情的见证、寄托，是早已被冲散的历史激情与苦难留给他的最大的安慰。这个没有什么可以再失去的老人，被迫以常人难以想象的毅力跟疾病拼上了。他拖着衰老的身躯，扛着艰辛、绝望、死亡、恐惧和巨额医疗费用，带着女儿先后奔走于杭州、北京等地的医院和医疗机构，在不可能中寻求希望和奇迹。幸运的是，他罕见的勇毅和爱心焕发出的精神气场，不但坚定了医生们救死扶伤的信念，使父女孤单的抗争上升为一场持久的医疗技术攻坚战；也感召了无数亲友、故人、同事和陌生人：比如山西省公安厅厅长接到求助信之后亲自下令帮他寻找女儿的生父生母和直系血亲，比如陌生的台湾女士在自己遭遇丧子之痛时，仍然坚持为他们捐出造血干细胞……千百双援手，无数仁爱的奇迹，就被他的精神这样催唤出来。

最后，他胜利了，大家胜利了。出于感恩，出于对生命历险和抗争的再次省悟，他以作家的人文情怀和叙事能力，将这场抗争中经历的一切，以洗练动人的文字，写到《女儿，爸爸要救你》一书中。其中不只再现了步步惊心的治疗过程，不只再现了女儿的病痛与父亲的勇毅激发出的社会爱心，还非常细致地将白血病患者亲历的细节性的治疗程序，可能遇到的种种困难，可能促成好转的种种契机，尽心尽力呈现在读者面前。对于日益庞大的白血病患者群体，这无疑是一本非常好的指导性读本；对于普通读者，则是一本可以帮助我们重新理解亲情、人道、疾病和命运的书。

约翰·多恩曾在他的书中写过一段著名的话，后来因被海明威引用而流传开来："每个人都不是一座孤岛，自成一体；每个人都是那广袤大陆的一部分。如果海浪冲刷掉一个土块，欧洲就少了一点；如果一个海角，如果你朋友或你自己的庄园被冲掉，也是如此。任何人的死亡，使我受到损失，因为我包孕在人类之中。所以别去打听丧钟为谁而鸣，它为你敲响。"在人类完全把生活和命运交给了自己，而不是上天和神灵的今天，汪浙成先生这本书，不但向我们展示了人性的脆弱与珍贵——托马斯·曼在《魔山》中说过："所有的疾病都只不过是变相的爱"，同时也无奈地证明，我们都已陷在这些现代病魔无边的旋涡之中。

（原刊于《经济观察报》2013 年 2 月 18 日）

颜炼军
浙江工业大学人文学院教授。

超越父爱的大爱

刘　茵

　　近一时期，连续出版了三部作家父亲为重病儿女百般救治的作品：周大新的《安魂》、阎纲的《美丽的夭亡》、汪浙成的《女儿，爸爸要救你》。三部作品，三位父亲，个个感人肺腑，让读者感受到父爱如山。其中，我觉得最了不起的父亲是汪浙成。我最早接触到他的书稿，读后，由衷地对他说：汪浙成，你是一位伟大的父亲！在我的心目中，他应当被评为感动中国的最美父亲。

　　《美丽的夭亡》是阎纲写我们俩的女儿阎荷的，相似的治病经历，使我在读汪浙成这部作品时深感切肤之痛，感慨万端。但汪浙成是幸运的，经过重重苦难，终于以强大的父爱将死神拒之门外，夺回了女儿的青春。我的女儿却同我阴阳两隔。我有时想，女儿即便远在天涯海角，永远不能相见，哪怕能听到她的声音，收到她的短信，不断有个念想，我也知足了。但是，失去了，永不再有，只能期待与女儿时常梦中相逢，喁喁私语。汪浙成是幸福的，此时，女儿就在他的身边，看得见，摸得着，父女偎傍，相依为命，坚强地活着，温馨地生活着，让人羡慕啊！

幸运降临在汪浙成父女的头上，太不容易了。汪泉患白血病，病情非常严重，治疗费用开支巨大，治疗中险象环生。好容易起死回生，死神又来敲门，生生死死、死死生生，就这样无休止地循环着。然而，即便失去最后希望的一刻，父亲也绝不放弃，而是孤身赴难，终以大爱的强力、父爱的强光，点燃女儿生命之火，保住了年轻美丽的生命。

奇迹的出现只能有一个解释，就是父亲救女之心感天动地！白衣天使以及四面八方帮助女儿的好人就是天，就是神！

《女儿，爸爸要救你》形象生动、淋漓尽致地展现了这场生命抢夺战的全过程，充分显示了这部纪实作品的艺术魅力。

当前纪实文学的文学性欠缺是一个突出的问题。重"报告"和"纪实"，文学含量匮乏，矛盾冲突不惊心，形象不生动，语言不传神，流水账式的刻板叙述，让人产生审美疲劳。作为两届全国大奖获得者、知名小说家，汪浙成在艺术表现方面有着先天的优势。在这部作品里，他借鉴小说手法，着眼于人物的个性描写和内心冲突的激化，特别着力于人性的深度描写和思想层面的开掘。在作品结构、语言、细节选择，甚至悬念、伏笔等方面精益求精，在忠实于生活真实的前提下，充分运用了文学特有的叙事方式和抒情方式，语言优雅，描写细腻，个性鲜明，内涵丰富，掩卷长思，令人唏嘘喟叹。试想，把一部纪实作品写得既真实可信，又如小说般美感十足、感人肺腑，多不容易啊，足见作者的良苦用心和艺术功力。

真实有时比虚构更精彩，原来，他全力救助的女儿竟非亲生！这个真实的情节不仅使作品具有传奇色彩，也使父亲的精神得到提升。为了寻找亲人的骨髓，他不得不把三十多年来严守的秘密——女儿的弃婴身世公之于媒体。

作品中对父亲饱受煎熬的心理描写尤为突出，废寝忘食、喜怒哀乐、酸甜苦辣、渴望绝望，时时刻刻牵动着读者的心。当女儿病危时，他的心情极为沉重，思绪飞回十五年前：妻子气息奄奄、语重心长地嘱托："要照顾好小泉，不要让这苦命的孩子再受委屈。"此刻，兑现承诺的时候到了。

女儿骨髓移植后排异感染第二次报病危，医生说：继续治疗至少再需一百万，而且"轻则倾家荡产，重则人财两空"，反复建议他"放弃"。两难的境地，将汪浙成推到了风口浪尖，将父亲的心理活动推向极致。他想起女儿小时爬阳台，父女二人的命运系在一根绳子上的情景。这个细节在书中出现过四次，给人留下深刻的印象。"失而复得的女儿决不能得而复失"，哪怕只有万分之一的希望也"决不放弃"！除夕夜的公园里，人们早早回家团聚，剩下"我"一个人在凛冽的寒风中绕冰湖踽踽独行，直到星星出来。"我"今晚要比往日多走两圈，一圈为自己，再一圈，为女儿！"我"就这样走过了一生中最苦涩的 2007 年的除夕。

博大而坚守，执着而温情，不是亲生，胜似亲生，人道精神、人性美，父爱终于被超越，升华为人间大爱。

还值得称道的，是汪浙成的创作态度。作为一位有着丰富创作经验的作家，汪浙成不自负、不功利、不急于求成。他虚心听取我和《脚印》编辑突出人性、亲情，突出人物形象的建议，用情用心，下大功夫进行修改，删繁就简，调整结构，深度挖掘，取精用宏，甚至大删大砍，不少章节推倒重来，细心打磨六个月，使作品的面貌大为改观，实现了我们共同的目标：为读者奉献一部上乘之作。

吴彤医生说得好：这是一部"融真实性、科学性、文学性于一体的好书"。在深深理解生命的痛苦之后，更无比强烈地感受到爱的力量和伟大。让我们感恩社会！敬畏天地！

（原刊于《文艺报》2013 年 3 月 27 日）

刘　茵（1935—2015）
知名报告文学作家。曾任《当代》杂志编委、《中华文学选刊》副主编。

爱比死亡更强大

晴　川

一个生命呱呱坠地时就遭遗弃，这何等不幸！汪泉人生之路，就是这样开始的。当时她尚在襁褓，被丢弃于医院走廊，病恹恹的，小猫叫似的嘤嘤地啼哭。不时有人从她身边经过，看看，摇摇头，发一声叹息，又转身离去。也难怪啊，在那个年代，大家都艰难。忽然有一双手，将她轻轻抱起，拥进怀里，叹道，好可怜的娃儿。回首对丈夫说，我们收养这孩子吧。

这俩好心人，就是作家汪浙成和温小钰。那时他们还在内蒙古，两人合作写小说，是二十世纪八十年代活跃于文坛的夫妻档。

我与汪结识于六十年代。"文革"后，他们夫妻双双调到浙江，我也常去杭城，才熟稔起来。我发现，这两口子，不但恩爱，还挺有情趣。温小钰那时已任职于浙江文艺出版社，是个开明干练的总编；又当着全国人大代表。而在家里，却是个十足的女人。她旁若无人地在丈夫面前撒娇，将他姓名当中一字去了，只以"汪成"称之。亲昵，还透着"嗲"；时不时，她会以大惊小怪的口吻，"汪成"这样、"汪成"那样地指使丈夫。而这个如东北汉子般高大傻气的汪，在妻子面前，显得极其温柔软糯，总是高高兴兴服从指派，到东到西地忙碌。而他们俩，又一齐服从于那个才十岁出头的女儿。但凡她开口，无不依从的。偶尔会有异议，就一起轻声细语，试图说服她。当发现小嘴巴噘起，要不开心了，首先是温，紧接着是汪，立即"举手投降"。我也是个宠女儿的，却看不惯，忍不住多嘴。他俩不听，依然故我地将这宝贝疙瘩，当作公主般娇宠。

温小钰后来患病。求医问药，护理病人，买、汰、烧，诸般事务，概由汪独自承当。有回通电话，问起写作，他说哪有时间想这个，每日早晨睡醒，头一个念头就是今天吃什么。我又多嘴，说孩子不小了吧，也该让她分担些。电话那头却沉默。明显的，他不以我的话为然。不但他，连病中的温也那样。听说有回，孩子心血来潮，下厨为娘烧了个菜，温小钰竟然感动得热泪涟涟。直到临终，还向丈夫殷殷叮嘱：照顾好女儿。那时我已略知孩子来历。闻之，不禁感慨地想：要是她生身父母，在最后一刻改变主意，其今日境遇，将会怎样呢？过着半饥半饱日子，也未可知。

温小钰故后，汪浙成双肩挑，既当爹来又当妈，将孩子抚养成人，又觅得一份称心如意的工作。他自己，此时已步入老境，理当颐养天年了。奈何苍天无情，又来考验他的爱。汪泉被确诊患上白血病，且是最凶险的那种。一个活泼泼青春女子，生生被折磨得如一盏残灯余火，随时都可能熄灭了。他立即投入与病魔搏斗的旋涡之中。终于在京城，找到全国最好的、专治这类疾病的医院。医生们竭尽全力地救治她。那位主任，有一时，身在大洋彼岸参加学术活动，仍牵挂着她的病人，通过网络，日日与医院沟通信息。那都是利用活动间隙，时差又颠倒，其辛苦可想而知；她还中途"溜"回国，只为亲自查看病人近况。

需要移植干细胞。而汪的用不上。得大海捞针般，在茫茫人海中，寻找大致匹配的捐赠者。这需要等待，需要病人能够坚持。汪泉却幸运，海峡对岸，"慈济会"一位不知姓名的母亲，各项指标，恰与她百分百地吻合。那样的凑巧事，连医生都称奇。不料，这位母亲的独子惨遭车祸，她被巨大悲痛击倒了，卧床不起。但她仍坚持去了医院，兑现承诺。她说，我已经失去儿子，不忍对岸父母也失去骨肉。这份爱心，何其难得，说感动天地，也不为过吧。

然而移植之后，先前感染的后遗症，竟日复一日严重了。死神再次在她身边徘徊。医生只得向汪浙成交底：唯有注射一种针剂，此外再无别的治疗手段了。代价极昂贵，仅一个疗程，就需一百万；疗效，却在未定之天，概率为百分之五十。那等于下一笔输赢难卜的巨额赌注。医生婉转地告诉他，前几日，有个家属听了同样介绍，二话不说，当天就开车将病人接走了。人心都是肉长的，当医生的哪会不理解。亲人无救，谁不痛心疾首？但总不能为碰运气，落得人财两空，把整个家都拖垮了。医生的暗示，汪听懂了。但他沉默得如一坨铁。心里却在反复地呼喊：她是我世上唯一亲人了！她是我世上唯一的亲人了！……医生以为他伤心糊涂了，只得直言相劝：放弃吧。我们都看到的，你已经做得够多了。你无愧于孩子。这时，他才梆硬地——几乎是蛮横地，蹦出那样一句话来：你们一定要把我女儿救回来！

其时汪自己，已是慢性病缠身的七旬老翁。为能照料住院女儿，一日三餐送去新鲜卫生又合口味的饮食，他将同是七十高龄的胞妹，千里迢迢从家乡接来，傍着医院，租了一间小小居处。他与妹子分工，她主内，自己主外。这年京城寒冬又异乎寻常地凛冽。但他一日不落，清早就急匆匆奔向菜场。他怕买不到他所要的。菜做好，又亲自往医院送。其间，还得不时进城，采买医生指定的各种自费药。他本来患有高血压，因日夜劳累和焦虑，头脑已如灌满铅般沉重。过马路时，竟会稀里糊涂，迎着飞驶而来的汽车走去。呵，他更不敢想那个字：钱。他一介书生，本无万贯家财。为救治女儿，他早已顾不得颜面，叫花子一般，四处求告，靠借贷和资助支撑。积累的数字，如一座无形大山，压得他喘不过气来。如今竟要一笔更吓人的！面对绝境，他发狠了，决计将那份一直视作家藏珍宝、曾获全国奖的小说原稿，拿去拍卖。肯定不够数的。便进而想，索性将这赖以栖身的家，也一并抵押了吧——若无女儿，啥都不值得留恋了。

这事感动了省里媒体，并通过它们感动了社会大众。反响热烈。女儿单位，他自己所在协会，都发起募捐。更有杭城与家乡的企业家、职工、公职人员……踊跃地解囊相助，从几百乃至几十万。一位画家，将珍藏的作品拿出来义卖……他至今不知，究竟有多少不相识的好心人，向自己伸出了援手。

万幸啊，注射的针药有了反应，病人得救了。如今，他以自己的笔，记下这惊心动魄种种。书名就叫《女儿，爸爸要救你》。读罢掩卷，感动，也不胜喟叹。因为我曾亲见，他被极度焦虑长期折磨的模样，也劝他放弃。而他仍以沉默对我。他硬是从死神手里，将女儿抢夺回来——是的，那确乎该称作"抢夺"。不由想，一个人，爱到极处，竟会不管不顾，几近"疯狂"，没了理智。但他胜利了。是侥幸，抑或如那位主任在本书中说的"爱比死亡更强大"？

祝福他们！

2013 年 3 月 9 日写，25 日改。

（原刊于《文汇报》2013 年 4 月 5 日）

晴 川

原名水渭亭，作家，曾任《文汇报》笔会版编辑。

让死神惧怕的父爱

柳　萌

翻开古今中外文学名著，赞颂母爱的篇章比比皆是。可是谁能想到或知道，父爱有时也会如此强大，竟然能把女儿从死亡线上拉回来。我认识的作家朋友汪浙成，就是有这样力量的父亲，硬是在与病魔的抗争中，把女儿汪泉的生命夺了回来。

汪浙成、温小钰作家伉俪，是我在内蒙古结识的朋友。当时，浙成在《草原》杂志当编辑，小钰在内蒙古大学教书，我在《乌兰察布日报》工作，虽说相隔两地难得见面，只要有机会出差，我们总要互相拜望。我中学时代的朋友翟胜健、李沛然，跟浙成、小钰是北大校友，他们先后支边到内蒙古。有了这层关系，我们的友谊越发亲密。后来我们先后调回内地，浙成夫妇在杭州，我在北京，这么多年始终未断联系。小钰几年前因病去世，浙成跟女儿相依为命，日子过得还算平静安逸。

有次中国传媒大学友人张善明，给我来电话说："大汪来过北京，你知道吗？"善明原是浙成在《草原》的同事，中戏毕业后支援边疆到内蒙古，二十多年前调回北京在传媒大学任教，每次浙成从杭州来北京，我们这些内蒙古"乡友"，都会相约一起聚会畅谈。这次浙成来京竟然未告诉我。我正在纳闷时，善明对我说："大汪这次来，是给女儿治病。"这时我才知道浙成女儿汪泉，一位年轻的出版社编辑，当时患上了严重的白血病。事后我责怪汪浙成："怎么不告诉我呢？我总还可以给你搭把手吧？"他说："你年轻时受的苦比我多，后来又照顾重病妻子，好容易晚年消停了，我怎么能让你操心呢。我怕麻烦朋友们，就谁也未告诉。"他替朋友们着想，却把困难扛到自己肩上。抢救汪泉的过程中，医院曾两次报病危，医生和家人都婉言相劝，看是不是放弃继续治疗，因为这种病花钱多难治好，最后很可能人财两空。就在汪泉住院期间，他们也亲眼见到，有的病友先后离世，家人却为此负债累累。可是，汪浙成想到妻子去世后，女儿汪泉成了他唯一的亲人，如果再失去汪泉……他总是恳求医生，哪怕有一线希望在，也要挽救女儿的生命，绝不放弃。

作为父亲的汪浙成，愿望是好的，可是有两个棘手问题如同鸿沟，他不得不真实面对：一个是寻找造血干细胞的捐献者，一个是筹措一笔相当数额的医疗费。作为靠固定工资和微薄稿费维生的作家，汪浙成的积蓄本来就无几，即使砸锅卖铁也凑不够这笔钱，朋友也都是穷"秀才"，让他往哪里找几十万元钱呢？另一个问题就更让他为难了，干细胞得从患者亲人中移植，而汪泉并非他亲生，是1970年1月11日天寒地冻的清晨，汪浙成夫妇去医院看病，见到被人遗弃的小生命，躺在医院长廊椅子上哭叫，两人动了恻隐之心，一商量就收养了她，至今还瞒着女儿汪泉。此时在茫茫人海中，去哪里寻找她的亲人呢？这位年逾古稀的老人，一时陷入艰难境地。

汪浙成苦思冥想，依稀记得，抱养女儿时她穿的内衣，是用一块邮包布做成，衣领上有"阳泉幸福街92号贾"的字样，说明遗弃汪泉的人应该在此地。想起这个情节，汪浙成异常兴奋，即刻便给山西省公安厅厅长写了封求助信，恳请公安机关协助寻找汪泉的亲人。他把挽救女儿生命的希望寄托于此。阳泉公安机关经过细致查找，都没有找到汪泉亲人的线索，汪浙成的希望完全落了空。在近乎绝望之时，北京道培医院通过台湾"慈济会"，在海峡对岸给汪泉找到了干细胞捐献者，更巧的是捐献者各项指标，都与汪泉需要指标相吻合，这让汪浙成心中重新燃起希望之火。谁知正要准备移植干细胞时，台湾"慈济会"告诉北京道培医院，捐献者跟他们突然失去了联系，不知是不是反悔了不愿再捐献，这让汪浙成再次陷入茫然的苦恼之中。唉，真是好事多磨呵。过了几天，捐献者又找到"慈济会"，这是一位台湾的普通母亲，其间因独生子不幸遇车祸，被巨大悲痛击倒而卧床，当从悲痛中挣扎出来以后，她首先想到的是：不能让大陆的父母失去孩子。她强忍着失子之痛捐献干细胞，给了汪泉一次重生的机会。汪浙成暂时获得了宽慰。

可是，移植造血干细胞，得花一大笔钱，汪浙成去哪里找呢？万般无奈之下他想到，自己的小说《土壤》手稿，如果能拍卖些钱就可救女儿。《土壤》是他和亡妻共同创作的，是他们爱情的结晶和象征，每个字都记录着他们的艰辛。这部作品曾获得全国优秀中篇小说奖，让汪浙成、温小钰夫妇一举成名。只要有一点办法谁愿意出此下策。想到妻子"照顾好女儿"的临终嘱托，想到女儿正濒临死亡线，汪浙成再也顾不得这些了，立刻通过网络发布消息拍卖书稿。汪浙成家乡浙江奉化一位企业家，从网上得知情况立即伸出援手；汪浙成所在单位浙江作家协会，汪泉所在单位浙江大学出版社，温小钰之前的单位内蒙古大学的学生们，都极力劝阻汪浙成拍卖《土壤》手稿，他们合力为汪泉筹措了这笔救命钱。

汪泉垂危的生命，在父爱的感召下，在众人的帮助下，经过一段时间治疗，终于起死回生。

我 2012 年去杭州的时候，汪浙成来宾馆看望我，几年不见的老朋友，明显地疲惫和衰老许多，而那善良和顽强的品性，在他那明亮的眸子里却依然闪光。当问起汪泉的近况时，汪浙成欣慰地告诉我："经过这场重病磨难，汪泉好像一下子长大了，原来是生活上我照顾她，现在是她给我做饭洗衣。"汪泉跟他说："今后，不管别人怎么说，你两次救了我这条小命，还默默地照顾了我这么多年，你永远是我的老爸！"汪浙成还告诉我："汪泉这会儿知道关心别人了，她知道你患癌症后，就说：'我吃的铁皮枫斗颗粒不错，你快给柳伯伯寄去。'"汪浙成原以为养女汪泉知道自己的身世以后，会经受不住沉重的突然打击，不承想反而让她更懂事了，因此，这父女俩比过去更知彼此疼爱。

那天，汪浙成从我下榻地方离开时，望着他渐渐远去的背影，身材还是那么魁梧高大，脚步还是那么坚实有力，只是头发稀疏花白了许多。不禁对这位小我两岁的老弟，心生莫名的怜爱之心，唉，这人生是多么难测呵，老了老了让他经历一场险些失女之惊。这时，看着他背上的背包，在他宽厚的肩膀上晃悠悠，俨然小时候的汪泉，不就是这样年复一年地背大的吗?

如今,女儿汪泉大了,父亲汪浙成老了。相信经历过这场大难,这父女俩会相扶相助,在未来的人生道路上,走得更安稳、更快乐。我真诚地祝福他们。

(原刊于《人民日报》2013 年 4 月 17 日)

柳　萌（1935—2017）

知名作家、编辑家。曾任《小说选刊》社长,编审。

客观的叙事与巧妙的艺术表达

——浅析汪浙成的报告文学《女儿，爸爸要救你》

王柳茵

《女儿，爸爸要救你——一个白血病患者求医的生死实录》是著名作家汪浙成先生的重要文学作品之一，最初发表于《时代报告·中国报告文学》2012年第11期，并于当年年终入选"2012年中国报告文学优秀作品排行榜"。这部作品以其客观的叙事和巧妙的艺术表达使报告文学抒情与叙事的功能得到了很好的呈现，在文学作品要求的细腻之外也做到了报告文学所需要的精确性，是审美与纪实的完美结合，是当下报告文学创作上的一个重大突破。

一、对白血病患者的关爱

《女儿，爸爸要救你》是一部关于白血病救治的报告文学。关于白血病，它曾在一般人心目中被视为绝症，甚至是死亡的同义词。尽管随着医学科学的发展，白血病在当今社会已不再是不治之症，但是，在患者及家属心理上，白血病的威慑力还是相当大的。因此，在这个谈白血

病色变的社会里,《女儿,爸爸要救你》就显得极具重要意义。归纳起来,其叙事大致表现在两个方面:

(一)对白血病的关注

在目前环境污染日益恶化的情况下,白血病越来越严重地危害到人们的健康,成为威胁生命的一大凶手。汪浙成先生在作品中,通过一系列具体的数字,直观地向人们展示了白血病对人类生命和健康所造成的不可挽回的伤害。

自从 1845 年苏格兰人贝奈特(Bennet)和德国病理学家魏尔肖(Virchow)首次诊断出两例白血病以来,这个在人类头上徘徊了半个世纪的恐怖魔影,随着环境的恶化,越来越严重地威胁着人类的生命和健康。据世界各国相关文献统计,白血病发病率为 3.2～9.8/10 万人。其中北美和斯堪的纳维亚半岛最高,为 6.7～9.8/10 万人。中国白血病发病率为 2.1～6.9/10 万人,中国城市中哈尔滨最高,男性为 6.9/10 万人,女性为 5.1/10 万人。白血病已成为我国十大恶性病之一,患病人数居世界第八位。

虽然白血病来势汹汹,但到目前为止,人们对白血病尚缺乏应有的认识和了解。很多白血病患者,并非高危白血病,存在很大的治愈空间,但是由于对白血病病症和治疗策略的不了解,他们心中无数,徘徊在治疗和放弃之间,浪费了宝贵的时间,因而酿成无法挽回的悲剧。正是考虑到以上种种,汪浙成先生以自己陪伴女儿治病的亲身经历撰写了这部报告文学作品。作品通过汪泉这一病例,对白血病的发病机制、病因、症状、治疗、用药、配对、移植、感染以及后续治疗等事项,做了详尽的叙述和介绍，希望借助文学的方式，更大程度地引起人们对白血病以及白血病患者的关注。

1. 对白血病发病机制和病因有关知识的介绍

对于为什么会患上白血病，很多人都很不解，而很多患者都不免想问一句："为什么会是我？"作者就是抓住了当下人们对白血病发病机制和病因方面的困惑，结合女儿汪泉白血病确诊前的一段时间的生活情况以及社会的大环境，为读者介绍了白血病发病的一些相关知识，以及一些与我们的生活息息相关的白血病的诱导因素。

对于白血病的发病机制，至今在多个环节上仍是一个未解之谜，为了让读者更好地理解这一复杂的问题，作者介绍了医学界的一种相对简单的普遍看法：白血病是由于人体受到外援性或内源性致癌物质诱发，基因受损，使原癌细胞突变，抑癌基因失活，和基因产物的质与量发生异常，导致正常细胞异常生长和异常分化。在此基础上，作者还进一步解释了基因受损的具体原因，例如环境因素、生活压力、个人的情绪心理等方面。其中，作者重点介绍了环境因素对白血病的诱发作用。从大环境上看，身体基因受损的诱发因素可以归结为越来越严重的全球环境污染问题，作品中列举了臭氧层破坏、全球气候变化、土地资源污染、毒化学品污染等几个方面。而在小环境上，作者主要谈了主人公汪泉的生活环境：由于汪泉的工作单位刚刚搬迁了新楼，装饰材料中的化学物质对人体有着巨大的杀伤力；另外，由于汪泉长期从事电脑编辑工作，不可避免地长时间直面电离辐射，而电离辐射对人体基因的损伤是很严重的。无论是大环境，还是小环境，它们都是白血病的诱发因素。这些环境问题很严重，但在以前却很少有人会把这一系列的环境问题与白血病的诱导因素联系到一起，这从另一方面也折射了人们对白血病的关注度还远远不够。作者希望通过汪泉的生活环境、生活方式这一真实例子，以小见大，用报告文学的方式让读者感同身受，引导人们去正视这一问题对白血病的诱发作用。

2. 对白血病治疗方案的介绍

根据现在的医学状况，白血病尚属于比较难治的一种疾病。并且，白血病起病急，病情进展快，治疗周期长，费用又高，对任何一个家庭而言，都是一场信念、体力和财力的考验，因此制定正确的治疗方案能起到事半功倍的作用。

然而，在白血病的治疗过程中往往存在着各种各样的突发状况，并不是制定方案时所能预料的。在《女儿，爸爸要救你》这一报告文学作品中，作者在介绍白血病治疗的重大社会意义时，不仅为读者介绍了白血病治疗的一般方法，还翔实地记录了汪泉白血病治疗过程的每一个小细节以及作者自己在其中积累下的护理经验。另外，由于汪泉的病情非常凶险，所以在治疗的过程中，道培医院的医生采用了一些此前从未实施过的治疗方法。对于这些方法，作者做了翔实的记录。其中，"输注人体粒细胞抗感染"是作者重点介绍的一个新方法。"输注人体粒细胞抗感染"是汪泉白血病治疗中的一个关键的节点，也是史无前例的一个治疗方法。当时，汪泉颅内、两肺、肝脏与身上软组织多处感染，但由于肝功能不好，胆红素异常，人已陷入昏迷，三大抗生素又无法使用，情况万分危急。在这种情况下，道培医院孤注一掷，采用"输注人体粒细胞抗感染"的方法为汪泉进行治疗。作者重点为我们介绍这样一个方法，是希望这样一个用生命实证过的方法，能挽救更多类似汪泉这样生命垂危的移植病人。

（二）"爱比死亡更强大"

白血病固然可怕，但有爱的世界比死亡更强大。这是汪浙成在《女儿，爸爸要救你》中阐述的一个重要观念。

总的来说，《女儿，爸爸要救你》叙述的是用爱战胜病魔的真实故事。在汪泉住院期间，尽管照顾她的只有年迈的父亲和姑姑，但是他们执着的努力和爱创造了奇迹！无论多么危险、艰难与绝望，他们都没有放弃！作为父亲，汪浙成先生尽管患有高血压等慢性病，但他无论遇到什么困难，都能保持清醒的头脑，并想方设法地去寻找解决问题的办法。而汪泉的姑姑，也放下自己的家庭，从包头赶到汪泉身边，全心全意地照顾汪泉，直至汪泉治愈。除了家人的爱，汪泉还沐浴在来自社会各界的关爱中。来自台湾的干细胞捐献者尽管经历丧子之痛，但依然为素不相识的大陆同胞提供生命的火种；当干细胞移植后，汪泉发生致命性感染时，许多无血缘关系的志愿者为汪泉捐献救命的粒细胞，忘我的医护人员更是日夜坚守与细心救治……正是这些来自亲友、同事、乡亲和素不相识的人的爱，才把汪泉一次次地从死亡线上拉回来。在她的周围，是一片爱的海洋！

汪浙成先生正是怀着感恩的心写下了这部报告文学。一方面，他是为了感谢这一路上向他们伸出来的一双双援手。他说过他写作此书的最初动机，就是为了感激所有救助过他们的各界好心人士！另一方面，汪浙成先生也希望通过这部报告文学，以自己女儿的经历告诉人们，这些白血病患者及其家庭需要爱，需要社会的关爱与帮助。

邓小平在《在中国文学艺术工作者第四次代表大会上的祝词》中明确强调："文艺创作必须真实，深刻地反映社会生活，表现时代前进和历史发展的趋势，给人民群众以启迪和教育。"进入二十一世纪以来，随着市场经济体系的不断完善，商品经济的高度发展，社会充斥着各种各样形形色色的观念，文艺工作者应当发挥"人类灵魂工程师"的作用，承担时代赋予的重任。这也是笔者要强调这部作品的社会主题的原因所在。很显然，在当下的商品社会中，这样一部弘扬大爱的作品，无疑具有极大的现实意义！

二、巧妙的艺术表达

通过上面的分析可知，《女儿，爸爸要救你》这部作品没有丝毫的虚构，只有一位父亲以纪录片的方式讲述了女儿治病的整个过程，因此，其最大的特点就是"真实"。然而汪浙成先生还借鉴小说的手法，十分娴熟地处理了报告文学中叙事与抒情之间的微妙关系，叙述理性，从容绵密，张弛有度，在文学作品要求的细腻之外也做到了报告文学所需要的精确性，可以说是审美与纪实的完美结合。

（一）叙事上的"曲折翻腾"

所谓"曲折翻腾"，指的是小说情节上的波澜起伏，跌宕翻腾。周振甫在《小说例话》中指出："只有那些故事情节曲曲折折，斗折蛇行，波澜迭起，跌宕翻腾的文艺作品，才能满足读者的审美要求。山穷水尽之处，偏宜突起波澜，或先惊而后喜，或始疑而终信，或喜极、信极而反致惊疑。"在《女儿，爸爸要救你》这部报告文学中，汪浙成先生就巧妙地运用了这种小说创作的手法。

但是需要强调的是，汪浙成先生的《女儿，爸爸要救你》作为一部报告文学作品，当中所使用的"曲折翻腾"法与传统小说创作中的"曲折翻腾"法可以说有着本质上的区别。因为小说作为以虚拟题材为主的文体，虽然不排除题材也存在真实性的可能，但总的来说，很多突如其来的悬念，都是作者刻意虚构设计的，为的是让小说达到"曲折翻腾"的效果，让小说情节更曲折，更巧妙，更能吸引读者。然而，《女儿，爸爸要救你》作为一部以非虚构性为首要特征的报告文学，在作品中使用"曲折翻腾"法时是严格遵守了非虚构性这一前提条件的，换句话说，作品中增加情节复杂性的事件，并不是作者虚构的，而是实实在在的，作者只是在事件的安排上，花了心思，即通过增加悬念，强调节奏，而达到作品情节"曲折翻腾"的效果。

在作品中，为汪泉寻找合适的骨髓提供者这一过程是"曲折翻腾"手法最好的例证。直系血缘关系的骨髓供者是白血病患者在治疗过程中最重要的救命绳索，因为其骨髓匹配概率是最高的。然而汪泉只是养女，生身父母是谁、在哪，都是个谜，初始配型上寻亲的失败无疑给汪泉的治疗之路增加了难度。但是，天无绝人之路，尽管汪泉失去了有血缘关系的骨髓供者，但却幸运地找到了有六个位点相合的骨髓提供者。根据现有的医学水平，一般有四个位点相合就可以考虑移植了，而六个位点相合意味着骨髓移植的成功性很大。然而，正当前途一片光明的时候，情况却急转直下，联系好的骨髓供者竟突然失踪，移植中止。还好没过多久，消失的供者很快又重新恢复了联系。但在万事俱备之际，又发现这位骨髓供者是乙肝病毒携带者，要还是不要，又成了一个重要的问题。这一起一伏，一明一灭，霎时间充满希望，转眼间又让人绝望，都是该作品在叙事上"曲折翻腾"的重要表现。

类似的"曲折翻腾"在作品中还有不少。因此，可以说这一手法的使用，不但使得该作品的情节愈加巧妙，节奏愈加紧张，而且使作品产生了"山重水复疑无路，柳暗花明又一村"的审美效果。

（二）叙事和抒情关系的巧妙处理

在报告文学中，叙事和抒情的关系是很难把握的。叙事分量重了，会使报告文学偏向于报告，让人觉得枯燥无味；而抒情性太浓，则会使作品的主观性加强，把作品的报告性覆盖，使报告文学倾向于抒情文学。而优秀的报告文学作品，能巧妙地处理好叙事和抒情的关系，使作品既没有落入叙事式报告的窠臼，也没有掉进抒情式文学的陷阱。而《女儿，爸爸要救你》则将两者处理得十分巧妙。

为了处理好叙事和抒情的关系，作品中设计了两条线索：一为叙事，一为抒情。叙事线索，按照事情发展的先后顺序，把汪泉治病的全过程清晰地展现在了读者面前，因为具体到了这一切发生的时间、地点、真实的人和具体的事，一切就如同纪实报告一样。同时，正因为这条线索强大的叙事性，才足以与另一条强大的情感线索抗衡，以维持报告文学中叙事和抒情之间的平衡。而另一条抒情线索，是作者，以第一人称记录下了一个父亲的心路历程。这一条线索以抒情为主，抒发了作者作为父亲对女儿病情的焦虑、心急如焚，以及对全力以赴救治女儿的医护人员的敬仰和对众多伸出援手的好心人的感恩，这一切在作者笔下汇聚成了一条巨大的感情洪流，不但推动着叙事的发展，而且冲击着每个人的心灵。

同时，还应该看到，这两条线索并不是各自独立存在的，它们始终平等，自始至终如同拧麻花一样紧紧缠绕着。没有叙事线索，抒情线索不可能独立存在，而没有抒情线索，叙事线索将会沦为单纯的报告。例如，在作品的第五章"风云突变"的"肝昏迷"这一小节中，就很清晰地展现了这两条线索的水乳交融。这一小节，正如它的小标题所提示的那样，记叙的是汪泉骨髓移植手术结束后出现的肝昏迷状况，因此，叙事线索从 12 月 3 日凌晨五点移植手术的结束开始，详尽地记录着之后一周里汪泉的病情变化：从移植手术的成功结束，到突发的感染、病情恶化直至肝昏迷，具体详细的每一个节点都记录下来。在这冷酷的叙事线索之外，紧紧环绕着的是汪泉父亲、姑姑和全体医护人员的担心、关心的抒情线索。在两条线索的相互补充支持下，读者既可以在汪泉治疗的紧急情况中体会到汪泉父亲、姑姑以及全体医护人员的担心，又可以在父亲焦灼的心情、医生严肃的话语中体会到汪泉情况的紧急。叙事清楚，抒情细腻，这些都要归功于叙事与抒情关系的巧妙处理。

（三）用时间节点巧妙体现报告文学的真实性

一般来讲，真实是文学艺术性最重要的基点。具体到报告文学，首先是其报告性，然后才是其文学性，而报告性强调的就是作品的真实性。真实性，是报告文学区别于其他文体的根本特征，后来亦被称为"非虚构性"。回归报告文学本身，简言之就是用文学手段及时处理新闻题材，表达现实生活中具有典型意义的真人真事，而真实性所强调的就是真人真事这一点，报告文学容不得半点的虚构、想象。《女儿，爸爸要救你》以时间为线索，串联起了每一个真实的事件，巧妙地体现了这部报告文学的真实性。

《女儿，爸爸要救你》的真实性最主要的就体现在关于时间节点以及相应事件的记录上。在《女儿，爸爸要救你》中，作者对汪泉白血病治疗的每一个过程都做了详尽的记录，而这些记录具体到了每一个环节的年、月、日。例如在作品第五章"风云突变"这一小节中，就记录了汪泉进舱进行骨髓移植手术这十天里的点滴："11 月 29 日汪泉在舱内已待了整整十天"；"30 日这天，成了我的气象日"；"哪想到仅仅过了一天，情况突变，病情急转直下"；"第二天，来北京出差的副社长特地抽时间来住处看望"；"12 月 3 日，移植第三天"……这些紧凑的时间事件记录，不仅让整部作品的节奏变得十分紧张，同时也恰恰是这部作品作为报告文学真实性强有力的论证。

（四）环境描写的"一箭双雕"

环境描写是小说创作中的一个重点，而在这部报告文学作品中，作者也巧妙地运用了这一手法，但与小说中的环境描写不同。小说中的环境描写，是刻意去虚构，就为了营造一个符合事件气氛的环境，以有利于事件的顺利发展。但是，《女儿，爸爸要救你》作为一部非虚构性的报告文学作品，其主要是以汪泉治病的医院为环境中心，记录了汪泉白血病治疗的整个过程，真实细腻的环境描写在叙事和抒情两方面有着巨大的作用，环境描写的作用可谓是一石二鸟、一箭双雕。叙事方面，作者通过对真实环境的描绘，即通过对汪泉治病的医院真实环境的描绘，为读者展示了所报告事件发生的真实环境，让所有的事件有一个真实可靠的背景环境，增强了报告文学叙事的真实性；而抒情方面，通过细腻的环境描写，传递了当时的环境中人物的真实感受，更能让读者感同身受。

例如，在刚到道培医院时，对道培医院大门的描写："道培医院自身牌子很小，旁边和周围两块丧葬用品的广告牌却很大很抢眼，上面绘着一只大大的花圈，中间是黑色寿字，下面写着：殡仪用品，现货供应；寿衣寿鞋，价格优惠。也不知是不是由于我迷信，反正当冷不丁看到这与医院救死扶伤宗旨极不和谐的景象，就如同在一碗正享用的美食里突然发现一只苍蝇。过了好大一会儿，这种不舒服的感觉才慢慢平息下去。"

这一部分，用了白描的手法描绘了道培医院的门口，寥寥几笔却让这个门口相当真实。如此简洁真实的环境描写，为接下来发生的事件营造了一个真实的环境氛围，增强了叙事方面的真实性，让《女儿，爸爸要救你》这部报告文学叙事方面的真实性更加不容置疑。而同时，抒情方面，通过如此细腻的环境刻画，为之后作者所想抒发的"不舒服的感觉"做好了铺垫。道培医院是汪泉要进行治疗的医院，是全国治疗白血病的著名医院，本来全家人是抱着希望而来的，但是第一眼迎接他们的却是丧葬用品的广告牌，所以，作者所想要表达的那种"不舒服的感觉"自然是不言而喻了。一个简洁生动的环境描写，既增强了该作品叙事的真实性，又让其所抒之情更加具体，所以其环境描写的巧妙之处正在于其一箭双雕之处。

这样巧妙的环境描写在整部作品中不在少数，所描写的这些环境并不是作者刻意设计的，只是把它们原原本本地描绘出来，在增强作品叙事内容真实性的同时，让读者身临其境，感同身受。

《女儿，爸爸要救你——一个白血病患者求医的生死实录》是一部真实、生动的报告文学作品，既是汪浙成先生陪伴女儿汪泉与白血病抗争的生死记录，也是一部凝聚社会各界爱心的真情实录。它有别于现在图书市场上习见的温情脉脉的作品，它的节奏是紧张的，所描绘的现实是残酷而逼真的，是一位父亲以纪录片的方式讲述了女儿治病的全过程。它能帮助人们重新认识和理解亲情、人道、疾病和命运，让人们更加理解生命，珍惜生命，对当下社会具有积极意义，是社会正能量的传递。

（原刊于《六盘水师范学院学报》2016 年第 6 期）

王柳茵

写作此文时为贵州大学人文学院研究生。

伟大父爱的典型文本

——汪浙成纪实文学《女儿，爸爸要救你》读后

丁　山

　　捧读汪浙成老师这部倾注了无尽父爱的力作，昔日的场景重现我的眼前：危在旦夕的女儿、焦虑的父亲，一个个可怕的病理指标、一双双热心伸出的援手……我记得当时众人之所以奔走相告、慷慨解囊，甚至献出自己身上的热血，既是为了力挽一条鲜活的生命，同时也是因为被汪浙成老师的满腔父爱所打动。这是一份远远超越了血缘关系的父爱，表达的也绝不限于汪泉这一个体，而是一种博大的父爱，施之于天下所有渴望关爱的儿女。"女儿，爸爸要救你"是一句非常简单、朴实的句子，细加体味，却不禁令人潸然泪下，因为它让我想起了"父母的爱是永远不会枯竭的""典型的具有献身精神的爱是父母之爱"等千古名言，让我体悟在最危难之际，唯有最无私、最真诚、最慷慨的人间大爱，方能拯救生命，改变所有，重塑一切。

　　罹患凶症的汪泉早已摆脱死神的纠缠，伟大的父爱再次缔造了一则传奇，而汪浙成老师也在晚年迎来了新的创作高峰，收获了一部优秀的

纪实文学作品。事实上，作为当年感人情景的目击者，捧读此部作品时我显然有着别样的感受。对于情节细节的回忆，对于昔日场景的文学性再现，汪浙成老师十分娴熟地处理了叙事与抒情之间的关系。如同在挽救汪泉生命的过程中，面对乱麻般的事务而从未丧失条理，理性在这部作品中始终不曾缺失，叙述的从容绵密、张弛有度一直保持到全书结尾。众所周知，白血病的可怕在于人类往往对它徒唤奈何，死亡的恐惧很容易剥夺当事人起码的理智和仅有的希望，然而汪老师知道，他的身上最充足的唯有爱，他只有借助爱的力量，只有让不竭之爱成为他帮助养女战胜病魔的强大动力。一次次地从死亡的悬崖边返回，一次次柳暗花明，作者越是有节制、有分寸地情感流露，越能感人肺腑。似已穷途末路之时，年老的汪老师在一名社科院学者的建议下，乘船前往普陀山拜谒双泉禅寺智宗法师这一段，是我为之掬泪的情节，尽管汪老师在叙述时仍在努力控制自己的情绪："从船上望去，整座普陀山宛如一尊背后放射着火焰状光芒的大佛，巍峨庄严地跏趺在金色的莲花座上！我看着看着，忽然心有所动……觉得自己刚踏进海天佛国的门槛，就看到了一线光明，一丝希望！"是啊，有了爱，确实"不要紧张"，智宗法师这四个字是对爱的独有解释，更是对奉献无私父爱者殚精竭虑、全力以赴的高度赞许。

《女儿，爸爸要救你》以坚守真实的姿态铺陈全书，无愧于"纪实"两字，但同时，它无疑又是文学的。它通过个人视角来叙写父爱的伟大和生命的坚韧，记录人世间可贵的片片真情，观照生命的价值和意义，又努力向事件当事人的心灵深处开掘，写透危难时刻内心的期冀与失落、振奋与苦闷、欢乐与悲伤。它也不回避曾经有过的思想矛盾，以及可以理解的无可奈何。看得出，作者在梳理和再现种种繁琐的事件进程之时，未曾忘记它终究是一部文学作品，必须具备文学作品所应有的要素和特性。作者在展示事件真相的同时试图揭示现实社会的真相，在描写个体命运的跌宕起伏的基础上积极探寻人生真谛，这赋予了这部作品更高的价值。"人在艰难困苦的时候，最重要的，是自己不能对自己丧失信心。最后胜利真的就孕育在再坚持一下的努力之中！"汪老师在书末的这句感慨，其字面意义尽管早已被他人多次重复，但在读完全书之时，再反复体悟此言，就会深感它的精辟，它的力量，这种精辟和力量只有历经艰苦卓绝的人才能充分体会，也只有读懂汪老师贯串整部作品的主题含义后方能彻底理解。只有成功的文学创作才能达到这样的精辟，也只有真正的文学作品才能拥有这样的力量。

丁　山

知名报告文学作家。

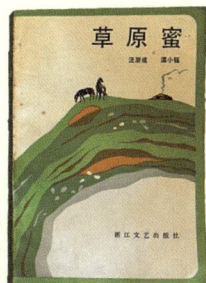

汪浙成、温小钰部分作品书影

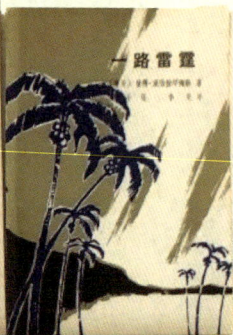

但愿不是赘语
——关于《土壤》和《女儿，爸爸要救你》

汪浙成

其实，关于《土壤》，要说的话已经说过，新意不多了。记得那是半个世纪前"文革"刚结束，我和全国作家同行一样，欢欣鼓舞地重新拿起笔来告别噩梦般的昨天，迎接新时期，讴歌"四化"建设。当时在农业上，中央指示，凡是毛主席生前制定的政策依旧要不折不扣执行，继续大力推进农业学大寨，掀起热潮，并要求全国各省、市的县和县级农场，三年内务必全部成为学大寨先进单位。

内蒙古自治区自然紧跟中央，号召文艺工作者积极投身"四化"建设，在"新长征"中立新功。"文革"前我写过反映沙漠边境气象站的小说《白云之歌》，《人民日报》和《文汇报》曾发文推荐，受到好评，因此我也喜爱上了沙漠。自治区农垦局分管宣传的领导和我的一个在局里工作的学生，听说我要去深入生活，非常高兴，便向我推荐一个地处沙漠深处的国营农场，同时也是学大寨先进单位，我就兴兴头头地下去了。

农场坐落在内蒙古西部包兰线上磴口县附近，1949 年以前这里叫三盛公，新中国成立后一度改为巴彦高勒，东面紧靠黄河，西临内蒙古与宁夏交界的贺兰山，中间是一片大沙漠，叫乌兰布和，汉语的意思是红色公牛。两千多年前这一带还是一片湖泊，并盛产粮食。昭君出塞时，汉元帝刘奭赐给南匈奴呼韩邪单于三百斛粮食，并非从长安长途跋涉驮来塞外，而是昭君一行北上经过此地，调拨运至呼和浩特。我去的农场就在这片沙漠的腹地。

学大寨先进典型，当时有几条硬性的量化指标。首要一条是粮食亩产。长江以北地区，规定必须在四百斤以上。这个农场上报的播种面积为一万亩，亩产四百斤，总产四百万斤。上一年，他们按规定向国家粮库缴足了四百万斤粮食，一斤也不缺，从自治区扛回了大红锦旗，堂堂正正地挂在农场会议室的正中央。我一去，场长就领着我观瞻这面一人来高的大红锦旗。

可实际情况呢？

听农场职工私下议论，场长弄虚作假，去年粮食亩产实际只有二百斤！我说不对呀，你们向国家粮库上交的粮食总数为四百万斤，一斤不差！反映情况的职工说，你受骗了。去年农场播种面积不止一万亩，而是二万亩，把农场所有耕地都种上了。场长将两亩地的产量算作一亩，就这样瞒天过海地糊弄了上级部门和报社电台，骗取了先进典型的大红锦旗。

可我知道，二万亩的投入，包括种子、化肥、用工、用水、农机、

·资金等，比一万亩多了一倍。这么大的一笔支出怎么填补？

农场职工告诉我，场长自有他的办法，谎报造林面积，向国家骗领大量造林补助款，叫以林补农，堵上了窟窿眼。

我说你们领导这样谎报根本不存在的所谓造林，难道不怕被发现吗？

职工们都笑了。沙漠里植树造林，成活率向来低下。一场大风刮过，沙丘搬家。新种下去的树苗，不是被风刮倒树根裸露出来晒死枯死，就是被黄沙掩埋得无踪无影。上级部门即便下来检查，上哪儿查去？再说我们农场在沙漠深处，交通不便，只有一条坑坑洼洼的沙漠简易公路，从碴口进来得颠上大半天车，谁也受不了。

可不，我这趟坐车进来，颠得骨头架子都散了，第二天起不了炕，而且车上又不能开窗，车轮扬起的沙土像龙卷风一般直冲天空，车厢内尘土飞扬，黄沙呛得乘客们都捂着嘴不敢说话。进一趟沙漠要受这般折磨，坐惯办公室的机关干部能不进来就不进来了。农场领导用不着太操心自己的鬼把戏会被揭穿。

我刚到农场时，职工们看见我这个"记者"（当时农场领导将我当作记者介绍给大家。我不知道这是他口误还是什么。反正那时中央"钦差大臣"常常以新华社记者身份在各地微服私访，记者在普通老百姓心目中似乎还有别的含义。），以为准是农场领导请来给自己脸上贴金造舆论的。看了两天觉得不太像，特别是看我对他们反映的问题很感兴趣，对我也就热情起来，主动邀请我上家里去，杀鸡留我吃饭，开始掏心掏肺地跟我讲一些他们感到忧虑的事。

原来严重的后果远不止这些。

这个农场的前身，是中国科学院沙漠研究所治沙站和军垦部门合作的试验基地。治沙专家和大批军垦战士历尽艰辛，与沙漠苦斗了十年，植树造林、种草固沙、开渠引水、改造沙漠，慢慢地开辟出这二万多亩土地。为此，我又特地采访了离农场不远的中国科学院沙漠研究所治沙站的专家。他们告诉我，这片土地由于从沙漠改造过来的时间不长，地力等级比较低下，还很脆弱，必须实行土地轮休制度。今年种过一年，明年就得让这片土地休息，种另外的那片土地，实行轮换耕种，让土地像人一样白天工作了一天，夜里就睡眠休整，保持好体力，方能持续地种植，避免土地退化。但是现在的农场领导，却把二万亩全部耕地都种上粮食，不让该休整的土地休整，用不了几年，这片千辛万苦从沙漠改造过来的良田，就会重新退化为沙漠。我们这些人多年的辛劳和付出，眼看着要毁在他手里！

听了治沙专家们这番充满忧患意识的话语，我对农场领导问题的严重性，认识得更清楚了。他们这种只管眼前不管长远，只顾自己不顾子孙后代，只看私利不看全局的败家子恶劣行径，拿今天科学发展观、构建生态平衡的理念来分析，更是"罪加一等"了！

可问题是，这个农场领导为什么要这样做？这样做的动机究竟是什么？是因为缺乏科学知识认识不到严重后果吗？

显然不是。

据了解，他是农学院毕业的大学生，科班出身，搞农业多年。那么，他明明知道危害性为什么还这样做？而且能够得逞？

显然还有更深一层的社会原因和政治背景。

经济上的问题常常反映着社会问题。

二十世纪七十年代末，全国各省市自治区都订出具体指标，三年内全部属地必须成为学大寨先进单位。各地就一层压一层，层层加码，指标越来越高，口号越来越响，完全脱离了实际。但由于各种各样条件的限制，在规定期限内无法实现目标怎么办？只好弄虚作假，欺上瞒下，违反科学，破坏资源，杀鸡取卵，竭泽而渔，乃至谎报成绩。这种情形，在1958年至1960年"大跃进"中，曾造成无穷的危害，至今人们还记忆犹新。没承想如今建设四个现代化的序幕刚拉开，又有人暗暗作祟，倘若任其发展，这对四化建设将是破坏性极大的隐患！

大沙漠里发生的故事，原来和我国整个社会发展紧密联系着。人类向沙漠进军，变沙漠为良田的壮举，固然很艰巨、很空前、很伟大，但更艰巨更重大的任务，还在于改造我们这个社会的土壤。不然，非但自然土壤改造不好，甚至业已改造好的良田，也有可能再倒退而重新沦为黄沙肆虐的沙漠！

一想到这些，我内心又气愤又激动，回到呼和浩特，把自己的这种种感受和温小钰一说，两人一致认为，我们未来的小说，不能停留在伤痕文学阶段去一味展现伤痕，重点要放在当前的"新长征"上。昨日流泪付出的沉痛代价，唤起我们心中对今天四化建设的巨大热情，我们很快构思了小说的框架。魏大雄这个人物，从私心杂念比较重的青年学生发展成不择手段的小野心家，是这次在农场深入生活中新获得并逐渐丰满起来的一个形象。他因为工作取得骄人成绩，把农场变成学大寨先进单位就要调离高升，接替他工作的辛启明是他大学时的同班同学，后者因在毕业前夕下农村实习的教育总结中坚持实事求是被错打成右倾机会主义分子，开除党籍，不久前才得以平反。现在，他又一次面临严峻的人生抉择：要么将农场的问题掩盖起来，糊弄下去，这样还可以获得农业部有关商品粮基地政策上的巨大优惠。他们的同班女同学黎珍代表部里，正在农场了解考察是否定为国家商品粮基地。要么将问题彻底抖搂开来，坚持科学种地，把亩产指标降下来。小说三位主要人物系五十年代大学生，都是一些活在我们心里的熟人的影子。伴随着这场深沉的思想交锋的，是展开在他们之间的感情纠葛。故事时空交错，在这片瑰丽变幻的大沙漠背景中展开，富有浓郁的地域特色，连小说题目也一反常态，在未曾动笔前就敲定下来——《土壤》，仿佛一篇科普读物的名字，但有内涵、有深度，我们自己很喜欢。

正要动手写时，有好心朋友劝我们，说这样写会得罪农垦局，再说揭露阴暗面，领导看了也未必高兴。你们下去是让你们做正面宣传的，你们怎么忘记使命揭露起阴暗面来了？听了朋友们这些提醒，我真有思想斗争，自己此前写的小说从未揭露过阴暗面问题，也怕写起来掌握不好分寸而犯错误。但一想到农场职工和中科院治沙站专家在反映问题时对农场场长弄虚作假行径的痛心疾首，想到他那套鬼把戏对"四化"建设的危害，想到我们有的令人敬重的领导，明知对弄虚作假进行抵制和揭露要付出惨痛代价仍坚持实事求是讲真话，而自己在今天"新长征"的进军号刚刚吹响，明明已经看到现实中这种危害"四化"建设的胡作非为仍在阴暗角落兴风作浪，却因为私心杂念而转过脸去不闻不问，这是一个作家应有的态度吗？平时自己口口声声说的艺术良知关键时刻又到哪里去了？揭露弄虚作假，清除障碍，不正是为了"四化"建设健康发展吗?！一个正直的作家固然要热情讴歌真善美，但也要有一支负责任的笔和敢于铁肩担道义的情怀！

思想顾虑消除后就动起笔来。三位主人公在农场意外重逢，回忆起大学时代的情仇恩怨，认识到心目中曾经神圣的党的基层组织，无非也就是那么几个人，有时甚至是几个水平不那么高的人在决定着他们的命运，因此难免做出不公正甚至是错误的结论。正当我对自己有这样的识知不胜惊讶时，突然因为无法抗拒的原因，不得不暂时中断写作，由温小钰接着写下去，写出四万多字初稿，然后再由我接过来，扩展到近十二万字。两人又仔仔细细推敲了一遍，怀着惴惴不安的心情寄给了巴金先生主编的《收获》杂志。

没想到巴金先生的女儿李小林很快来信，说小说已看过，前半部分相当流畅，那个搞弄虚作假的人物在目前我们的文学作品中尚不多见，是个很有意义的艺术典型。作品基础很好，但后半部分弱了些，需要修改，改毕即请寄回编辑部。

我们把小林的信研读多遍，很兴奋，有信心改好作品，但也意识到要把小说改好达到《收获》的要求，急于求成是不行的，还需要补充生活经验，再去趟农场。可那时我们两人都是搞业余创作，不敢耽误正业。温小钰距学校开学还有几天时间，可以利用暑假尾巴跑一趟，就这样她当机立断，独自一人去了乌兰布和沙漠。

等她回来后，我们对作品又从头到尾做了一番梳理，确定需要充实的部分，决定两人再轮流认真地改一遍。尽管这期间我在全国第四次文代会上见到李小林，她十分关心作品修改的进展情况，表示争取明年推出，希望我们抓紧时间。其实我们心里比谁都急，但活到这么一大把年纪了，懂得心急吃不了热豆腐的道理，知道稳住劲的重要性，力所能及地将小说改好，最后篇幅增至十六万字，手忙脚乱发动在内蒙古大学进修的妹妹、妹夫一起帮着誊写，四个人夜以继日地忙乎了整整五天，才把最后修改稿寄给了李小林。

　　《土壤》在《收获》杂志登出来后，引起的反响出乎我们的意料。《人民日报》《光明日报》《文艺报》《文汇报》和《文学评论》等均立即刊文评介推荐，作品被誉为"新时期的青春之歌"（评论家朱寨语）。人民文学出版社、四川文艺出版社、上海文艺出版社、福建人民出版社、内蒙古人民出版社和中国文联出版公司，先后共出版了六个版别的《土壤》；北京电影制片厂、长春电影制片厂和西安电影制片厂三家争相改编电影。北影厂的水华先生，两次亲自登门（第一次还被当时我们暂住的新华社总社招待所的门岗武警战士拦在门外，等了二十分钟），前来做我们这两个普通作者的思想工作，我们这才知道陈荒煤先生向他推荐了《土壤》，他带病开夜车看完小说，十分激动，放不下书稿，决定亲自执导，把我们两人感动得不知说什么好。水华先生向我们表示，长影厂和西影厂的工作由他来协调解决。可惜后来《土壤》的导演却不是水华先生，我们除了遗憾能说什么呢？除了电影，《土壤》还被改编成话剧、豫剧和连环画等，并获首届全国优秀中篇小说奖。这是改革开放以来内蒙古自治区首次获得的全国性文学奖项。先前我们曾担忧过的那种种事不但概未发生，时任自治区党委书记周惠还请我们上他家中吃了顿羊肉莜面窝窝，亲切鼓励我们接着写写阳光。

这一切如今都已成陈年旧事。四十年过去，回忆往事，《土壤》当年得到专家和广大读者肯定，究竟是什么原因？我很认同 2021 年世界读书日期间，陈建功在浙江奉化图书馆为我举办的藏书捐赠暨书房开放仪式致辞中提出的三点。其一是"重读《土壤》，深深感到汪浙成、温小钰作为作家所坚持的实事求是的精神在当下依然能启迪人心"。"实事求是"四个字，延安时期是写在中央党校大门上的题字，今天中央党校入口处依然是这四个字。这是我们党所坚持的唯一正确的思想路线，过去革命战争年代坚持这条路线取得了各项成绩，今天建设社会主义、实现中华民族伟大复兴宏伟梦想，同样离不开它！陈建功说的第二点是"小说成功塑造了并不多见的艺术典型及其产生的社会土壤，生动展现了二十世纪五十年代至八十年代中国知识分子如何保持良知的理想主义情怀和思想风貌"。这里所说的并不多见的艺术典型，是指小说中的魏大雄。这个人物的创作灵感是我们在农场深入生活时获得的，也可以说是创作《土壤》最初的契机。魏大雄当然并不就是现实生活中的农场场长。对这个人物的性格，我们琢磨了很长时间，坚定不移的一点是不能把他写成一个简单的坏人。他从一个私心杂念较重的青年学生发展为破坏性极大的小野心家，有其复杂的因素，是当时特殊现实政治生活的产物。所以他曾大言不惭地说："就算把我撤了又怎么样？还会有别人来，张大雄、李大雄，也许总产不是四百万，变成五百万！"巴金先生看了《土壤》稿子后就指出：魏大雄是个在目前文学作品中尚不多见的很有意义的艺术典型。第三，陈建功说："小说的突出之处还在于作者对如何从传统小说过渡到现代小说进行了卓有成效的探索和尝试。"《土壤》是我们第一次尝试写的中篇，前后耗时近两年，写得并不轻松，特别在叙述上曾费了一番周折。先用第一人称，从女主人公黎珍视角切入，写了四万字，感到没有把想要表达的东西表达到位，不满意，第二稿改用第三人称，写到八九万字仍不满意。在这进退两难之时，忽然想起曾经读过的一部外国小说，把叙述时空切割成：现在的故事、过去的故事、将来的故事，打乱时间上的纵向叙述，将故事交错拼接起来。我们想，小说既然可以在时间的纵向叙述上做文章，我们为什么不在空间的横向叙述上动动脑筋来点花样翻新？于是将魏大雄、黎珍、辛启明三个人物分开来，从三个各自不同的视角切入，在同一时段里叙述同一件事，以及事件在他们各自心中引起的反响，交替推进，第一、第三人称来回变换着，多角度展现人物性格及复杂细微的内心活动，和事物在发展进程中方方面面的复杂性，读起来有种从未有过的看立体电影般的新奇效果。有的评论家当时就对《土壤》这种尚不多见的多角色的转换叙述，给予了热情的肯定和鼓励。

有关《土壤》还有一件事，也让我难以忘怀。

那还是我在内蒙古时，有天晚上一位年轻朋友来看我。当时我们刚分到一套新盖的高知楼里的单元房。号称三室一厅，其实所谓的"厅"，也就是一进门的走廊空间稍微留得大一些，能放下一张饭桌，号称饭厅。与它隔着一道玻璃门，有个约十二平方米通向阳台的房间，放一张书桌，两个小书架，两把椅子，和一张托朋友从包头买来的人造革长沙发，就剩不下多少空间了，这里就是我们接待客人的客厅。

客厅虽小，来的客人却不少。三教九流，各色人等，面非常广，也非常杂。有认识的，也有不认识的，大多都读过一点我们的小说，便觉得我们是值得信赖、可以倾诉的对象。

那时还没有家庭电话，谁想来，抬腿就来了，常常弄得两个缺乏共同语言的客人，极其尴尬地坐在家里唯一的一张沙发上。诸如我们认识的呼和浩特市佛教协会的活佛朋友，和在大学讲授唯物主义的教授，不期而遇同坐在一张沙发上，有时是劳改释放犯和监狱狱政科科长，或者是小偷与警察阴差阳错地挤坐在一起，弄得谁都说不成话。只好耗到最后，人都走得差不多了，才能正儿八经地说上些真正想要说的话。

那位年轻朋友一直等到其他客人都走了才对我们说，自己刚从监狱出来，把一件非常复杂的政治事件给弄清楚做了结论。我们以为他自己有什么事要说。他淡淡一笑，说没有，只是因为过去的友谊想来看看我们。

这位友人被捕前是内蒙古师范大学外语系的教师，很有才华，喜爱文学和写作。我们就听他讲狱中见闻，他是在监狱里读到小说《土壤》的。那些日子，由于他认罪态度"恶劣"，审讯他的人叫狱方将他和死囚关押在一个号子里以示"惩罚"。刊登《土壤》的那本杂志在牢房里辗转相传已没了封面，谁也不知道是什么杂志。他读完后，同一号子的死因随手抓过去也翻阅起来。那家伙被捕前是轰动呼和浩特市那次特大斗殴案件的主犯，平时头皮刮得像只青皮鸭蛋，热衷于聚众斗殴，动不动就"白刀子进红刀子出"，心狠得能眼睛眨都不眨地把对方脑袋瓜像打破西瓜一样打得脑浆迸溅。同伙因此给他起了个诨号——"青头"！

"青头"看完《土壤》的那天夜里，躺在地板上很长时间翻来覆去难以入睡，突然问我那位教师朋友：

"嘿，你说这书里的事是真的吗？"

教师朋友解释说，"这是文学作品，不是真人真事，但却真实地反映了生活。你问这个干吗？"

"青头"回答："啥也不干，只是心里觉着怪不是滋味的。"

说完这话，"青头"静静地躺在地铺上。过了良久，只听得他重重一声长叹，自言自语：

"唉，要是能早点读到这种书就好了！"

送走客人，那天夜里，轮到我失眠了。

生活在社会上的人，性格大都多侧面且很复杂。纯粹的好人和纯粹的坏人，那只是极少数。绝大多数是优点和缺点、长处和短板并存，也就是常说的人无完人，金无足赤。基本面是好人，但有缺点毛病；或基本面是坏人，但可能还有某些长处。那"青头"，无疑冷酷成性，天良丧尽，才干出连杀数人的血腥兽行。然而，即便是这样的人，灵魂深处某个角落里，没准也还有一息尚未彻底死灭的良知，遇上合适的外部条件和外因，比如一本适合他口味的文艺作品，或者一段乐曲，心灵仍会有某些触动。其实，《土壤》这部小说并没有直接写到罪犯的生活。它只是真切地写了一个二十世纪五十年代中国知识分子如何保持良知的理想主义情怀，在遭受极大委屈被错误对待时，如何去面对社会，面对自己的对立面和周围的人，以及如何去面对爱情，等等。我猜想，大概是小说主人公命运的某个节点，引起了"青头"的联想和共鸣，让他早已沉沦的灵魂像即将燃尽的残火被风一吹，倏忽间又红亮了一下，迸发出一丁点微弱的悔恨和省悟的火花，让他一时间难以入睡。据那位教师朋友说，对于这个死囚"青头"，狱方管教人员此前可没少做思想工作，不止一次找他谈话，却收效甚微，始终感化不了他。然而一个偶然的机会，文学作品却搅动了他罪恶的灵魂。

此后我一直不敢轻慢自己手中的这支笔。

1993 年，罹患沉疴的温小钰在医治八年之后病故，从此我在创作上成了"单干户"，但仍勤耕不辍，出版了散文集《只是灯下没有了你》《人生如瀑》《远影》和长篇纪实文学《女儿，爸爸要救你》等。

2015 年，我的一位作家老友，给我邮箱转发来一封电子邮件。写信人是这位友人的亲戚。信上说：

　　去年夏天，在祁博（友人亲戚的熟人的儿子）刚从"移植仓"（白血病患者用来移植的无菌病房）出来，面临着严重排异反应，身体日夜疼痛加剧的异常艰难时刻，他们读到了汪浙成先生的大作《女儿，爸爸要救你》。这本书，鼓舞了他们全家和白血病斗争的信心，也从此书中认识了您。也是这本书，激发了祁博的斗志，他也要用坚强去战胜病痛，用感恩来回报社会，用自己的文笔，写下坚强和感恩的故事，去激励更多人共同攻克白血病。

这孩子，在他刚刚能恢复用手机和电脑时就开始了他的写作计划，严重的排异反应曾一度使他的眼睛视觉范围不断缩小，直至单眼失明，但也没能阻止他写作的步伐。

现在他的白血病已成功治愈，排异反应也得到控制，他的写作心愿也已实现。今年十月十六日到十九日，亚太骨髓移植会议（APBMT）将在浙江大学召开，祁博将作为志愿者为大会服务，并献上他的作品。

希望以后有机会，请您和汪浙成先生以及他女儿，能和祁博全家见面欢聚。

王迎宪

我在为这位白血病患者和他们全家祝福高兴的同时，看到自己这部作品也像《土壤》一样，在温润着读过它的人的心灵，为他们带去一点鼓舞，一点坚强，一点正能量，感到特别欣慰！

《女儿，爸爸要救你》这部长篇纪实文学作品，是我患白血病的女儿汪泉求医问药的生死实录。2006年4月底，杭州第三届国际动漫节开幕在即，各有关方面都在紧锣密鼓地准备着动漫节期间的相关活动。汪泉作为浙江大学出版社的编辑，正日以继夜地忙着推出一批国内教学急需的动漫教材，突然感到上腹剧痛去医院诊治，被怀疑是骨髓增生异常综合征，医生要她住院，她因工作无法脱身没同意。我得知后立即赶去医院急诊室，向正在输液的女儿转达了医生意见。她一反平时对我说话嘻嘻哈哈的戏谑态度，情绪激动地说："爸，我不是不知道自己有病，也明白你们是好心。但如果要我现在就住院，那我先前辛辛苦苦做的各项准备工作就前功尽弃了。这个我舍不得，办不到，也对不起那些作者和领导。动漫是个新兴产业，竞争十分激烈。等动漫节教材新闻发布会开过，签名售书一结束，我就来住院。过去我工作上不够吃苦，现在我喜爱上了编辑工作。希望干了大半辈子编辑工作的老爸能理解自己女儿！"

哪知道动漫节结束再去医院诊治，她的骨髓增生异常综合征已转化为急性髓系 M2 型白血病！

真是晴天霹雳！从此，我这个破碎家庭（温小钰病故已十四年），开始了一波三折险象环生步步惊心的求医过程。

治疗一开始，就招来感情上的一场地震。为了给汪泉骨髓移植寻找有血缘关系的同基因配型，一个守护了三十多年的家庭秘密，不得不公之于世。原来她是个与我没有血缘关系的弃婴。在山西省公安系统和媒体的大力支持下，社会上掀起了一场声势浩大的寻找汪泉亲人的热潮。紧接着又为非血缘异基因配型，在台湾慈济骨髓捐献中心帮助下，几经周折，终于解决了配型问题，但很快汪泉又因移植感染，在命悬一线的危急时刻，高额的医药费像大山几乎将我这年届耄耋的老人压趴在地。就在这绝望的危难时刻，社会上众多好心人包括国外，纷纷向我们父女伸来热情感人的援手，帮助渡过难关，女儿的病也奇迹般得到了治愈，让我们避免了人财两空的悲惨结局。

当这个惊心动魄的救助情景，随着女儿病情的日渐好转渐行渐远，成为我夜半梦醒时分掠过心头的一记沉钟，我却怎么也忘不了危难中曾向我们伸来的那一双双火热的援手，那一个个像冬天里的火把温暖我们心坎的慰问电话，那一张张冒着凛冽寒风来探望我们的亲切面容。我陪在汪泉病榻旁，心想自己一定要原原本本把这个治病经历写下来，感谢所有救助过我们的社会各界好心人！

由于目的是感恩，这部长篇纪实文学从汪泉进舱移植写起，到两次病危抢救结束。这期间，我的几位熟人和熟人的熟人亲属，患白血病均未能救治过来，相继去世。一位外语学院书记的女儿，在参加完高考最后一门课的考试后感到极度疲惫，在医院被确诊为急性淋巴细胞白血病。经两次化疗缓解，旋即反弹，来找我询问汪泉治疗情况。我听后觉得这女孩的病情比汪泉单纯，但考虑到缓解又复发应算作难治的白血病，建议尽可能抓紧时间移植，并为他联系好北京道培医院的曹医生。可惜后来他听了别人建议，给女儿改服中草药进行保守治疗，癌细胞始终降不下来，不得已二进宫回医院再上化疗准备移植，做了七个疗程，不但医疗成本增加，又发生真菌感染，打来电话咨询汪泉服用的抗真菌感染的药哪儿能买到，我听说后连忙把汪泉正在服用的药物分了一半送去。无奈多次化疗对病人原本非常虚弱的身体伤害极大，已回天乏术。我知道后为这位花季少女的命运扼腕叹息！

还有一位熟人亲属，参加工作没几年被确诊为白血病，病情比我女儿要轻，又年轻，家庭条件也好，也是由于治疗上走了弯路，错失了最佳治疗时机，酿成无法挽回的悲剧。

这一个个令人痛惜的事例，使我深深感到社会上的人，由于对白血病缺乏应有认识和了解，治疗策略上走了弯路，多少宝贵的年轻生命因为错失良机过早地离开人世，这刺激了我，让我对正在书写的内容萌发了新的构想，在感恩的同时，通过我女儿这一个例，对白血病的发病机制、病因、症状、治疗、配对、移植、感染、排异和后续治疗中应注意的问题，力所能及地加以较为详尽的描述，以便对类似的白血病患者及其家属提供一点参考，让他们少走弯路，也能像我们一样避免人财两空的悲惨结局。

由于自己是医学门外汉，尽管当时对女儿的治疗每天做了详细记录，也看了些有关参考书，但还是唯恐误导贻害于人，便请当时的主管医生吴彤教授等在业务上对全书进行了审核订正。

至于写作上，按照我的理解，纪实文学既然是文学，就不应忘记人物，凸显好人物性格。纪实文学对我虽是跨界写作，但好在我是写小说出身，始终不忘在聚焦事件的同时，重点要写好人，把人性和人的感情写深写透写足，把隐藏在看似平常的事件背后的人生感悟和自己的体会挖深挖透，着力去表现好人的精神层面的东西，尤其在当下，无休止的竞争，带来人与人之间的疏离与冷漠，不忘精神，大讲精神，多说一点超越物质的东西，宣扬对精神层面的坚守，觉得还是有必要的。

没想《女儿，爸爸要救你》在人民文学出版社出版前，《中国报告文学》杂志先刊发出来了，紧跟着武汉《知音》杂志同步作了推荐，《人民日报》《文艺报》《文汇报》《杭州日报》《经济观察报》和《读者》

杂志也先后刊文推荐，《新民晚报》还进行了连载。不少人特别是白血病患者及其家属读后，给我来电来信，声称这本书不但鼓舞了他们与白血病做斗争的信心，还激发了他们对生命的憧憬和热爱。

作为作者自然没有比这更让我感到欣慰的了，但同时也越发感受到自己手中这支笔的分量。

本书选录的部分评论文章，经多方设法，没能和作者取得联系，敬请作者海涵。作者及相关人士见书后请与出版社责任编辑或编者联系，提供相关证明，领取相应稿酬。